小說家者流蓋出於稗官街談巷
語道聽塗說者之所造也孔子曰雖
小道必有可觀者焉致遠恐泥是
以君子弗為也然亦弗滅也
錄漢書藝文志 丁酉冬傅〇

　　本书为国家社科基金项目"八股文与明清小说相互关系研究"、湖南省教育厅优秀青年项目"科举文化与明清小说研究"、湖南师范大学哲学社会科学青年学术骨干培养计划项目、湖南师范大学一流学科建设项目、中国古代文学校级重点学科项目的成果。

中国印象

丛书主编　程国赋　　副主编　江　曙

古代小说与科举

胡海义　著

暨南大学出版社
JINAN UNIVERSITY PRESS

中国·广州

图书在版编目（CIP）数据

古代小说与科举/胡海义著.—广州：暨南大学出版社，2017.10
（小说中国）
ISBN 978-7-5668-2205-5

Ⅰ.①古… Ⅱ.①胡… Ⅲ.①古典小说—小说研究—中国②科举制度—研究—中国 Ⅳ.①I207.41②D961.3

中国版本图书馆 CIP 数据核字（2017）第 240253 号

古代小说与科举
GUDAI XIAOSHUO YU KEJU
著　者：胡海义

出 版 人：徐义雄
策　　划：杜小陆
责任编辑：刘　晶　徐晓越
责任校对：何鸿秀
责任印制：汤慧君　周一丹

出版发行：暨南大学出版社（510630）
电　　话：总编室（8620）85221601
　　　　　营销部（8620）85225284　85228291　85228292（邮购）
传　　真：（8620）85221583（办公室）　85223774（营销部）
网　　址：http://www.jnupress.com
排　　版：广州良弓广告有限公司
印　　刷：佛山市浩文彩色印刷有限公司
开　　本：850mm×1168mm　1/32
印　　张：9.625
字　　数：200 千
版　　次：2017 年 10 月第 1 版
印　　次：2017 年 10 月第 1 次
定　　价：38.50 元

（暨大版图书如有印装质量问题，请与出版社总编室联系调换）

总　序

　　本丛书系统研究中国古代小说与中国文化的关系，是一种普及性文化读本，融学术性、知识性、趣味性和通俗性为一体。其主要针对的是具有高中及以上学历的国内读者和海外中华文化爱好者。

　　本丛书的作者，既有年富力强的中年学人，也有年方而立的勤勉后学。他们的著作或为国家哲学社会科学基金项目、教育部社会科学规划项目、省级社会科学规划项目的研究成果，或是各自的博士学位论文，都是作者致力数年的研究成果，反映了近年来的学术新视角和新观点。

　　本丛书尤其重视文献学、文艺学与中国古代小说的综合研究，强调文本细读，有意识地在文化学的视野中探讨中国古代小说，多维度地研究其与中国文化的关系。丛书内容较为丰富，主要有以下六方面：

　　第一，古代小说作品细读与赏析。梁冬丽教授的《古代小说与诗词》讲述了古代小说与诗词的密切关系。中国古代小说引入大量诗、词、曲、赋、偶句、俗语、谚语等韵文、韵语，其独特的"有诗为证"体系对小说创作的开展及其艺术效果的提升起到重要的作用。该书主要由五部分内容构成：古代小说引入诗词的过程、古代小说创作与诗词的运用、诗词在古代小说中的功用、古代小说运用诗词创作的经典案例和古代小说引入诗词对后世小说创作的影响。杨剑兵副教授的《古代小说与爱情》，将古代小说中的爱情故事分为四类，即平民男女类、才子佳人类、帝王后妃类、凡人仙鬼类，再从每类爱情故事中精选四篇代表作品进行评析。吴肖丹博士的《古代小说与女性》，探讨中国古代小说与女性之间的关系，主要通过古代小说中关于女性的生动故事，结合社会生活史，让读者了解两千多年来女性在社会中扮演的角色和社会地位的变化过程。杨骥博士的《古代小说与饮食》，以古代小说文化为纲，中国饮食文化为目，通过特定的饮食专题形式写作，为读者展现中国古代小说的文化内涵。该书以散文笔调为主，笔触闲适轻松，语言风趣，信息量大，兼具通俗性和学术性。

第二，古代小说与制度文化。胡海义副教授的《古代小说与科举》，探讨中国古代小说与科举文化的密切关系，从精彩有趣的小说中管窥科举文化的博大精深。该书既有士子苦读、应试、考官阅卷、举行庆贺等精彩纷呈的科举场景，也有从作者、题材、艺术与传播等方面分析科举文化对古代小说的促进作用的理论阐述。

第三，古代小说与民俗、地域文化。鬼神精怪与术数、法术是信仰民俗的重要组成部分，也是古代小说的重要母题，因此杨宗红教授的《古代小说与民俗》主要分为四部分：神怪篇、鬼魂篇、术数篇和法术篇。神怪篇介绍了五通神、猴精与猪精、狐狸精、银精，指出鬼神敬畏正直凡人；鬼魂篇介绍了灵魂附体、荒野遇鬼、地狱与离魂的故事；术数篇介绍了相术、签占、八字、扶乩、灾祥、谶纬、风水术，分析了这些术数对个人、家庭及国家大事的影响；法术篇重点介绍符咒、祈晴、祈雨、神行术与变形术。江曙博士的《古代小说与方言》，以方言小说为研究中心，论述方言与中国古代小说的关系。该书以方言对小说的影响、方言小说的编译和近代以来方言与普通话之间的论争等为论述重点，以北方方言、吴方言和粤方言为主要方言研究区域，兼涉闽方言、赣方言和湘方言，探讨诸如苏白对清代狭邪小说人物塑造的影响、以俞曲园将《三侠五义》改编为《七侠五义》为例论述从说唱本到文人小说的改编等。

第四，古代小说与宗教关系。受佛教、道教思想影响，中国古代小说中涌现出千姿百态的神仙形象，何亮副教授的《古代小说与神仙》以此为突破口，追溯神仙思想产生的文化根源，探讨了中国古代小说中神仙信仰的文化内涵。叶菁博士的《古代小说与道教》，从道教文化与小说的视角出发，探讨道教思想、人物、仙境及道教母题对中国古代小说的影响。该书内容丰富，笔调生动有趣，可作为研究道教文化与古代小说的入门读物。

第五，古代小说的域外传播。李奎副教授的《古代小说与东南亚》主要论述中国小说在越南、泰国、印度尼西亚等国的传播及其影响。中国古代小说在新加坡、马来西亚、泰国主要以报纸作为载体传播，传播主体是华侨华人。中国古代小说传入越南的时间较早，对越南的小说和诗歌发展影响较大。中国古典小说在印度尼西亚最受欢迎的当属《三国演义》，出现许多翻译本和改编本。

第六，古代小说与心理学综合研究。周彩虹博士的《古代小说与梦》以中国古代小说中的梦类故事或情节为研究对象，运用的理论和方法既有本国的梦理论，又引入荣格学派的相关理论，尝试以中西结合的视野对这一传统题材进行深入浅出、生动有趣的解读，如以生命哲思为主题，结合梦的预测功能，介绍中国古代的释梦观念和释梦方法，并对《庄子》《红楼梦》等作品中的相关情节进行分析；以教化之梦为主题，结合阴影理论，解析《搜神记》、"三言二拍"、《聊斋志异》等相关作品。

本丛书有别于一般的学术性著作，不是简单地将学术著作以通俗语言表达，而是运用新的思维方式和写作方法，是一种有益的尝试，希望也是一种有益的实践。恳请读者朋友批评指正，提出宝贵的意见和建议。

程国赋

2017 年 10 月 10 日

目　录

引　言

　　科举是中国古代通过考试来选拔官员的制度，因为采用分科取士的办法，所以叫作科举，又被称为贡举、选举等。科举主要分为常科与制科两大类。常科按照常规定期举行，大致相当于现在每年定期举行的公务员考试。制科则由朝廷临时设立名目，并无定期，有点类似于现在的公务员遴选或者领导干部选拔考试。科举考试的具体科目繁多，但到了明清时期，常科只剩下进士科了，制科也极少举行。

　　从隋朝大业元年（605）设置进士科开始，也有说从大业二年（606）开始，到清朝光绪三十一年（1905）举行最后一次科举考试为止，科举制度在中国实施了约1 300年之久，对中国古代社会政治与历史文化产生了极其深远的影响，甚至被称为中国古代的"第五大发明"。著名学者钱穆先生在《中国历史研究法》中将隋代以后的中国社会称为"科举社会"。人们非常重视科举，例如唐代人非常推崇进士，很多宰相是进士出身，所以进士被称为"白衣卿相"和"白衣公卿"。唐高宗时的宰相薛元超自称一生有"三大遗憾"，排在首位的就是非进士出身。就连唐宣宗也十分羡慕进士的荣耀，自称"乡贡进士"。到了宋代，科举制度进一步完善，录取名额大幅增加，应举已经成为士子做官的主要途径。理学家朱熹说："居今之世，使孔子复生，也不免应举。"①宋代的名人显宦很多是进士出身，如范仲淹、欧阳修、王安石、苏轼、苏辙、包拯、黄庭坚、文天祥等。

明清时期，科举发展到了顶峰，但在烂熟之后又不可避免地走向腐朽与终结。朱元璋在洪武三年（1370）下诏说："使中外文武，皆由科举而进，非科举毋得与官。"要求帝国的官员都从科举考试中选拔，没通过科举考试就不能做官。这种"逢进必考"的严格要求尽管未必能得到切实地执行，但对社会主流价值观的形成与导向作用是非常明显的。读书人都把考中科举当作人生莫大的荣耀，"学而优则仕"需要通过科举考试来验证与实现。通过科举考试来做官被称为正途，其他途径则被视为旁门左道，含金量缺乏，政治资本不够，仕途的潜力与后劲不足，被人瞧不起。明末清初的著名小说家李渔慨叹道："是当日之世界，帖括时文之世界也。"②此处的"帖括时文"指八股文，又称之为制义、制艺、八比文、四书文、帖括、经义、举子业等，是明清两朝最主要的科举考试文体，极其讲究形式，犹如戴着镣铐跳舞。

---

① （宋）朱熹：《朱子语类·幼行》卷十三，《朱子全书》第 14 册，上海、合肥：上海古籍出版社、安徽教育出版社 2002 年版，第 415 页。

② （清）李渔：《笠翁余集（解歌词）自序》，《李渔全集》第二卷，杭州：浙江古籍出版社 1991 年版，第 377 页。

许多读书人唯科举是从，自幼苦读，年复一年参加科举考试，即
使成了白发苍苍的老人也不愿放弃。例如，著名小说家蒲松龄屡
试不第，"五十余尚希进取"，七十一岁高龄时还去补为贡生。

著名的革命家、教育家、政治家与红学家蔡元培
曾是一位科举成功人士

科举在1905年寿终正寝。科举曾被我们视为黑暗腐朽的标
志，长期遭到斥责与批判，被扔进了历史的垃圾堆，逐渐淡出了
中国人的生活与意识。到了一百多年后的今天，很多人不知科举

为何物。其实，现代史上有很多名人都参加过科举考试。蔡元培（1868—1940）是我国著名的革命家、教育家、政治家，曾担任中华民国首任教育总长与北京大学校长。他也是研究《红楼梦》的著名学者，著有《石头记索隐》，影响很大。令人感慨的是蔡元培也是一位科举成功人士，他十七岁考中秀才，二十二岁中举人，二十五岁中进士，被钦点为翰林院庶吉士。新文化运动的发起者、中国共产党的第一任总书记陈独秀（1879—1942），十七岁时考中秀才。作为文学家、思想家、革命家的鲁迅曾参加过童生考试中的县试，他的爷爷周福清在同治十年（1871）考中进士。但因为鲁迅的父亲周伯宜屡试不第，周福清想通过行贿舞弊来帮助儿子中举，不料案发入狱，周伯宜被革去秀才身份，周家一落千丈，对鲁迅的人生经历与思想观念产生了巨大影响。

科举还"出口"到国外，产生了国际性的影响。邻近的朝鲜、日本、越南都曾效仿中国开设科举。尤其是越南，到1919年才废除科举。今天，越南的高中毕业学历称为"秀才"，大学本科学士学位称为"举人"，博士学位称为"进士"，越南社会科学院称为"翰林院"，就像我们今天称呼高考第一名为"状元"一样，还留有浓厚的科举印记。

古代朝鲜的科举考场——丕阐堂

西方国家的文官考试制度也受到我国古代科举考试的启示，而当前我们实行的公务员考试则是借鉴了西方国家的文官考试制度。可谓"墙内开花墙外香"，古老的科举考试又以一种"出口转内销"的方式影响着当代及未来的中国。

近些年来，我们开始理性反思，发现科举并不是一无是处。它有一些缺陷，但也有很多值得总结的经验与发掘的价值。孙中山先生曾在《五权宪法》中赞扬科举制度公平公正、昭若日月，他说："中国古代的考试制度，是世界各国中所用的以选拔真才的最古最好的制度。"他的观点促成了民国考试院的建立。

当前，学术界对科举的研究取得了丰硕的成果，有学者甚至呼吁建立"科举学"①。社会大众对科举话题也越来越感兴趣。由中国古代最大的科举考场——南京的江南贡院改扩建成的中国科举博物馆于 2014 年 8 月 11 日对外开放，引起了社会各界的广泛关注。其实，民众的科举兴趣在古代小说中体现得非常明显，尤其是在高度繁荣的明清小说当中，形成了一种十分浓厚的"科举情结"。古代小说与科举具有非常密切的关系，科举对古代小说的繁荣发展具有重要的促进作用；反过来，古代小说也生动、真实、深刻、全面地反映了科举制度，丰富与传播了科举文化。这些生动、鲜活的小说故事是枯燥生硬的历史资料所不能比拟的。

本书力图通过生动有趣的小说故事来反映科举与小说之间的关系，在小说故事中展现精彩纷呈的科举场景与形象可感的科举器物，让大家去设身处地地感受科举士子的生活与梦想。因此，本书的主要内容与结构设置为：第一部分从理论上分析科举对古代小说在作者、题材、艺术与传播四个方面的促进作用；第二部分通过小说故事来展现科举考试的场景及流程；第三部分通过小说故事来展示考篮、贡院、八股文选本这三种有代表性的科举器物与设施；第四部分通过小说故事来体味科举士子在功名追求中的思想感情与价值观念，以及这种人生追求对社会心理与阶层流

①　参见刘海峰先生的相关著作：《科举制与"科举学"》（贵州教育出版社 2004 年版）、《科举学导论》（华中师范大学出版社 2005 年版）、《科举制的终结与科举学的兴起》（华中师范大学出版社 2006 年版）等。至 2016 年，"科举制与科举学国际学术研讨会"已经举办了十四届。

动的影响。也就是说，第一部分是理论概述，后面三个部分从我们常说的制度文化、器物文化与观念文化三个层面来认识科举。最后还需要说明的是，由于古代科举的完善与繁荣是在明清时期，文举的影响远远超过武举，因此本书主要讲述的是明清时期的文举，适当涉及明清之前的科举以及武举。同样，古代小说的高峰期也是在明清时期，本书所用的小说故事也主要采自明清小说。

在中国实行了约一千三百年之久的科举虽然与我们渐行渐远，但它的身影依然清晰，它的很多痕迹还遗留在我们生活与思想的各个角落，让我们在陌生、疏远中却又感到熟悉、亲切。如果时空能够倒流到一个多世纪之前，我们或许正在努力准备科举考试，右手刚刚放下急需苦读的"四书五经"与八股文，左手就摸出一本小说偷偷翻阅几页，愁眉渐舒，不禁露出了会心的微笑。就让我们在这种情景想象中，去领略古代小说与科举的奇特世界。

一 科举兴盛与小说繁荣

著名小说家蒲松龄到了七十岁时依然念念不忘科举功名，《儒林外史》中的周进考到了六十多岁仍然不愿放弃……无数读书人对科举如痴如狂，至死不渝。作为古代中国官员最重要的选拔方式，科举考试及其衍生的科举文化具有十分强大的辐射力与向心力，不仅决定了士子的个人命运，而且对"科举社会"中的政治、经济、文化等领域产生了非常深远的影响，当然也包括小说这种文学体裁。可以说，古代小说的繁荣离不开科举的推动作用，这主要表现在以下四个方面：

（一）扩大作家队伍

作家是小说创作的主体，小说繁荣的关键在于小说作家。科举促进小说繁荣首先表现在扩大了小说作家的队伍。从唐代传奇到明清小说，绝大部分小说作家都或多或少地与科举考试发生了这样或那样的联系，无法完全做到置身度外。在文人队伍的分化与小说家群体形成并壮大的过程中，科举就是那只无形的"大手"。

第一，科举推动了教育的发展，各类学校培养了大量的科举考生，读书求学风气浓厚，客观上为小说作家队伍的扩大打下了教育基础。《儒林外史》第二回，山东汶上县有个非常偏远的山村薛家集，一百多户农民决定请个先生教孩子识字，于是周进来到这里做塾师。当中有个叫荀玫的学生后来考中秀才，进了学，他的母亲高兴地说："而今得你进个学，将来可以教书过

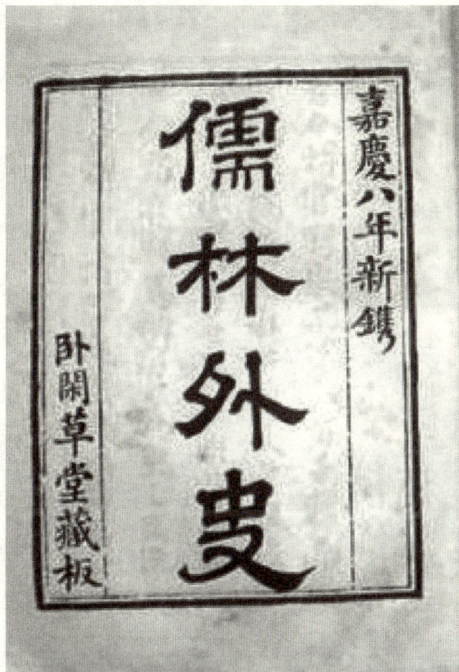

《儒林外史》现存最早的刻本卧闲草堂本书影

日子。"周进后来考中进士，做了考官，把范进录取成了秀才。范进的岳父胡屠户说可以帮忙找个教书的工作，赚些银子来养家糊口。第十二回，权勿用住在浙江萧山县的一个偏僻山村，二十来年里一边参加科举考试，一边在土地庙里教孩子读书。第三十六回，祁太公嘱咐虞育德去参加科举考试，因为中了秀才就可以教书，以此作为谋生的职业。

　　可见，这些读书人为了科举考试而努力读书，自己一边准备

科举考试，一边教书来养家糊口，也让更多的孩子读书识字。这些孩子将来去参加科举考试，也有很多人去教书育人……从这里就可略见科举活动对教育发展的辐射作用。

大文豪韩愈的科举经历坎坷

在强势的科举向心力的作用下，教育尤其是官学（即今天的公立学校）教育，其主要目标就是为科举考试提供充足的合格考生。学校成为科举的训练场与附属品，科举对学校教育的负面影响不言而喻，但它推动了学校教育体系的建立和规模的迅速扩大，客观上培养了大量的文学人才。由于士子通过学校可以参加科举考试，唐代的学校发展迅速，如中央官学体制完备，设有六学二馆等。据《贞观政要》记载，"鼓箧升讲筵者，几至万人"，最高学府国子监云集了来自四面八方的近万名学生，甚至吸引了吐蕃、高丽、新罗等国的贵族子弟纷纷前来求学①。国子监名师荟萃，其中尤其值得一提的是著名

---

① （唐）吴兢：《贞观政要》第七卷《崇儒学》，上海：上海古籍出版社1978年版，第215页。

文学家韩愈，他热衷科举，第四次参加进士考试才如愿以偿，但后来三次参加博学宏词考试均落榜。韩愈在元和年间担任过国子监博士与祭酒，相当于分管教学的工作人员与校长，他曾创作传奇小说《轩辕弥明传》。唐代府、州、县均设立学校，私人办学也是遍地开花。如柳宗元、卢照邻、李德裕等文学家都在及第后或晚年担任过私学的教师，为科举考试培养了大量考生。

宋代科举对学校的促进作用更大，培养的文人举子更多。嘉祐二年（1057），大文豪苏轼在进士及第后写了一封《谢范舍人书》来感谢考官范镇，其中描述了科举促进了偏远地区读书风气的巨大影响。苏轼的伯父苏涣在天圣二年（1024）中进士，为科举与教育衰落的家乡眉州带来了巨大的震动，给乡人注射了一针兴奋剂与强心剂。于是弃农从文、以笔代耕者"十室而九"，读书应举蔚然成风。以至于三十三年后参加这次进士考试的眉山人达四五十名，及第者有十三人。苏轼描述的科举考试对当地教育的影响这一事例是科举社会中的一个缩影。宋代还有多次兴学运动，成效显著。如欧阳修的《吉州学记》记载庆历四年（1044）三月，"诏天下皆立学，置学官之员，然后海隅徼塞、四方万里之外，莫不皆有学"。崇宁初年（1102），宋徽宗诏令各州县都要建立小学。《宋史·选举志》记载崇宁三年（1104）下诏："天下取士，悉由学校升贡。"这一年的全国官学学生达二十一万余人。宋代的私学更加发达，《都城纪胜》记载杭州除了大量的官学之外，"其余乡校、家塾、舍馆、书会，每一里巷须一二所，弦诵之声，往往相闻"。此外还有私立的山学、庙学、书院等，各类私学遍布全城，教师与学生众多。《警世通言》第十四卷就讲述了宋高宗绍兴年间，吴秀才来杭州参加科举考试落榜，因为缺乏盘缠，羞归家乡，于是开个学堂谋生，等待下一次考试。

明清时期的科举对学校教育的影响更为直接。《明史·选举志》说："学校以教育之，科目以登进之……学校者，储才以应科目者也。"学校必须为科举培养和输送合格的考生。学校教育的目标是"务在成材，以备贡举"①。在校学生的成绩不佳就没有参加科举考试的资格。于是在科举的推动下，明代官学体系与规模非常庞大。洪武二年（1369），明太祖诏令全国府、州、县设置官学。按照《明史·地理志》记载，全国有一百四十府、一百九十三州、一千二百四十六县。按每府、州、县设置一所儒学计算，全国至少有一千五百七十九所公立学校，这还不包括国子监、宗学、社学、武学、四夷馆、内书堂等。据《南雍志》和《皇明太学志》记载，南北两京国子监生在成化元年（1465）达一万九千余人，达到自唐以来的最高峰，所以《明史·选举志一》称赞明代"学校之盛，唐宋以来所不及也"。各级官办学校都向一般平民开放，经考试入学者被称为生员，俗称秀才。顾炎

---

① （明）胡广等：《明实录·宣宗实录》卷四十"宣德三年三月"，台北：台湾中研院历史语言研究所 1962 年影印本，第 980 页。

武的《生员论》说明末全国生员超过五十万人①。朝廷还在辽东、北疆、陕甘宁和云贵川地区以及东部沿海的驻军中设置了一百多个都司、卫、所儒学，以教育军队与边民子弟。如小说《辽海丹忠录》第三十回记述了平辽总兵毛文龙鼓励、协助一批边境卫所儒学秀才克服重重困难，去参加科举考试的故事。

清朝的中央官学除国子监外，还包括八旗官学、宗学、觉罗学等满族贵胄学校。地方官学也有大的发展，东北、西南等偏远地区陆续设立新学。如顺治、康熙年间先后在辽阳、奉天、台湾、云南等地设立了官学。《儒林外史》第四十回，萧云仙在平定边关青枫城后的治理措施之一就是开办十个学堂，大力发展教育，鼓励学子参加科举考试。据《钦定学政全书》载，到了嘉庆八年（1803），"查各省府厅州县共一千七百余学"，形成了遍布全国各地、覆盖面远超前代的地方官学网。

为满足科举取士的需要，朝廷大力鼓励与兴办教育事业，培育了大批文人士子。科举让"唯有读书高"的观念深入人心，一些人即使不参加科举考试，也要读书学习文化。《儒林外史》第二十一回，牛浦郎说："我们经纪人家，那里还想什么应考上进，只是念两句诗破破俗罢了。"尽管科举的"指挥棒"驱使士子纷纷冲向考场，使学校教育沦为科举考试的附庸，但学校教育的效

---

① （清）顾炎武：《顾亭林诗文集》卷一《生员论》，北京：中华书局1959年版，第21页。

益远不只是科举功名，它还在客观上担负起了基础教育的职责，成为各种人才成长的摇篮，而一代又一代的小说家大多是从这里起步的。所以说，科举是推动小说家队伍不断壮大的重要力量。

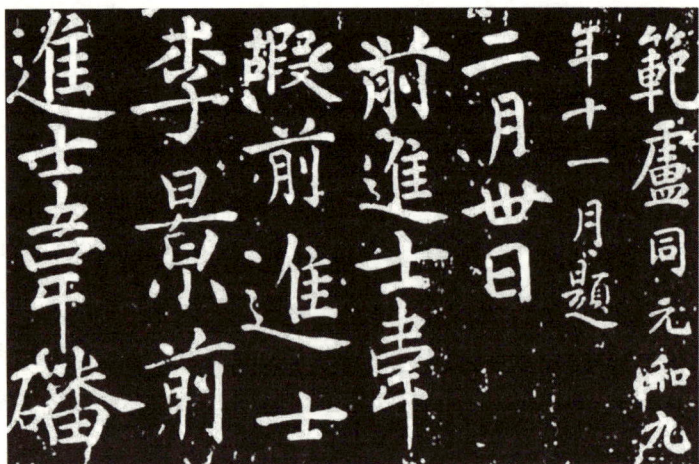

唐代进士题名帖

第二，很多著名的唐代小说作家是科举出身，科举促进了这个群体的形成与壮大。著名学者冯沅君先生在《唐代传奇作者身份的估计》一文中，对唐代四十八位小说作者的出身进行考证与统计。其中确切知道有科举功名的有十七人，参加进士考试而落榜的一人，因为担任翰林学士等职务而推想可能是科举出身的三人。其余二十七人里，二十四人生平不详，不知他们是否曾经参加科举。生平可考而无科名的只有三人①。冯先生认为唐代小说中的名篇佳作大多出自进士之手，从而可以推定唐传奇的发达颇得力于科举，唐传奇的作者多是科举所造就的人才。知人论世，冯先生敏锐地发现了科举对唐代小说作家身份的深刻影响，这一结论为后来的研究者普遍认同，广为引用。程千帆先生在《唐代进士行卷与文学》一书中说，冯先生的统计证明唐代传奇小说与进士科举具有密切关系，且在生平不详的二十四人中间，很可能还有一些是曾经参加过进士考试的（不论其及第与否）。程先生还推想，在冯先生所统计的四十八人中，传奇作家与进士科举有关的并不止三分之一，而是还要更多一些。李宗为先生在《唐人传奇》一书中甚至将唐传奇定性为"进士文学"。俞钢先生在《唐代文言小说与科举制度》中，对唐代一百五十一位文言小说作者和两千零七十五篇作品进行了较为全面的统计分析，认为唐代科举士子是文言小说作者的重要组成部分，科举出身的文言小说作者引领了文言小说发展的方向，以科举士子为主体的文学"沙龙"推动了唐代文言小说的发展和繁荣。

　　唐代小说作家星河璀璨的背后有一抹浓厚的科举底色。除了上述学者所做的总体统计与分析以外，我们还可以根据鲁迅先生《中国小说史略》的有关内容来进行个体梳理，点面结合，唐代

---

　　① 冯沅君：《冯沅君古典文学论文集》，济南：山东人民出版社1980年版，第303页。

小说作家身上的科举烙印就会更加清晰。鲁迅先生是中国小说史研究的开拓者，他的《中国小说史略》材料丰富，见解精辟，是中国小说史研究的开山之作，奠定了中国小说史的研究范式与格局，在整体的学术水平上至今无出其右者。《中国小说史略》第八、九、十篇专论唐代小说，对唐代小说作家及作品进行精微独到的评论，为后来的唐代小说研究指明了方向。除了主要活动在隋末、早在进士开科之初的大业年间就已经出仕的王度以外，《中国小说史略》的唐代小说专论中还提及了二十九位小说家。其中，鲁迅先生明确指出其六位有科举身份的：张鷟（调露初年进士）、沈亚之（元和十年进士）、白行简（贞元末年进士）、元稹（明经，元和初年制策第一）、李公佐（进士）、牛僧孺（贞元二十一年进士，元和初年贤良方正对策第一）。尤其是张鷟，鲁迅先生称其"屡试皆甲科，大有文誉"，确实是中国科举史上的一个传奇人物。张鷟其实是上元二年（675）中进士，当时著名文人骞味道看了他的试卷，叹为"天下无双"。张鷟又曾八次参加制举考试，均高居甲榜。如仪凤二年（677）登"下笔成章科"，神龙二年（706）登"才膺管乐科""才高位下科"，景云二年（711）登"贤良方正科"，又登"词标文苑科"。从这些科目的名字就可知，张鷟确实才华横溢，且应试能力超凡，可谓唐代第一"考霸"，以至时人将他的文章比作成色最好的青铜钱，万选万中，于是称他为"青钱学士"。自此之后，这个雅号成了才学高迈、屡试屡中者的代称。《剪灯余话》第五卷《贾云华还

魂记》中，魏鹏"青钱万选万中"，在乡试、会试、殿试中一路
高歌猛进，无往不胜。张鹭的生花妙笔在考场上所向披靡、攻无
不克，在创作《游仙窟》这类小说时也是文采斐然、摇曳生姿，
进士才情与浮华习气被发挥得淋漓尽致。

万选青钱

除了鲁迅先生明确指出科举身份的，《中国小说史略》唐代
小说部分提到的著名小说家当中至少还有十二位进士，如著有
《枕中记》的沈既济、著有《柳氏传》的许尧佐、著有《长恨歌
传》的陈鸿等。如此，《中国小说史略》唐代部分约有三分之二
的小说家科举及第。其中仅有元稹一人为制科，其他都是进士出

身。另有温庭筠（《乾𦥓子》）、杜光庭（《虬髯客传》等）、孙棨（《北里志》）三位屡试不第者。此外，蒋防（《霍小玉传》）、皇甫枚（《三水小牍》）、郭湜（《高力士外传》）、裴铏（《传奇》）等四位是官员身份，范摅（《云溪友议》）为布衣，段成式（《酉阳杂俎》）为门荫入仕，由于材料缺乏，未能知晓他们是否参与科举。李朝威（《柳毅传》）、柳珵（《上清传》）、薛渔思（《河东记》）、姚汝能（《安禄山事迹》）则生平不详，但不能排除他们具有科举出身或曾经参加过科举考试的可能。除了《中国小说史略》论及的小说家外，白居易、韩愈、柳宗元、戴孚、顾况、郑还古、赵璘、卢肇、王定保等诸多小说作者也是科举进士出身。由此可见，在唐代小说的璀璨银河中，科举及第者组成了最耀眼的星系，书写了中国小说史上的华彩篇章。

第三，明清科举考试竞争极为激烈，大量落第士子被"驱赶"进入小说家队伍。与唐代小说家以科举及第者为中坚力量不同，明清小说尤其是通俗小说作者大多是屡试不第的失意者。很多士子因为被挡在科举功名的门外而去从事小说创作。洪武三年（1370），明太祖下诏："使中外文武，皆由科举而进，非科举者毋得为官。"① 只有科举出仕才是正途，否则，即使再博学多才也会被人歧视。如此，士子被驱使纷纷挤向科举考试的独木桥，竞争极为激烈。梁启超在上书朝廷的《请变通科举折》里做了详细描述："邑聚千数百童生，擢十数人为生员；省聚万数千生员，而拔百数十人为举人；天下聚数千举人，而拔百数人为进士；复于百数进士，而拔数十人入翰林。"从童生、生员、举人、进士到翰林院庶吉士，形成了一座金字塔，每一层只有极少数人能够攀爬上去，每一个人的每一次成功就意味着背后有无数人的无数次失败。举子们为了金榜题名而殚精竭虑，饱受折磨。明末清初的小说家周楫在《西湖二集》第一卷中，针对明初著名小说家瞿佑借作《剪灯新话》来抒发怀才不遇的怨愤，感叹道：

　　你道一个文人才子，胸中有三千丈豪气，笔下有数百卷奇书，开口为今，阖口为古，提起这枝笔来，写得飕飕的响，真个烟云缭绕，五彩缤纷，有子建七步之才、王粲登楼之赋。这样的人，就该官居极品、位列三台，把他住在玉楼金屋之中，受用些百味珍羞，七宝床、青玉案、琉璃钟、琥珀盏，也不为过。巨耐造化小儿，苍天眼瞎，偏锻炼得他一贫如洗，衣不成衣，食不成食，有一顿，没一顿，终日拿了这几本破书，"诗云子曰""之乎者也"个不了，真个哭不得、笑不得、叫不得、跳不得，你道可怜也不可怜？所以只得逢场作戏，没紧没要做部小说，胡乱将来传流于世。

　　周楫的这一段牢骚怨言可谓发自肺腑，深刻揭示了科举考试是如何迫使失意者去创作小说的。这些文士原本才华横溢，下笔成章，以才子曹植、王粲作比，自视甚高，期望建功立业，获得高官厚禄，享受荣华富贵。但无奈心比天高命比纸薄，饱读诗书却屡试不第，一贫如洗，饥寒交迫，于是在强烈的心理失衡中，"只得逢场作戏，没紧没要做部小说"，一方面是把小说创作当作发泄悲愤、寄寓情怀的一种方式，另一方面也是将其当作谋生的手段。周楫的好友湖海士在《西湖二集序》中对他的情况做了补充，称周楫胸怀慷慨，乃博学逸才，但怀才不遇，家里"败壁颓垣，星月穿漏，雪霰纷飞，几案为湿"，穷困潦倒，饱受欺辱，心怀不平，痛苦不堪，于是"不得已而借他人之酒杯，浇自己之磊魂"。周楫借创作小说《西湖二集》来消愁与抒发内心的郁愤，读来让人慷慨悲歌、泪流满面。明清时期，像周楫这样屡试不第、穷困潦倒的士子比比皆是，他们借助小说创作来寄托美梦、发泄郁愤或者养家糊口。创作、刊刻小说十多种的天花藏主人在《平山冷燕序》中也说，每当春花秋月之时，不禁对潦倒困顿、怀才不遇的处境感慨万千，但"计无所之，不得已而借乌有先生以发泄其黄粱事业"[1]，无可奈何，只得虚构小说来寄托自己的美梦。"黄粱事业"出自唐代沈既济的小说《枕中记》，穷书生卢生在客店接受了道士吕翁送的枕头，小睡入梦后，中进士、做宰

---

① （清）天花藏主人：《四才子书序》，《平山冷燕》卷首，北京：人民文学出版社 2006 年版，第 2 页。

相、娶美妻，享尽荣华富贵。梦醒后，店主做的黄粱饭还没熟，卢生因而大悟大彻。

被科举逼成小说家的例子不胜枚举，《儒林外史》的作者吴敬梓就是如此。吴敬梓出身于科举世家，他曾经作词《乳燕飞·甲寅除夕》自称"家声科第从来美"，又在《移家赋》中极力宣扬祖辈的功名仕宦，尤其称赞曾祖吴国对高中探花，曾任福建乡试主考、顺天学政；叔祖吴昺高中榜眼，曾任广西乡试主考、会试同考官、湖广学政等职。祖辈的科场荣耀让吴敬梓具有强烈的家族荣誉感，得意之情溢于言表。正是家族的深厚传统与父辈的殷切期盼，加上跟随嗣父吴霖起在官学教谕任上耳濡目染长达八年之久，青年吴敬梓潜心八股举业，对自己的科举前程充满了自信与期望。雍正七年（1729），吴敬梓去滁州参加科考，在出现将被黜落的意外时，他在情急之下"葡匐乞收遭嫚戏"，向主考官跪拜求情，但遭到拒绝。吴敬梓带着对"家门鼎盛"的无限荣耀与对金榜题名的满腔热情，一次次地向科举功名发起冲击，但残酷的现实使他一次次铩羽而归。乾隆元年（1736），三十六岁的吴敬梓被荐举参加博学宏词科考试。他依次参加了学院、抚院、督院的考试，但因病未能赴京参加廷试。这次打击让他清醒过来，从此绝意功名，放弃了科举考试。也就是这一年，吴敬梓开始动笔创作《儒林外史》，开篇第一回"说楔子敷陈大义　借名流隐括全文"写朱元璋建立明朝后：

礼部议定取士之法：三年一科，用"五经"、《四书》、八股文。王冕指与秦老看，道："这个法却定的不好！将来读书人既有此一条荣身之路，把那文行出处都看得轻了。"……王冕左手持杯，右手指着天上的星，向秦老道："你看贯索犯文昌，一代文人有厄！"

小说借王冕之口，明确指出八股取士的严重弊端。正如伍涵芬在《读书乐趣》中所说："磨难天下才人，无如八股一道。"①长年累月沉湎于八股科举却屡试不第，许多士人身心俱疲、困窘不堪。《儒林外史》用一系列人物与情节来生动展现八股取士对士心文风的戕害，即"一代文人有厄"。另像蒲松龄也是如此。蒲松龄自幼聪颖好学，十九岁在县、府、院三级考试中都获第一，得到大诗人、山东学政施闰章的高度赞赏。蒲松龄对科举充满了憧憬，以为金榜题名指日可待。但此后一直屡试不中，过了古稀之年才等到援例选为贡生。蒲松龄在《聊斋志异》自序中称这部小说为"孤愤之书"，显然与他屡试不第有着直接的因果关系。蔡培的《聊斋志异序》说，蒲松龄怀才不遇，屡试不第，"往往托于文章，以自舒其抑郁无聊之气"，证实《聊斋志异》是蒲松龄因功名不遂而抒发郁愤的产物。

---

① （清）伍涵芬：《读书乐趣》卷六，《四库全书存目丛书》子部第157册，济南：齐鲁书社1995年影印本，第791页。

南京吴敬梓故居

科举考试将吴敬梓、蒲松龄等人挡在了科举功名的门外，题名录上少了一批可有可无的举人或进士，却成就了一群不可替代的小说巨子与文学名家。竞争激烈的科举考试把大批富有才情的落第士子赶进了小说创作队伍，壮大了小说家群体，丰富了小说家队伍的成分。科举对"小说家是如何炼成"的作用可见一斑。

（二）丰富题材内容

作为帝国选拔人才的主要方式，科举及其带来的文化风尚强势介入了当时人们的生活与思想，也深刻影响了小说作品的题材。所谓"劳者歌其事，饥者歌其食"①，小说作者喜欢撷取科举

---

① （东汉）何休：《春秋公羊传解诂》卷十六"宣公十五年"，见《春秋公羊传注疏》，北京：北京大学出版社2000年版，第418页。

素材，来反映科举社会的现实状况与科举士子的生活情态，扩大与充实了小说的题材内容，给这些小说打上了独特的历史标识与时代印记。下面我们通过梳理唐宋与明清小说中的科举题材，来分析科举在其中的深刻影响。

洞庭湖君山岛上的柳毅井

第一，唐宋小说青睐科举题材。早在科举实行之初，小说就开始盯上了科举题材。唐临的《冥报记》是唐代最早的一部志怪小说集，约作于唐高宗永徽年间（650—655），其中的《戴胄》《王瑞》《柳智感》等篇目已经涉及唐代科举。张鷟（约660—740）的名篇《游仙窟》中，作者自我介绍说："前被宾贡，已入甲科；后属搜扬，又蒙高第。"强调自己进士及第，又制举登科，语气中透出得意与炫耀，赢得了五嫂与十娘的钦慕。此后，有关科举风气和士子心态的故事越来越多的成为小说题材。如刘氏的《猿妇传》讲述明经科举子陈岩的艳遇与及第得官的故事。明经与进士一样属于科举考试的基本科目，明经，就是通晓经术的意思。明经科主要测试考生对儒家经典的识记和理解能力，比进士科要容易得多，很多青年学子很快就能考上，所以有"三十老明经，五十少进士"的说法。牛肃的《纪闻》中的《王贾》篇讲述王贾在明经及第后娶贵族女子崔氏，《牛腾》与《茹子颜》篇都讲述主人公明经及第而得官的故事。蒋防的《霍小玉传》被称为"唐人最精彩动人之传奇"，其描述进士及第又登书判拔萃科的李益与妓女霍小玉的爱情悲剧。再如李朝威的《柳毅传》，柳毅传书救助龙女的主干情节就发生在他考试落榜的归途，这个故事和白蛇传、董永与七仙女的传说、梁山伯与祝英台的故事并称为"中国古代四大民间爱情传说"。

　　唐代小说不仅偏爱与科举有关的故事题材，有些作品中的科举题材甚至成为情节发展的枢纽与分水岭。如陈玄佑的《离魂记》中，造成青梅竹马的王宙与倩娘分别的直接原因是他没有科举功名，难有锦绣前程。倩娘的父亲张镒于是背弃前约，将女儿许配给将要升职的幕僚，从而导致倩娘"离魂"去追随王宙。小说在讲述有情人冲破阻挠而自由结合后，又特意让他们的两个儿子高中科举，如此锦上添花，可谓用心良苦。唐代科举流行行卷、温卷。士子在应试之前，常把自己满意的诗文献给名士高官，以博取赞誉，称为"行卷"。考生行卷后，过些天又投献诗文，叫作"温卷"。唐五代小说讲述了行卷、温卷的详细过程与效果，甚至围绕它们来创作小说。如《幽闲鼓吹·顾况》讲述白居易赴京应举，以《赋得古原草送别》拜谒顾况，得到赞赏而声名大振，为进士及第增加了筹码。《云溪友议·吕温》讲述了李绅以《悯农》向吕温行卷，被赞为"未来的卿相"。李绅果然中了进士，并最终做了宰相。《云溪友议·章孝标》讲述章孝标落榜后作《归燕诗》献给侍郎庚乘宣，庚侍郎十分赞赏，决定下次着力推荐。来年，章孝标果然因此登第。小说家将这些名诗当作行卷、温卷的工具，作为科举题材的中心要素或主要线索，构成了一篇篇小说。另如许尧佐的《柳氏传》、元稹的《莺莺传》、蒋防的《霍小玉传》、白行简的《李娃传》、李朝威的《柳毅传》、沈既济的《枕中记》等名作中，最为人所称道的韩翊钟情、张生薄情、李益绝情、郑生重振、柳毅佳婚、卢生美梦等题材情节都是由科举线索牵动展开的，可见科举在小说题材中的关键作用与重要地位。

宋代话本小说是民间说话艺人讲述故事的底本，它是中国小说史上第一次使用白话进行的创作，通俗简明，多反映社会现实，情节曲折生动，具有浓郁的生活气息，被鲁迅先生认为实在是"小说史上的一大变迁"①。宋元话本也青睐科举题材，如《清平山堂话本》中的《蓝桥记》讲述裴航应举落第后回襄阳，在蓝桥驿遇见云英，捣药百日后成仙的故事。《陈巡检梅岭失妻记》讲述东京秀才陈辛金榜题名，荣登三甲进士，在琼林宴后赴任广东②，渡梅岭时被白猿劫妻。《五戒禅师私红莲记》写五戒禅师破了色戒后托生为苏轼，十六岁时应试及第，被授翰林学士。

宋代文言小说篇幅短小，平实简率，少有铺叙，但对科举题

---

① 鲁迅：《中国小说的历史变迁》，《鲁迅全集》第九卷，北京：人民文学出版社 2005 年版，第 329 页。

② 琼林宴是为新科进士举行的庆贺宴会，始于宋代，因设宴地点在汴京（今开封）的皇家花园"琼林苑"而得名。

材很感兴趣，以士子赴举为题材的作品占了很大比重，尤其热衷
"科名前定"的离奇故事。如委心子编《新编分门古今类事》二
十卷，分类摘编了大量有关命中注定与因果报应的故事。其中卷
六至八《梦兆门》分上中下三编，汇集了大量有关科举功名是命
运或神灵前定的故事。如卷七有一篇《东坡大吴》，讲述苏轼小
时候梦见自己拜谒三公官署，看见主官是一位身穿紫衣，长着一
张红脸有浓密胡须的人。主官对他说："君是大吴。"苏轼醒后告
知父亲与弟弟，都不明其意。苏轼后来举贤良中选，兄弟俩去御
史台拜谢知杂御史王绰。进门时一切俨如前梦，王绰乃梦中主
官。坐定后，王绰对苏轼说："君是大吴。"兄弟相视而笑，请问
其故。王绰解释说自己这次参与弥封试卷，以"大吴"为卷号，
预测苏轼将被录为第一，后来果然如此。洪迈的《夷坚志》也收
有大量的科举题材小说，其中有一篇《罗维藩》，讲述江西吉水
人罗维藩与福唐人杜申都以治《诗》出名，尽管吉水人的科举考
试能力很强，但罗维藩梦见父亲对他说这次肯定考不过杜申，因
为你比他少了二十八年阴德。放榜后，杜申夺得经魁，罗维藩位
列杜申之下二十八名。此类故事虽然短小，但全篇以科举为主
题，集中讲述一个科举故事，体现的科举功利性反而更强。另如
张师正的《括异志》、王辟的《渑水燕谈录》、吴曾的《能改斋
漫录》等小说集收有大量的"科名前定"故事，蔚为可观，不胜
枚举。

　　第二，明清小说热衷科举题材。到了明清时期，科举文化与古

代小说都发展到了顶峰，科举对小说题材的影响也达到极致。尤其是有一类才子佳人小说"以文雅风流缀其间，功名遇合为之主"①，这里的"功名"是指科举功名。绝大多数才子佳人小说都津津乐道金榜题名。不登科，非才子，科举情结非常浓厚。有的小说甚至把闺阁女子塑造成八股圣手与科场健将，这些才女佳人富有科举才能，如《玉支玑》中的管彤秀被赞为："只言其才，若朝廷开女科，会、状两元是不消说了。"《人间乐》中，居掌珠女扮男装参加科举，考试八股文时下笔有神，一出手就独占鳌头，让那些屡试不第的老童生无地自容。在后来的院试中，文题到手，"果是才高三峡，一泻千里。不到两三个时辰，早已做完"。居掌珠妙笔生花，就连考官也被她的八股文深深折服，不禁拍案叫绝。《白圭志》等作品中也有佳人乔装男子高中金榜的故事。而现实中女子是不能参加科举考试的，可见才子佳人小说的科举情结非常浓厚。还有一些小说将其他故事也写成科举模式，如《女开科传》就是一部典型的"游戏科举"小说。其主要内容之一是讲述余丽卿等人模仿科举取士举行选美的故事。余丽卿等人设立了一整套规章条例，"俨然是棘闱气象，倒比那真正科举场中，更觉得森严整肃，甚是可畏"。棘闱就是科举考场，因围墙布满荆棘防止翻墙舞弊而得名。小说接下来描述严格按照科举乡试、会试与殿试的程序和要求来选美，如

---

① 鲁迅：《明之人情小说（下）》，《鲁迅全集》第九卷，北京：人民文学出版社 2005 年版，第 196 页。

报考、作文、弥封、阅卷，甚至还举行传胪、琼林宴、簪花游街等一系列科举活动。铺叙细致，十分生动。

明清小说类型多样，其他各类小说也钟情于科举题材。如才子佳人小说所属的世情小说，主要讲述有关悲欢离合和世态人情的故事。"描摹世态，见其炎凉"①，科举题材就是一面镜子。《红楼梦》的第九、三十二、七十三、八十二、八十四、一一九回等反映了贾宝玉从初学八股文到中举的全过程，尤其是第八十四回，细致描述了贾政对贾宝玉所作三篇八股文及对塾师贾代儒的修改评语进行了详细讲评，洋洋洒洒约一千六百字的篇幅，生动、详细展现了一位望子成龙的父亲对儿子学作八股文所进行的严格、规范训练。小说对每一篇八股文习作的题目，宝玉作法之优劣，塾师批语之高下，贾政的评价、建议与总结等，都有细致详尽的描述。有研究者将这段八股训子情节作为高鹗是《红楼梦》后四十回的作者之依据。高鹗在乾隆五十三年（1788）中举，乾隆六十年（1795）中进士，并于嘉庆六年（1801）担任顺天乡试同考官。高鹗精于八股文，今存《兰墅制艺》，完全能写出如此精彩的八股训子情节。至于曹雪芹，到目前为止还没有发现他参加科举考试的确切证据。此论可备一说。另如李绿园的《歧路灯》讲述了一个浪子回头、重振家业的故事，其中一个重

① 鲁迅：《明之人情小说（上）》，《鲁迅全集》第九卷，北京：人民文学出版社 2005 年版，第 186 页。

要内容是叙述塾师侯冠玉教学八股文却误人子弟，谭绍闻改邪归正后与儿子一起潜心科举，最终金榜题名。《儒林外史》则是一部全面展现八股取士题材的小说，每一回都能找到八股举业的痕迹与影响。

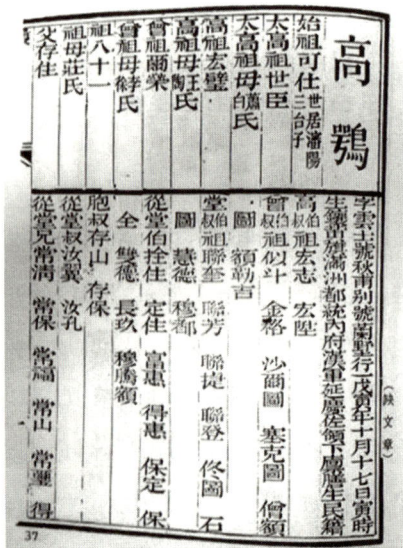

高鹗的会试朱卷

神魔小说虽然讲述的是神仙妖魔故事，但还是渗入了不少的科举题材，并借此影射现实生活。如董说的《西游补》第四回详细描述了孙悟空在宝镜中所见一群八股士子看榜的情景，活灵活现，入木三分。李百川的《绿野仙踪》描述了冷于冰的科举经历及所见所闻，展现了八股取士制度下的儒林群相。另如玉花堂主人的《雷峰塔奇传》、倚云氏的《升仙传演义》等神魔小说也多涉及科举题材。

公案小说多写诉讼刑狱破案题材，但也有生动曲折的科举故事。如余象斗编刊的公案小说《皇明诸司公案》卷六"雪冤类"《杨驿宰禀释贫儒》，讲述了韩士褒含冤服刑，仍勤奋苦读，通过写出两篇优秀的八股文证明了自己是读书人的身份，让长官陈院帮助雪冤，恢复了秀才功名，并连登科甲。

与公案小说有密切联系的英雄侠义小说，尽管多写路见不平、拔刀相助的武侠故事，但也不乏文人参加科举的情节。如《儿女英雄传》详尽叙述了安氏父子的科举经历，尤其是安学海苦心训练安骥、安骥参加科举考试等过程，细致之处如对准备考篮、纳卷报考、入闱搜检、号舍作文、阅卷评文等科举环节都有生动的展现。另如《三侠五义》《永庆升平》等作品也或多或少涉及科举题材。

历史演义小说讲述王朝兴废与战争故事，涉及科举题材的有《隋唐演义》《仇史》《洪秀全演义》等。但这类小说被视为"正史之补"①，要求"羽翼信史而不违"②，要求根据历史来演义，

① （明）林翰：《隋唐两朝史传》卷首《叙》，上海：上海古籍出版社2000年版，第9页。

② （明）修髯子：《三国志通俗演义》卷首《引》，北京：人民文学出版社1975年版，第13页。

但隋唐之前没有科举，所以相较于战争风云，科举题材比较少。另有一类时事小说是作者快速叙写当代的重大事件，主要涌现于明末清初与清末，科举题材较多。如前面提过的《辽海丹忠录》述及平辽总兵毛文龙鼓励、帮助一批逃难秀才完成学业，参加科举考试的故事。另如《梼杌闲评》《绣像捉拿康梁二逆演义》《大马扁》《康圣人显圣记》等时事小说也多涉及科举题材。

才学小说是指在作品中有意展示学问，企图"以小说见才学"的一类通俗小说，最杰出的代表作是《镜花缘》。这部小说讲述唐敖赴京赶考，高中探花，但遭奸人陷害而被革去功名，降为秀才。唐敖心灰意冷，便出海游历。女儿唐小山后来参加武则天开科的才女考试，位列百人榜。才女们相聚"红文宴"，各显其才，尽欢而散。另如夏敬渠的《野叟曝言》开篇就涉及科举取士问题。

清末谴责小说以猛烈抨击社会黑暗而著称，鲁迅先生称其"揭发伏藏，显其弊恶，而于时政，严加纠弹"①。谴责小说"显其弊恶"的重要内容之一就是揭露科场与官场弊病，大多愤世嫉俗，言辞激烈。

另有狭邪小说指以戏子、妓女为创作题材的小说。但其中也时常出现科举场景，如陈森的《品花宝鉴》、魏秀仁的《花月

---

① 鲁迅：《清末之谴责小说》，《鲁迅全集》第九卷，北京：人民文学出版社 2005 年版，第 291 页。

痕》、俞达的《青楼梦》都涉及科举题材。

上述小说类型并非标准统一分类，只是为了在异彩纷呈之中领略无处不在的科举痕迹。

第三，科举影响小说题材的深度探析。在古代小说中，科举题材不仅广泛蔓延，而且深度渗透。科举成为小说全篇的主干题材与核心立意，甚至是一篇之骨。《儒林外史》集中讨论八股取士对士人及社会的深远影响，正对应《儒林外史》第一个刻本卧闲草堂本《序》所说："其书以功名富贵为一篇之骨。"此本评语中也多次出现"功名富贵四字是全书第一着眼处"之类的品评。东武惜红生也说《儒林外史》的命意是"以富贵功名立为一编之局"。胡适的《吴敬梓传》也指出《儒林外史》全书的宗旨就在开篇的楔子，即借王冕的口气批评八股取士制度："将来读书人既有此一条荣身之路，把那文行出处都看得轻了。"此处"荣身之路"是指科举考试。这些观点都说明了科举功名对小说题材与立意的渗透之深。

清末出现了一次针对八股文弊端的时新小说征文活动，也体现了科举对小说题材深度影响。1895 年 5 月 25 日，英国人傅兰雅在《申报》上刊登了一则名为"求著时新小说启"的有奖征文广告，意图通过小说来揭露"鸦片、时文、缠足"的严重危害，以除弊革新，改良社会。他承诺以后定期征稿，发放奖金，汇集出版。五月末六月初，这则广告的中文版多次刊登在《申报》和《万国公报》上，另有英文启事登在《教务杂志》上，尽可能扩大影响。①

傅兰雅作为中国近代最负盛名的科技翻译家、教育家与科学启蒙者之一，影响巨大，由他发起的征文活动迅速得到热烈响应，至少有 162 部作品应征。傅兰雅经过几个月的精心筛选，于 1896 年 3 月在《万国公报》上揭晓了竞赛的最终结果。其中第一名酬洋五十元，第二名三十元，依次递减至第七名八元。应征的大部分作品涉及八股文题材，对八股文予以猛烈抨击，如《法戒录》要求"不以时文取士，不以时文课读，凡清明传世之稿，均收之以付一炬"。美国著名汉学家韩南认为傅兰雅的征文活动"的确在某种程度上影响了晚清小说的总体方向"②。一百多部批判八股文的作品几乎同时涌现，八股文第一次被有组织地列为文学的批判目标，成为小说集中表现的主要对象之一，构成主要的题材内容。从零星到集中，从随意到组织，从自发到自觉，时新小说最能体现八股取士对明清小说题材的渗透深度。时新小说对八股举业表现的广度、观察的精度、批判的力度、思索的深度与立论的高度，都是前所未有的。

---

① 傅兰雅（1839—1928），英国人，是一位圣公会教徒、翻译家，他在中国任职长达三十多年，因喜爱中国文化，被人称为"傅亲中"。光绪二年（1876），傅兰雅因对中国的翻译与教育科学事业的杰出贡献，被朝廷赏赐三品顶戴以资褒奖。

② ［美］韩南著，徐侠译：《中国近代小说的兴起》，上海：上海教育出版社 2004 年版，第 168 页。

傅兰雅

　　别具意味的是有些小说在描述历史人物时，不惜改变历史事实来添加科举内容，体现出科举对小说题材的深刻影响。如"诗仙"李白从未参加过进士考试，这是确凿的历史事实，但在冯梦龙的《警世通言》第九卷《李谪仙醉草吓蛮书》中，李白在贺知章的鼓励与帮助下前去应试。小说着力描述李白参加科举考试的情景，"李白才思有余，一笔挥就，第一个交卷"，但受到主考官杨国忠与监视官高力士的阻挠羞辱而黯然落榜。由此埋下了李白后来婉拒上朝解读番书、解救国难的伏笔。这一矛盾冲突直到李白被钦赐进士及第，并在朝堂上要杨国忠磨墨、高力士脱靴才得到初步解决。作为著名学者与文学家，冯梦龙不可能不知道李白从未应举的历史事实，但小说虚构李白参加科举考试的情节，是为了展现李白高迈横溢的才华、酷爱自由的个性与蔑视权贵的傲骨，增加小说题材的戏剧性与传奇色彩，增强跌宕起伏、引人入胜的阅读效果。同时，冯梦龙也借此抒发自己屡试不第、怀才不遇的怨愤。李白参加科举考试的故事题材后来又被历史小说《隋唐演义》等采用。另如李汝珍的《镜花缘》第二十二回中，唐敖与多九公在学塾中谈论八股文的结构。八股文诞生于明朝，与小说所叙述的唐朝武则天时代相去甚远，风马牛不相及。作为才学小说作家的杰出代表，李汝珍不可能不知道这个历史常识。只是在明清这个八股文世界中，习惯成自然，八股文如影随形，被带进了小说题材。由此可见科举文化对小说题材渗透的深度。

（三）提高小说艺术

艺术魅力是小说繁荣发展的重要内在因素。在中国古代小说艺术的发展过程中，科举的作用不可忽视。下面从以诗取士、进士浮华对唐传奇"诗化"特征的影响来管中窥豹。

唐传奇是中国古代小说艺术成熟的重要标志。在一个属于诗歌的时代，唐传奇也浸染了浓郁的诗意。宋人洪迈说："唐人小说，不可不熟。小小情事，凄惋欲绝，洵有神遇而不自知者。与诗律可称一代之奇。"① 他认为唐传奇具有浓厚的抒情韵味，与唐诗同为唐代文学的典型代表。宋代赵彦卫的《云麓漫钞》也称唐传奇"文备众体，可以见史才、诗笔、议论"。传奇小说借鉴了史、诗、论等多种笔法，融合了多种文体因素，其中的"诗笔"尤为瞩目，用诗的笔法来创作小说，赋予小说以诗一般的艺术韵味，从而形成了一种诗化的小说。唐传奇的"诗化"特征具体表现在以下几个方面：

其一，大量羼入诗歌，成为塑造人物形象的重要手法。中国古代小说大多喜欢穿插诗歌。唐传奇在叙述故事时也大量羼入诗歌，但与宋元话本、明清小说有所不同，唐传奇中的诗歌较少作为小说作者的叙述语言，而大多作为人物语言，成为塑造小说人物形象的重要手段。这与后世小说中的诗歌常常游离于情节之外，很多只是"有诗为证"或是空洞说教的程式大不一样。如《游仙窟》中直接羼入八十多首诗歌，男主人公和十娘、五嫂的对话多是"诗曰""咏曰"式的，用诗歌谑浪调情，虽不免有轻薄之嫌，但诗意盎然中又风情万种，并无庸俗之感。《李章武传》中的对话也大量出现"赠诗曰""答诗曰"，用诗体对话来展现人物个性，推动情节发展。又如《莺莺传》中，《明月三五夜》和

① （宋）洪迈：《唐人说荟例言》，侯忠义：《中国文言小说参考资料》，北京：北京大学出版社1985年版，第21页。

《会真诗》三十韵是小说的重要组成部分，是塑造张生与莺莺这两个艺术形象必不可少的手段。张生的求爱和莺莺的应约都通过情诗传达心意，诗歌不仅成了男女双方的情色媒人，同时也含蓄地呈现了人物感情体验和隐秘心理，如莺莺收到张生的《春词》二首后，把少女那种情窦初开时的欣喜、期盼、跃跃欲试而又矜持害羞的复杂心理，淋漓尽致地体现在回赠张生的彩笺题诗《明月三五夜》中："待月西厢下，迎风户半开。拂墙花影动，疑是玉人来。"这首诗含蓄蕴藉，充满暗示与想象，富含诗情与韵味，生动、细腻地展现了莺莺此时丰富而又隐秘的内心活动，又引发了逾墙、斥淫、回心等一系列冲突，由此可以看出崔张二人的性格与行为特征。此诗和此传都非常有名，著名学者汪辟疆先生说："词林韵事，传播艺林，皆推本于微之此传，而益加恢张者也。唐人小说影响于元明大曲杂剧者颇多，而此传最传最广。"①戏曲《西厢记》的名称便由此诗第一句诗而来。莺莺后来给张生的一封长信也是诗体。故事结尾，张生、莺莺又各赋诗一首。杨巨源、元稹、李绅等人也是以诗来评论崔张爱情。

其二，唐传奇中的人物形象尤其是女性形象富有诗人性情与气质。唐传奇中最为耀眼的人物是一批女性形象。她们色貌如花、才情似海，巾帼不让须眉，尤其是诗才高迈、诗心细腻、诗情浓郁，在诗意人生中展现人性的真善美，成为诗的精灵与化

---

① 汪辟疆：《唐人小说》，上海：上海古籍出版社 1978 年版，第 140 页。

身，是如椽"诗笔"精心塑造的艺术结晶。《霍小玉传》中的霍小玉尽管身世悲苦、沦落风尘，但"高情逸态，事事过人，音乐诗书，无不通解"，可谓心志高洁、才华横溢。小说描绘她出场时是"若琼林玉树，互相照耀"，具有女神一般的美丽容貌与高雅气质。她温婉贤淑，初见李益时"低环微笑，细语……初不肯"，言叙温和，辞气婉约。小玉在浓情蜜意中却流泪生悲，深知李益对自己的爱情不会长久，即使李益指天为誓，她也只求八载厮守，然后遁入空门。可见她对社会与人生始终保持非常清醒的认识，具有超乎常人的敏锐感受。当李益辞别，小玉已有不祥预感。李益杳无音信，她忧思成疾、蜷委床枕。最后李益被黄衫客挟来相见，小玉临终痛斥。小说描述道：

玉乃侧身转面，斜视生良久，遂举杯酒酬地曰："我为女子，薄命如斯！君是丈夫，负心若此！韶颜稚齿，饮恨而终。慈母在堂，不能供养。绮罗弦管，从此永休。徵痛黄泉，皆君所致。李君李君，今当永诀！我死之后，必为厉鬼，使君妻妾，终日不安！"乃引左手握生臂，掷杯于地，长恸号哭数声而绝。

如此诀别的场景成为小说史上的经典。《毛诗序》曰："诗者，志之所之也，在心为志，发言为诗，情动于中而形于言……"严羽《沧浪诗话》也说："诗者，吟咏情性也。"诗，不只是一种单纯的文学体裁，更是熔铸了对理想世界至真、至善、至美的诗意人生的更高追求。这一段凄楚激越、酣畅淋漓、感人肺腑的话展现的就是至真至深的性情，将小玉敢爱敢恨、性情刚烈的形象塑造达到一种诗意的完美。小玉"掷杯于地，长恸号哭数声而绝"，足见她用情之真之深之专。小玉是用生命呼唤一种人格的尊严与独立。另如《游仙窟》中的十娘本是风尘女子，但小说描述十娘是"博陵王之苗裔，清河公之旧族。容貌似舅，潘安仁之外甥；气调如兄，崔季珪之小妹"，气度优雅、雍容华贵，与五嫂都是才思敏捷、出口成章、吐气如兰，不乏名媛淑女的林下风致。唐传奇对女性诗意化的描绘与讴歌，是传奇作家以诗才自诩，将自己的诗心诗性投射其中，着意将她们诗化的结果。

其三，唐传奇的语言诗文相间，骈散糅合，铺陈藻饰，富有诗意。如《柳氏传》抒写离别："乃回车，以手挥之，轻袖摇摇，香车辚辚，目断意迷，失于惊尘。"寥寥数语熔景物描写、肖像描绘与心理刻画于一炉，动静结合，虚实相生，融情入景，水乳交融，诗情画意间是一幅催人肠断的送别图。又如《南柯太守传》的绘景："山阜峻秀，川泽广远，林树丰茂，飞禽走兽，无不蓄之。"句式齐整，凝练雅致，诗意盎然。另如上文所引的霍小玉的临终痛斥俨然就是一首四言诗，句末"子""斯""此""齿"等字合韵，音调协律，读来朗朗上口，铿锵有力，将霍小玉咬牙切齿、悲愤欲绝的情状表达得淋漓尽致。东晋干宝的《搜神记·韩凭夫妇》中，韩凭的妻子何氏被宋康王夺占后，小说仅用一个"怨"字来描述韩凭，相比之下，其语言艺术的差别就不可以道里计，正如鲁迅先生的《中国小说史略》称唐传奇"文辞华艳，与六朝之粗陈梗概者较，演进之迹甚明"。

其四，唐传奇的叙事富含抒情诗的意蕴，具有诗的意境。钱钟书的《谈艺录》说："唐诗多以丰神情韵擅长。"缪钺的《诗词散论》说："唐诗以韵胜，故浑雅，而贵蕴藉空灵……唐诗之美在情辞，故丰腴。"唐传奇在叙事中也沾染了唐诗情韵深长的特征，正如鲁迅在《中国小说史略》中称赞唐传奇"叙述宛转"。与六朝小说的粗陈梗概相比，唐传奇在大幅增加的叙事容量中尽情渲染、生动展现与细腻描述，以情动人，感人至深。如沈既济的《任氏传》所说："著文章之美，传要妙之情。"让读者在诗一般的丰神情韵中体味到委婉含蓄、朦胧渺远的意境之美。唐传奇的许多篇章让人读后油然而生绵绵情思，回味无穷。如陈鸿的《长恨歌传》中，上半部分极力渲染玄宗与杨妃的柔情蜜意，下半部分，杨妃香消玉殒，玄宗魂牵梦绕，天人永隔，空余憾叹。为了表现李、杨之间绵绵不绝的情思愁绪，小说精心设计了道士游神驭气、八方求索的情节，使人间难以相见的李、杨通过道士传递信物、互诉衷肠。最让读者荡气回肠的不是曲折起伏的情节本身，而是萦绕故事始终的浪漫诗意。小说在叙完李、杨的爱情悲剧之后似乎意犹未尽，有一个版本又将白居易的感伤诗《长恨歌》缀在末尾，一唱三叹，余音绕梁。值得一提的是，这两篇作品是白居易与陈鸿相约而作，相辅而行。另如李绅的《莺莺歌》与元稹的《莺莺传》也是如此,这类小说应该会受到孪生作品的诗意感染。

至于先有诗歌,然后引发的相同题材的小说遗传了更多的诗歌基因。此类例子甚多,如前文所引大量根据诗人行卷、温卷诗作来创作小说的事例。另如诗人崔护有诗歌名篇《题都城南庄》:"去年今日此门中,人面桃花相映红。人面不知何处去,桃花依旧笑春风。"晚唐孟棨根据诗意创作小说《崔护》,描述崔护的一段艳遇,并引用原诗,诗意盎然,情韵悠长。更为典型的事例还有沈亚之的《湘中怨解》。唐传奇名家沈亚之被大诗人李贺赞为"工为情语,善窈窕之思",因友人韦敖作有诗歌《湘中怨歌》,于是创作这篇小说"以应其咏"。题中"解"字,乃解题之意,即详细记述诗歌本事缘起。《湘中怨解》讲述人仙遇合题材,本无新意。小说大大简化了故事情节,而去着力营造一种凄怨哀婉的诗意情境。郑生与氾人初见时,"醉融光兮渺弥,迷千里兮涵洇湄"。在数年泣别后,小说并未叙及两位的经历。但对那个在晓风残月中来、暮霭余晖里去的氾人,郑生多年来魂牵梦萦,始终难以释怀。直至十余年后的一天,当众人在岳阳楼上聚宴酣歌,郑生眺望烟波浩渺的洞庭,离思涌动,愁吟"情无垠兮荡洋洋,怀佳期兮属三湘"。心有灵犀,氾人即刻现身彩船,在众女仙弦弹鼓吹中翩翩起舞。舞时"含颦凄怨",舞毕"翔然凝望",在这无限凄迷哀婉的情境中,"须臾,风涛崩怒,遂迷所往"。氾人有如夜空滑过的流星,美丽耀眼却又转瞬即逝。"荷拳拳兮未舒，匪同归兮将焉如？"如烟似梦，恍惚迷离，唯有她那凄美哀怨的歌声似乎还久久回荡在茫茫水面。三首骚体诗使小说弥漫着一种浓郁的《九歌》式的楚辞风情，富含抒情诗的意境。以致后世诗词名家对此多有吟咏，如宋代周密的《夷则商国香慢·赋子固凌波图》："经年汜人重见，瘦影娉婷。"吴文英的《琐窗寒》："玉绀缕堆云，清颐润玉，汜人初见。"清代陈维崧的《汜人》："湘中蛟娣号汜人，楚天冉冉红罗巾。"可见唐传奇情韵深长，感发诗兴，影响深远，经久不衰。

岳阳楼

综上所述，唐诗赋予了唐传奇诗一般的艺术韵味，使后者具有鲜明的"诗化"特征，诚如洪迈的《容斋随笔》卷十五所言：

"大率唐人多工诗,虽小说戏剧,鬼物假托,莫不宛转有思致,不必颛门名家而后世可称也。"浦江清先生《论小说》也说:"唐代的文人无不能诗者,以诗人的冶游的风度来摹写史传的文章,于是产生了唐人传奇。"① 而唐诗之所以能有如此强大的辐射力与渗透力,能赐"诗笔"予唐传奇,与科举不无关系。我们可以从两个方面来认识这一问题。

首先,以诗取士促进了诗歌的普及和诗艺的提高,壮大了诗人队伍,促进社会尚诗、学诗风气,为唐传奇"诗化"特征的形成与发展奠定了基础。关于唐诗繁荣与科举以诗取士的关系,宋代严羽的《沧浪诗话》说:"或问:'唐诗何以胜我朝?'唐以诗取士,故多专门之学,我朝之诗所以不及也。"认为唐诗的巨大成就是以诗取士的结果。杨万里的《周子益训蒙省题诗序》也说:"唐人未有不能诗者,能之矣,亦未有不工者……无他,专门以诗赋取士而已。诗又其专门者也,故夫人而能工之也。"认为唐人擅长作诗与科举考试有直接的因果关系。尽管此论不乏疑义,如明代王世贞、杨慎等人认为唐代考场诗歌鲜有佳作,还有唐诗繁荣与以诗取士可能存在时间先后的问题,但科举考试促进诗歌的普及和诗艺的提高是显而易见的。

明代黄淳耀在《陶庵全集》中说:"唐世以诗取士,上自王

_____

① 浦江清:《论小说》,见《浦江清文录》,北京:人民文学出版社1989年版,第186页。

侯有土之君，下至武夫、卒吏、缁流、羽人、妓女、优伶之属，
人人学诗，一篇之工，播在人口，故诗人易以得名。"纵观唐代
诗坛名家，多为科举出身，如上官仪、杜审言、刘希夷、宋之
问、沈佺期、贺知章、陈子昂、张九龄、王昌龄、王维、刘长
卿、高适、岑参、李益、孟郊、张籍、王建、韩愈、刘禹锡、柳
宗元、白居易、元稹、李绅、杜牧、李商隐、皮日休、韦庄等，
都曾科举及第，且大部分出身于擅长诗赋的进士科。元代辛文房
的《唐才子传》选录唐代诗人 278 名，其中进士及第者为 171
人，比例超过 60%，足见进士出身的诗人之多。即使如杜甫、李
贺、贾岛等人不是进士，但也有为科举而勤奋习诗的经历。科举
士子引领了唐代的诗歌风尚，掀起了全社会学诗的热潮，最终形
成了一个属于诗歌的国度。

　　科举功名关系前途命运，士子必须全力以赴提高诗艺。唐代
省试诗为五言六韵或八韵的律诗，对声韵的要求极严，科举考试
让诗歌成为举子苦心钻研的专门之学。《玄宗条制考试明经进士》
就曾批评"进士以声韵为学，多昧古今"①，《旧唐书·贾至传》
也指责科举考试"以声病为是非，唯择浮艳"。所谓"工欲善其
事，必先利其器"，术业有专攻，诗艺必然得到提高。士子至少
可以通过练习科举试帖诗而熟悉诗歌格律。殷璠的《河岳英灵集
序》说盛唐诗歌自开元十五年（727）后，"声律风骨始备矣"。

---

① （清）董诰等：《全唐文》卷三十一，北京：中华书局 1983 年版，第 344 页。

讲究声韵格律是近体诗的一个重要标志，也是盛唐之音的一个重要音符。考场上的省试诗要求辞藻"丽"与"新"，士子为此必须苦练作诗的语言技巧。这些虽然远远不是构成优秀唐诗的重要因素，却是学习作诗的门径与工具，不可或缺。

其次，进士浮华深刻浸染了唐传奇的情调与品格。严羽等人将以诗取士与唐诗的发达进行简单的对应，质疑者则认为省试诗缺少佳作，从而否定科举对唐诗的促进作用，两者其实都有偏颇之处。以诗取士对唐诗及唐传奇的影响其实是一个多层面、多角度的立体化过程，不能简单地拘泥于文本去纠结所谓"专门之学"。以诗取士打破了门阀禁锢，让擅长诗赋的平民寒士登上政坛，以诗扬名，改变了新贵们的价值观与行为方式。宝应二年（763），主管科举事务的礼部侍郎杨绾上书《条奏贡举疏》批评进士科：

近炀帝始置进士之科，当时犹试策而已。至高宗朝，刘思立为考功员外郎，又奏进士加杂文，明经填帖，从此积弊，浸转成俗。幼能就学，皆诵当代之诗；长而博文，不越诸家之集，递相党羽，用致虚声，六经则未尝开卷，三史则几同挂壁……祖习既深，奔竞为务。矜能者曾无愧色，勇进者但欲凌人，以毁讟为常谈，以向背为己任。投刺干谒，驱驰于要津；露才扬己，喧腾于当代。①

---

① （后晋）刘昫等：《旧唐书》卷一一九《杨绾传》，北京：中华书局1975年版，第3430页。

　　杨绾是进士出身，擅长文辞，又于天宝十三年（754）登词藻宏丽科，制举从此开始考试诗赋。杨绾作为此次登科三人中的第一名，被破格授予右拾遗职位。作为躬亲入局者，杨绾深谙进士群体的特点。他说进士加试的"杂文"就是诗赋。以诗取士造成举子自幼钻研诗文而轻视经史和内在修为，他们"在乎贪名巧宦，得之为荣""奔竞为务"，为了功名利禄而处心积虑甚至不择手段。因此，传统的儒士精神衰微，而文人的不良习气炽盛，士风浇薄，道德沉沦。所谓"递相党羽，用致虚声""奔竞""矜能""投刺干谒""露才扬己"等都是进士价值观与行为方式的突出表现，这是对君子"温良恭俭让"的传统修养的一种颠覆。《新唐书·选举志》说："众科之目，进士尤为贵，其得人亦最为盛焉。方其取以辞章，类若浮文而少实。"也指出以诗取士造成进士"浮文而少实"。《唐摭言》卷三列举了进士喜好表现的一些行为，如"寻芳逐胜，结友定交，竞车服之鲜华，骋杯盘之意气，沽激价誉，比周行藏"。这些都是以诗取士影响下新出现的进士习气，即进士浮华。他们恣意性情，张扬自我，炫文逞才，重情性而轻德行，"以浮虚为贵"，表现出"轻薄无行"的群体性品行。

　　进士"轻薄无行"的表现之一就是纵情声色、流行狎妓。《开元天宝遗事》载："长安有平康坊，妓女所居之地，京都侠少萃集于此，兼每年新进士以红笺名纸游谒其中，时人谓此坊为风流薮泽。"①《北里志·序》也说:"诸妓皆居平康里,举子、新及第进士、三司幕府但未通朝籍、未直馆殿者,咸可就诣。如不吝所费,则下车水陆备矣。"《本事诗》《唐摭言》《唐语林》等也大量记载了进士与妓女的交往故事,如《唐语林》载:"杜牧少登第,恃才,喜酒色。初辟淮南牛僧孺幕,夜即游妓舍,厢虞候不敢禁,常以榜子申僧孺,僧孺不怪……"大诗人杜牧烂醉花间,有"赢得青楼薄幸名"之叹。新科进士到平康坊狎妓被赞为风流韵事,尤其是携妓参加曲江游宴成了唐代进士登第后的一项重要的常规活动,以此来展现新贵的价值和荣耀。这种习气深刻浸染了唐传奇的情调与品格。进士出身的张鷟素以风流自赏著称,被人斥为"倜荡无检",这就不难理解他在《游仙窟》中以"少娱声色,早慕佳期,历访风流,遍游天下"自诩了。《莺莺传》中的张生自称"余真好色者",津津乐道自己与莺莺的艳遇私情。《霍小玉传》中李益纵情风流,及第后"博求名妓",直言不讳地对霍小玉宣称"鄙夫重色"。《李娃传》中的郑生在平康坊流连忘返,居然置学业和科举于不顾,如此等等。这些小说浸染在一种恣意性情、张扬自我的浮华气息当中,正如浦江清先生所说,唐代的文人"以诗人的冶游的风度来摹写史传文章,于是产生了唐人传奇"②。

----

① (五代)王仁裕:《开元天宝遗事》卷二"风流薮泽",见《唐五代笔记小说大观》,上海:上海古籍出版社 2000 年版,第 1725 页。

② 浦江清:《浦江清文录》,北京:人民文学出版社 1989 年版,第 186 页。

唐代进士及第后登大雁塔（慈恩塔）题名留念

更为重要的是，杨绾所批评进士的"露才扬己""喧腾"
"矜能"等品行对唐诗及唐传奇的强烈的抒情性具有重要的促进
作用。"露才扬己"本是班固的《离骚序》对屈原的批评，责其
所作"皆非法度之政、经义所载"。班固显然是站在儒家正统诗
教重德而轻情的角度来进行文学批评的。但正是屈原《九章·惜
诵》说的"发愤以抒情"成为诗歌发展的一大原动力。唐人可谓
深谙此道，白居易的《与元九书》说："诗者，根情、苗言、华
声、实义。"把情感视为诗歌的根本与灵魂。白居易与元稹是唐
代放浪声色、轻视礼法的典型代表，两人都是少年登第，意气风
发。白居易自称"慈恩塔下题名处，十七人中最少年"，元稹自
诩"天子下帘亲考试，宫人手里过茶汤"，炫耀之意溢于言表，
都可谓"露才扬己"。此外，韩愈在《送孟东野序》中提出著名
的"不平则鸣"，认为诗人应该真实表达内心情志。这篇赠序是
为送孟郊赴仕溧阳县尉而作。孟郊早年屡试不中，直到四十六岁

才中进士，仕途更是坎坷，直到五十岁才被任命为溧阳县尉。该序为孟郊的不得志而鸣不平。孟郊的诗歌也多感发意志，倾吐对功名的热切期盼、落第的痛苦不堪与登第的欣喜若狂。如《落第诗》愁吟："晓月难为光，愁人难为肠。"次年的《再下第》哀叹："两度长安陌，空将泪见花。"《登科后》则是："昔日龌龊不足夸，今朝放荡思无涯。春风得意马蹄疾，一日看尽长安花。"一旦登第，顿时心花怒放，扬眉吐气。"放荡"行径已显露出"寻芳逐胜""驱驰""喧腾"甚至"凌人"的态势。

其实，即使是拘于正统诗教立场的班固，在《汉书·艺文志》中也肯定了"故哀乐之心感，而歌咏之声发"① 的创作合理性。"露才扬己""矜能""喧腾"等进士习气发乎情，但并不止乎礼，不避真情实感的抒发，肆意纵情。内心情感涌动，乐而淫，哀而伤，喷涌而出，唐诗与唐传奇就是重要的载体。于是，强烈的抒情性造就了这两者并称的"一代之奇"。

科举对小说艺术的影响是丰富多彩的。另如科举文化对明清小说的讽刺艺术的深刻影响，科举榜、题名录对《水浒传》的"忠义榜"、《儒林外史》的"幽榜"、《红楼梦》的"情榜"、《封神演义》的"封神榜"、《镜花缘》的"花榜"等榜式结构的影响，八股文对才子佳人小说结构的影响等，都是值得我们关注的问题。

---

① （东汉）班固：《汉书》卷三十《艺文志·六艺略》，北京：中华书局1962 年版，第 1708 页。

（四）促进小说传播

与诗文相比，中国古代小说尤其是通俗小说的发展更加依赖于传播的媒介与途径。通俗小说在明代万历年间走向空前繁盛的一个重要原因就是小说传播的迅速发展。那么，科举在小说传播中发挥了何种作用呢？本节拟从科举士子的阅读活动、科举与书坊主的关系以及明清小说评点等方面予以探讨。

第一，科举士子是明清小说的主要读者群之一，对小说传播起到了重要的促进作用。明代胡应麟的《少室山房笔丛》在分析小说盛行的原因时指出："古今著述，小说家特盛；而古今书籍，小说家独传，何以故哉？……夫好者弥多，传者弥众，传者日众则作者日繁。"可见，读者的传播推动了小说的繁荣发展，影响了小说的作品数量与艺术质量。清代蔡元放的《东周列国志读法》也称："至于稗官小说，便没有不喜去看的了。"[1] 在这些喜好阅读小说的"传者"当中，科举士子是富有影响的一大主力。日本学者矶部彰的《关于明末〈西游记〉的主体接受层的研究——明代古典白话小说的读者层问题》通过对《西游记》读者阶层进行考察得出结论："古典小说的主体接受层是以官僚读书人、富商等为中心的统治阶级。"在科举成为主要入仕通道的明清时期，所谓的官僚读书人就是借助科举成长起来的官绅士子。

---

① 稗官原指小官，班固《汉书·艺文志》说："小说家者流，盖出于稗官。街谈巷语，道听途说者之所造也。"后世将野史小说称作稗官。

另一位日本学者大木康在《关于明末白话小说的作者和读者》中通过详尽分析，认为明末白话小说的读者包括以生员为主的科举考生和商贾这两个层面的人，并强调"明末白话小说的读者是以生员为中心的应举士子及生员以上阶层的人士"①。

科举士子是购买书籍的主要群体。胡应麟的《少室山房笔丛》卷四《经籍会通四》记载：

> 越中刻本亦希，而其地适东南之会、文献之薮，三吴、七闽典籍萃焉……关、洛、燕、秦，仕宦橐装所挟，往往寄鬻市中，省试之岁甚可观也……凡燕中书肆，多在大明门之右及礼部门之外及拱宸门之西，每会试举子则书肆列于场前……会试则税民舍于场前，月余试毕贾归，地可罗雀矣。凡武林书肆多在镇海楼之外及涌金门之内、及弼教坊、及清河坊，皆四达衢也。省试则间徙于贡院前……凡金陵书肆多在三山街及太学前。

无论是越中（今绍兴市及杭州市萧山区等地）、燕中（今北京与河北北部一带），还是武林（今杭州）、金陵（今南京）等地的书市，科举考试期间都是书籍销售的黄金旺季，因考试而兴的书市在考后就立即变得冷清。谢国桢的《明清之际党社运动

---

① ［日］大木康撰，吴悦摘译：《关于明末白话小说的作者和读者》，载《明清小说研究》1988 年第 2 期。

考·复社始末上》指出，当时书坊应时出版的书籍有制艺、时务和小说三类。在贡院、太学旁热销的除了科举用书以外，还有小说作品。在明末有一类将科举考试资料与小说作品进行嫁接、杂交而成的畅销书就是一个生动的例子。金陵万卷楼万历刊《国色天香》的封面对联题云："学海遗珠玩味中启文人博雅，艺林说锦批读处动才子情思。"卷一《珠渊玉圃》标题下注称："是集大益举业，君子慎毋忽焉。"卷四

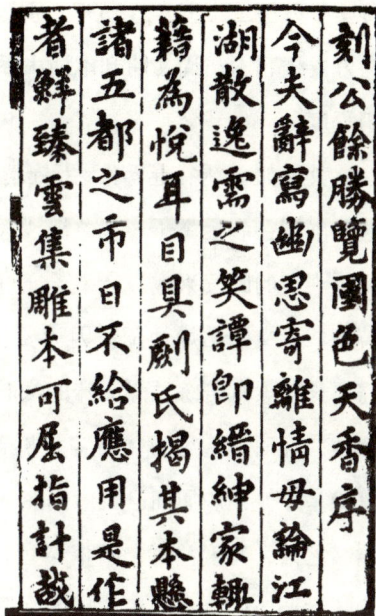

刻公餘勝覽圓色天香序

今夫辭寫幽思寄離情毋論江

湖散逸需之笑譚卽縉紳家輒

籍爲悦耳目具劇氏揭其本懸

諸五都之市日不給應用是作

者釋臻雲集雕本可屈指計戲

谢友可《国色天香序》的原版书影

《规范执中》标题下注云："此系士人立身之要。"卷五《名儒遗范》标题下注云："士大夫一日不可无此味。"显然，《国色天香》主要是为科举士子编写的。此书页面分为上下两层，上层卷一《珠渊玉圃》收录判、诏、诰等科举考试文体，为考生提供了参考范本，加上制、铭等文体共69种，卷八至卷十"诸体小说"则收15篇小说，下层又集中收录了7篇中篇文言传奇小说。由于科举考生的热烈追捧，《国色天香》十分畅销，流播甚广。谢友可《国色天香序》称其"悬诸五都之市，日不给应"，以致万卷

楼又于万历二十五年（1597）重版该书，后来它的版本多到可分为万卷楼刊本与周文炜刊本两大系统，清刊本也很多，可见其畅销程度。

其他如《绣谷春容》《万锦情林》《燕居笔记》等也是如此。这些书籍在满足举子客观急需"大益举业"的同时，又迎合了他们主观上的阅读兴趣。让举子通过阅读小说来消遣娱乐，以调节苦练八股文的枯燥烦闷。因为要在竞争激烈的科举考试中胜出，需要长年累月苦练枯燥无味的八股文，这无疑是一种极其痛苦的煎熬，晚明俞琬纶的《与客》诉苦道："人生苦境已多，至我辈复为举业笼囚。屈曲己灵，揣摩人意，埋首积覆瓿之具，违心调嚼蜡之语，兀度兰时，暗催梨色，亦可悲已。"而阅读小说不失为一种调节的良方，正如署名为汤显祖的《艳异编叙》所言：

> 吾尝浮沉八股道中，无一生趣。月之夕，花之晨，衔觞赋诗之馀，登山临水之际，稗官野史，时一展玩，诸凡神仙妖怪，国士名姝，风流得意，慷慨情深等语，千转万变，靡不错陈于前，亦足以送居诸而破岑寂，岂其詹詹学一先生之言而以号于人曰：此夫出自《齐谐》之口者也，而摈不复道耶？①

---

① （明）汤显祖：《艳异编叙》，王世贞编：《艳异编》卷首，上海：上海古籍出版社 1992 年影印本，第 2-5 页。

　　《艳异编叙》的作者称自己在学习八股举业的过程中，深感毫无乐趣、枯燥乏味，于是阅读才情斐然、曲折生动的小说来消遣娱乐，调节紧张压抑的心情。吴承恩的《禹鼎志序》称："余幼年即好奇闻，在童子社学时，每偷市野言稗史，惧为父师诃夺，私求隐处读之。比长，好益甚，闻益奇。"科举士子在被迫苦读应举之余，偷偷阅读小说，兴致勃勃，以致师长担心其影响了八股举业。竹秋氏的《绘芳录序》说："余于童年即爱观诸家说部，若《水浒传》《红楼梦》等书，偶一展阅，每不忍释，以是遭父师之责者不知凡几，终不能改。"科举士子沉湎于阅读小说，流风所及，以致引起了中国小说史上第一次小说禁毁行动。明代正统七年（1442）三月，中国小说史上发生了一件不可忽略的大事，时任国子监祭酒的李时勉向皇帝请求禁毁《剪灯新话》等小说：

　　近年有俗儒假托怪异之事，饰为无根之言，如《剪灯新话》之类，不惟市井之徒争相咏习，至于经生儒生多舍正学不讲，日夜记忆，以资谈论，若不严禁，恐邪说异端日新月异，惑乱人心，实非细故。乞敕礼部行文内外衙门及提调学校金事、御史并按察司官，巡历去处，凡遇此等书籍，即令焚毁……上是其议。①

----

　　① （明）胡广等：《明实录·英宗实录》卷九十，台北：台湾中研院历史语言研究所 1962 年影印本，第 1811－1813 页。

　　明清学校沦为科举的附庸，监生的及第人数成为评判国子监业绩的重要标准。明初的国子监常常在会试中风光无限，《明史·选举志一》载："历科进士多出太学，而戊辰任亨泰廷对第一，太祖召讷褒赏，撰题名记，立石监门。"王世贞的《弇山堂别集·科考一》也说："上以连科状元出太学，召祭酒宋讷，面褒焉。"因国子监进士涌现、状元辈出，朱元璋对祭酒宋讷大加赞赏。但到了正统年间，国子监管理松懈，科举成绩一落千丈。就在李时勉接任祭酒之前的正统四年（1439）己未科会试，国子监生仅中试九人，这是有明一代国子监生在会试中的最差成绩。而监生多荒于举业正学，却对小说"日夜记忆，以资谈论"，李时勉于是奏请禁毁《剪灯新话》之类的小说。但"野火烧不尽，春风吹又生"，举子阅读小说屡禁不止，清末的惺园退士在《儒林外史序》中说："士人束发受书，经史子集，浩如烟海，博观约取，曾有几人？惟稗官野乘，往往爱不释手。"到了 1897 年，康有为问书商："何书宜售也？"得到的答案是："书经不如八股，八股不如小说。"①

---

　　① （清）康有为：《日本书目志》卷十，姜义华、张荣华编：《康有为全集》第三集，北京：中国人民大学出版社 2007 年版，第 410 页。

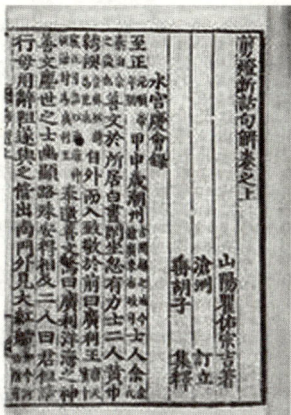

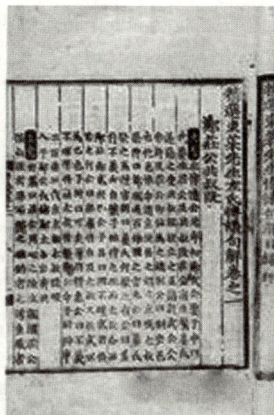

中国古代第一部禁毁小说《剪灯新话》的被禁与科举有关

　　作为社会名流与精英人士，科举士子的阅读兴趣大大促进了小说的传播。明代沈德符《万历野获编》卷二十五云：

　　袁中郎《觞政》以《金瓶梅》配《水浒传》为外典，予恨未得见。丙午，遇中郎京邸，问："曾有全帙否？"曰："第睹数卷，甚奇快。今惟麻城刘延伯承禧家有全本，盖从其妻家徐文贞录得者。"又三年，小修上公车①，已携有其书，因与借抄挈归。吴友冯犹龙见之惊喜，怂恿书坊以重价购刻。马仲良时榷吴关，亦劝予应梓人之求，可以疗饥……

---

　　①　汉代以官府车马递送应征之人，后来以"公车"代称科举应试。

在《金瓶梅》的传播过程中，袁宏道①（字中郎）、袁中道②（字小修）、冯梦龙（字犹龙）、刘承禧（字延伯）、沈德符等人起到重要的作用，他们都是科举出身。袁宏道还在《与董思白书》中称赞《金瓶梅》"伏枕略观，云霞满纸，胜于枚生《七发》多矣"，他对《金瓶梅》《水浒传》的赞誉使得两书名声大噪。当时藏有《金瓶梅》全本的刘承禧，为武榜眼。《金瓶梅》在传播中的另一个重要环节就是袁中道在万历三十四年（1606）首次赴京参加会试时将其随身携带，沈德符借以抄录，此后冯梦龙、马仲良得以阅读，并怂恿书坊以重价购买刊刻。沈德符，出身于科举世家，曾入国子监读书，万历四十六年（1618）中举。他赴国子监时从袁中道处阅读、借抄《金瓶梅》，当时他也是一个科举考生。冯梦龙在早年中秀才后，屡试不第，崇祯三年（1630）才取得贡生资格，任丹徒县学训导。他在此之前编撰小说时是举子身份。另如辗转传抄传阅《金瓶梅》的王世贞、丘志充、谢肇淛、董思白等人，也都是科举出身。可见，科举士子是小说读者的重要成分，以他们的身份与影响，对小说的传播产生了重大影响。

科举士子热衷阅读小说，除了消遣调适以外，还与"小说有

----

① 袁宏道，万历十六年（1588）中举，万历二十年（1592）中进士，授顺天府学教授，曾任吴县知县、礼部主事、国子监博士等职，万历三十七年（1609）任陕西乡试主考官。与其兄袁宗道、弟袁中道并有才名，称"公安三袁"，同为著名文学流派"公安派"的发起者和领袖人物。

② 袁中道，十六岁中秀才，万历三十一年（丙午年，即1603年）中举，此后多次应试进士不第，直到万历四十四年（1616）才中进士，授徽州府教授。

助于八股文法"的观念盛行大有关系。明清时期，科举资料需求旺盛，叫卖八股文法者甚多。小说为了畅销，也就搭上八股文的快车，贴上"作文之法"的标签，如金圣叹的《读第五才子书法》宣称《水浒传》"子弟极要看。及至看了时，却凭空使他胸中添了若干文法"。张竹坡的《批评第一奇书金瓶梅读法》也说："《金瓶梅》一书，于作文之法无所不备。"卧闲老人称《儒林外史》"其中起伏照应，前后映带，便有无数作文之法在"。张书绅的《新说西游记》更是宣称"一部《西游记》，可当作时文读"，"是一部圣经《大学》文字"①。即使到了十九世纪末，韩邦庆在《海上花列传·例言》中还说："小说作法与制义同。"小说也能成为"制义之宝筏""入学之捷径"，科举士子自然热心追捧，于是出现了古月老人《荡寇志序》所说的"耐庵之有《水浒传》也，盛行海隅，上而冠盖儒林，固无不寓目赏心，领其旨趣"的传播效果。

第二，因科举失意而从事刊刻的书坊主对小说的传播影响巨大。与诗词文赋相比，古代小说尤其是通俗小说篇幅较长，更加依赖于刊刻出版。刊刻业的兴起给古代小说的传播带来了革命性的变化，特别是书坊及书坊主的介入极大地促进了小说的传播。明代叶盛的《水东日记》指出："今书坊相传射利之徒伪为小说

---

① （清）张书绅：《新说西游记》卷首《总批》，上海：上海古籍出版社1991年影印本，第27页。

杂书……农工商贩，钞写绘画，家畜而人有之。"何良俊的《四友斋丛说》也说："今小说杂家，无处不刻。"在明清繁荣发展的小说刊刻业中，一些因科举失意而入行的书坊主发挥了重要作用。下面我们以余象斗、陆云龙、凌濛初等人为例予以探讨。

余象斗（约 1560—1637），字仰止、文台等，号仰止子与三台山人，是书坊双峰堂、三台馆的主人，明代著名的刻书家、通俗小说家。据肖东发的《建阳余氏刻书考略》统计，余象斗的书坊刻书现能知见的就有 43 种①。余象斗虽然出身于刻书世家，但最终使其潜心刻书的原因却是科举屡试不第。余象斗在《新锲朱状元芸窗汇辑百大家评注史记品粹》的开首说："辛卯之秋，不佞斗始辍儒家业。家世书坊，锲笈为事。"辛卯即万历十九年（1591），余象斗带着深深的遗憾放弃举业而投身书坊，但科举情结难以释怀。余象斗宣称"广聘缙绅诸先生，凡讲说、文笈之裨业举者，悉付之梓"，并一再强调"无关举业者，不敢赘录"。连篇累牍的所谓"品粹"，再罗列一连串的解元、会元、殿元大名，所列刊刻书目其实是一份科举用书名录，都是围绕科举教材"四书五经"与八股文写作的辅助资料。此外，小说也是余象斗编刊的重要内容。陈大康的《明代小说史》说："有明一代，就数余象斗刻印的通俗小说为最多。"② 余象斗一生刊刻通俗小说二十余

---

① 肖东发：《明代小说家、刻书家余象斗》，《明清小说论丛》第四辑，沈阳：春风文艺出版社 1986 年版。

② 陈大康：《明代小说史》，上海：上海文艺出版社 2000 年版，第 372 页。

部，编创小说五部，编选小说集一部，评点小说十部，涉及公
案、神魔、讲史三大类。余象斗编刊的小说之所以多产且畅销，
与他的举业经历不无关系。

　　受科举用书"品粹"评注的影响，余象斗大量采用"评林
体"来评点小说，以打开市场，增加小说销量，如《新刻按鉴全
像批评三国志传》《新刊京本校正演义全像三国志传评林》《京本
增补校正全像忠义水浒志传评林》等，从题名中的"批评""评
林"及其题署中"评校""评梓"等字样可以看出，余象斗已经
有了自觉、明确的小说评点意识，而其他书坊主们还停留在以注
释来招徕读者的陈规俗套。在评点的具体内容上，余象斗已经明
确地将评点和注释区别开来。"评林体"上方的"评语栏"中明
确地标出"评宋江""评饮酒""评诗词"等评点字样和"音释"
"释义""考证"等注释字样。在每回故事之后，还附有"释疑"
"评断""附记""补遗"等文字，以增强作品"史"的意味，这
与余象斗曾苦读《资治通鉴纲目》等科举用书有关。

　　余象斗编刊的小说也深受科举文化的影响。如公案小说集
《廉明奇判公案》共收一百零五则公案故事，其中六十三则全为
判词、状词等，没有任何故事情节。《万锦情林》就是科举类书
与小说选本的杂糅嫁接，其上层卷一至卷三杂选小说二十一篇，
卷四至卷六则掺杂判、铭、状等多种范文。判是明代科举考试的
文体之一，乡会试一般要求考五道判词。正是如此，这类书籍十
分畅销，传播甚广。《万锦情林》更是远涉重洋，现存两个刊本

均在国外，一在日本东京大学文学部，另一在英国牛津 Bodleian
图书馆。此外，余象斗编刊的小说具有浓厚的劝诫思想，如《皇
明诸司公案·陈巡按准杀奸夫》的按语道："此判亦甚易而记此
者，所以为奸夫、淫妇之戒……看詹升之杀者，宜用省戒。"《廉
明奇判公案·谭知县捕以疑杀妻》最后说："天理真可畏哉！是
可谓后世男子多疑之戒。"余象斗的自编自评充斥着道德教化、
因果报应与尊卑孝悌思想，俨然在图解《性理大全》《为善阴骘》
《五伦书》等科举用书与学校教材。

陆云龙，字雨侯，号蜕庵，又自称吴越草莽臣、盐官木强人
等，是晚明杭州书坊翠娱阁与峥霄馆的主人，小说家与文学选评
家。他与弟弟陆人龙编刊、评点了小说《型世言》《魏忠贤小说
斥奸书》《辽海丹忠录》《禅真后史》等，另外还选评了《翠娱
阁评选皇明十六名家小品》《翠娱阁评选行笈必携》《翠娱阁评选
明文奇艳》等书籍多种。陆云龙自幼聪颖，常自比李贺、刘勰，
少年有志于功名，但困于场屋，止于秀才，其《咏怀》诗云：
"指顾取功名，侃侃犯其难。天公故摧折，廿载铩羽翰。栖迟枪
榆间，言念心欲剜。"二十载屡试不第，悲愤难抑，心灰意冷。
崇祯七年（1634），他在《翠娱阁近言·答朱懋三书》中说本以
为能科举及第，但事与愿违，进退无据，"何自戚戚嗟嗟，更能
消几番风雨"，于是"乃妄而与齐谐辈作伍。然非傲也，非诞也，
一腔不得矣"。所谓"齐谐"，原指记载奇闻异事之类的志怪书
籍，《庄子·逍遥游》云："齐谐者，志怪者也。"南朝刘宋时期

的东阳无疑曾写了一本文言小说集《齐谐记》，已佚。陆云龙说不是自己狂傲放荡、自命清高，实在是因为屡试不第，出于生计，无可奈何，于是最终放弃科举而专注于书坊经营与书籍选评。其弟陆人龙，生平失考，编创《型世言》《辽海丹忠录》等小说，参与了《翠娱阁评选行笈必携》选评，是峥霄馆的重要成员。在《型世言》第十回中，陆人龙借归氏之口说："读甚么书，功名无成，又何曾有一日夫妻子母之乐。"可见陆人龙也是科举失意的下层文人。

由于浸染科举教育甚深，文化水平较高，陆氏兄弟编刊、评点的小说不乏精品。与余象斗一样，陆云龙兄弟也较早评点自己编刊的小说，是明清小说评点史上为数不多的直接参与评点的书坊主。不过，陆氏兄弟的评点水平相对于余象斗大有进步。峥霄馆刊《型世言》每一回前都有陆云龙写的"叙""引"和"题词"等回前评，阐述本回故事的思想价值，将形象塑造与品评阐释紧密结合，将小说叙事与评点议论融为一体，且有许多眉批文字，深刻独到，是评点中的精品。《魏忠贤小说斥奸书》《辽海丹忠录》也几乎每回都有回评和眉批。陆氏兄弟编刊的小说讲究回目的设计，如《型世言》《辽海丹忠录》均为双句回目，《魏忠贤小说斥奸书》八卷四十回统一为七言双句回目，形式精美。《魏忠贤小说斥奸书》的刊刻质量也属明版小说中的上乘，原刻本配有插图，还有旁批、眉批、回评等，文字清晰，刻印精美。陆云龙为之作序并刊印的《禅真后史》，有插图三十页，后有"钱塘金衙"翻刻本，现藏日本日光晃山慈眼堂，流传较广。

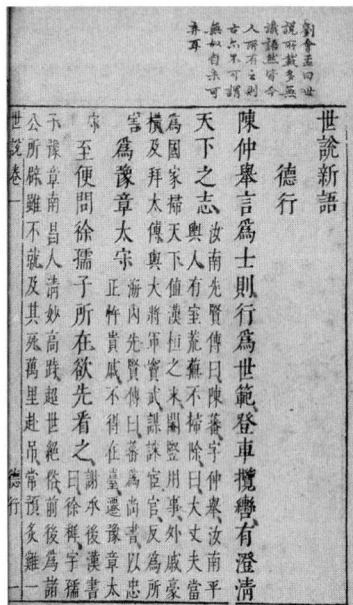

凌濛初刊刻的四色套印《世说新语》

凌濛初（1580—1644），字玄房，号初成，别号即空观主人，浙江乌程（今湖州）人，明末著名小说家与书坊主。其祖先世代为官，祖父凌约言为嘉靖十九年（1540）进士，官至南京刑部员外郎等职。父亲凌迪知为嘉靖三十五年（1556）进士，官至常州府同知等职，后罢归，入行刊刻，成为颇负盛名的刻书家。凌濛初十二岁入县学，十八岁补廪膳生，但屡试不顺，五次中乡试副榜，郁郁不得志，最后转向著述刊刻事业，直到崇祯七年（1634），五十五岁时才以副贡选任上海县丞。

凌濛初在刻书史上的一大功绩就是采用彩色套版大量刊刻书籍。套印技术改变了雕版或活字印刷只能呈现白纸黑字的单调面貌，从此有了多色印本，以不同的颜色区别不同的内容，使读者一目了然、赏心悦目，从而深受追捧。这是中国古代印刷术的一大变革，但从宋元到明代中后期没有得到推广，直至明末才在湖州一带兴起，并广泛传播开来，这与湖州凌氏、闵氏两大刻书家族密切相关。而凌氏家族大规模套印始自凌濛初。凌濛初套印了许多书籍，存世的约有二十四种，其中包括许多小说戏曲，如朱墨二色套印的《会真记》《虞初志》《红拂传》《西厢记》《琵琶记》等，尤其是朱墨蓝黄四色套印《世说新语》八卷成为小说刊刻史上的艺术珍品，广受赞誉。谢肇淛的《五杂俎》曾指责凌氏刻书急功近利、鲁鱼亥豕，但论及其所刻小说戏曲时却大加赞赏为"覃精聚神，穷极要眇，以天巧人工"①。精美的插图，点笔工致，深受读者的喜爱。凌濛初对刊刻所据的底本也非常讲究，尽力选用善本，尤其是名家批点本，而且尽量保持原始本色。由于明末"世说体"风行，《世说新语》的版本极多，凌濛初多方搜求，最终选用冯梦桢所藏的宋代刘辰翁、刘应登的批注本刻印。又如明刊元杂剧《西厢记》多达数十种，凌濛初选用明周宪王本为底本，校勘精良，又把正文与衬字用大小不同的字体区分开来，十分醒目，可谓用心良苦。

余象斗、陆云龙、凌濛初等人因屡试不第而转投刻书，科举经历在他们小说编刊中留下了或深或浅的烙印。题名录上少了几位可有可无的举人或进士，但小说刊刻史上因其大为增色，小说传播得到长足发展。

第三，科举文化对小说评点影响深远。评点是中国古代文学

---

① （明）谢肇淛:《五杂俎》卷十三"事部一"，上海:上海书店2001年版，第266页。

评论的一种重要形式，包括序跋、读法、眉批、旁批、夹批、回批、总批和圈点等。明清小说盛行评点，有的更是一批再批。评点随着小说一起刊行，成为作品的组成部分，具有注释说明或指导阅读鉴赏的作用，深受读者的喜爱，具有十分重要的传播价值。清代昭梿《啸亭续录》说："自金圣叹好批小说，以为其文法毕具，逼肖龙门，故世之续编者，汗牛充栋，牛鬼蛇神，至士大夫家几上无不陈《水浒传》《金瓶梅》以为把玩。"可见名家评点具有巨大的广告效应，能进一步拓展小说市场，扩大小说传播范围。小说评点离不开科举文化的推动，其主要表现在以下几个方面：

其一，科举文化促进了评点起源。张伯伟先生说："宋代科举考试科目的变更，的确给文学带来了与唐代不同的影响，评点的形成即为其中之一。"① 确实如此，在宋代科举考试中，诗赋的地位日益下降，经义策论的地位逐渐上升，作文格式、文法也逐步形成了许多规定的模式，要求士子尽可能地扩大知识面。但是，面对浩如烟海的各类典籍，即使长年苦读，一时也难于掌握。为了应付科举考试，在"采取传注，编撰故实"的过程中，评点应运而生。宋代吕祖谦的《古文关键》被称为"现存评点第一书"，它其实就是一部科举考试用书。吕祖谦为南宋隆兴元年

---

① 张伯伟：《评点溯源》，《中国文学评点研究论集》，上海：上海古籍出版社 2002 年版，第 14 页。

（1163）进士，又中博学宏词科，另著有科举用书《左氏博议》。在《古文关键》的影响下，涌现出大批为科举考试服务的评点之书。魏天应《论学绳尺》中的每篇文章均有解题、笺解、批语等评点形式，甚至有"考官杨栋批""考官欧阳起鸣批云"等二十七处考官批语。这些评点涉及文脉、字眼、气象等内容，帮助举子掌握科举作文之法。谢枋得的《文章轨范》选取有助于考场作文的古文六十九篇予以评点，揭示篇章字句之法，"是独为举业者设耳"。这些早期的评点书籍都是科举考试影响下的产物。明清科举以八股取士，宋代经义是八股文的重要源头，但就形式而言，后者有过之而无不及，更加注重文法功令，正如章学诚所说："时文体卑而法密。"① "示学者以门径"的评点正是八股文教育所迫切需要的。上述几种古文评点本在明代屡被翻刻，其宗旨与做法被发扬光大。小说评点就是在这种文化背景下发展起来的。

其二，小说评点类比攀亲八股文以自重。在中国古代，小说地位卑下，一直被主流意识视为"君子弗为"的"小道"，不登大雅之堂，一些著名小说家因此屡遭非议。如永乐二年（1404）进士，曾任广西、河南布政使的李昌祺因撰有《剪灯余话》而被拒入乡贤祠；施耐庵和罗贯中因著《水浒传》而被人诋毁成"罗

① （清）章学诚：《文史通义新编·论课蒙学文法》，上海：上海古籍出版社1993年版，第300页。

贯中子孙三代皆哑，施耐庵子孙哑者三世"；吴敬梓著有《儒林
外史》，其挚友程晋芳不无遗憾地感叹："吾为斯人悲，竟以稗说
传。"为了获得社会的价值认同，拓展市场需求，小说家用心良
苦，将小说向正统文体靠拢攀亲，为小说出身正名，以改善小说
的传播环境。八股文成为明清士人的进身之阶，也是小说评点类
比攀亲的对象之一。这种类比攀亲主要表现为宣称小说是有益于
八股文法的宝筏捷径。金圣叹的《读第五才子书法》说："《水浒
传》到底只是小说，子弟极要看。及至看了时，却凭空使他胸中
添了若干文法。"这一评点用语丝毫不亚于坊刻八股文选本的广
告，"极""凭空"等词把《水浒传》神化，既然能"添了若干
文法"，子弟自然不会轻易放过。对这种着力宣扬有益文法，将
小说类比科举用书的评点定位与宣传策略，历代评点家都不遗余
力，且屡试不爽。张竹坡说："《金瓶梅》一书，于作文之法无所
不备。"① 卧闲老人称《儒林外史》"其中起伏照应，前后映带，
便有无数作文之法在"。冯镇峦称《聊斋志异》"此书诸法皆
有"，张书绅的《新说西游记》评点居然直接将小说与八股等同，
其宣称"一部《西游记》，可当作时文读"，"是一部圣经《大
学》文字"。这种类比攀亲八股文的小说评点，抓住八股举子对
"文法"的敬畏与渴求心理，利用小说与八股文在写作技法上的

---

① （清）张竹坡：《批评第一奇书〈金瓶梅〉读法》，《金瓶梅（会评会校
本）》，北京：中华书局 1998 年版，第 1482 页。

某些相通相似之处，模糊两种文体的典型特征，甚至做出文体等同的论断，不惜牵强附会来提高小说的地位。

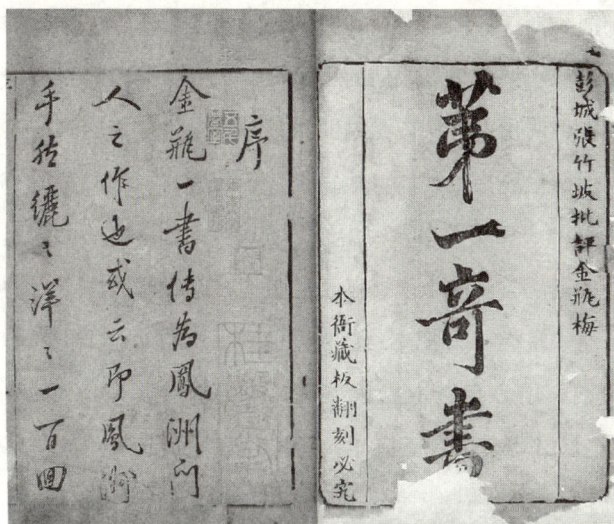

张竹坡评本《金瓶梅》

这些宣扬小说"诸法皆有""作文之法无所不备"的评点用语，反映了评点家们的良苦用心。"读小说能够悟出作文之法"的说法在小说评点中过于泛滥，无疑会引起质疑。于是，评点者现身说法，以亲身体验与科场战果予以实证。如评点家但明伦在《聊斋志异新评序》中说："忆髫龄时，自塾归，得《聊斋志异》读之，不忍释手……为文之法，得此益悟耳……屈指四十年余年

矣。岁己卯，入词垣，先后典楚、浙试，皇华小憩，取是书随笔
加点，载以臆记，置行箧中。"但明伦（1782—1853），字天叙，
号云湖，贵州广顺州人，嘉庆二十四年（1819）进士，授编修，
曾任湖南、浙江乡试主考官和会试同考官。《聊斋志异》的作
者蒲松龄屡试不第，很难说他的小说蕴含了多少关于八股文法的真
知灼见。但明伦宣称从中受益匪浅，并用自己金榜题名的事实来
作证。但明伦还指出其评点很多是在担任考官期间进行的，在阅
卷时发掘出了《聊斋志异》中的文法瑰宝，这一说法必定引起八
股举子的高度关注。小说评点家但明伦在此以八股文考官的权威
身份，将小说类比八股文，自然会提高小说的地位，扩大小说的
传播范围，用心良苦，成效显著。喻焜的《聊斋志异序》称：
"《聊斋》评本，前有王渔洋、何体正两家，及云湖但氏新评出，
披隙导窍，当头棒喝，读者无不颒首皈依，几于家有其书矣。"
所谓"披隙导窍"的一个重要内容就是引导读者参照八股文法来
阅读小说。能达到"读者无不颒首皈依，几于家有其书"的程
度，每家一册，可见传播效果十分显著。

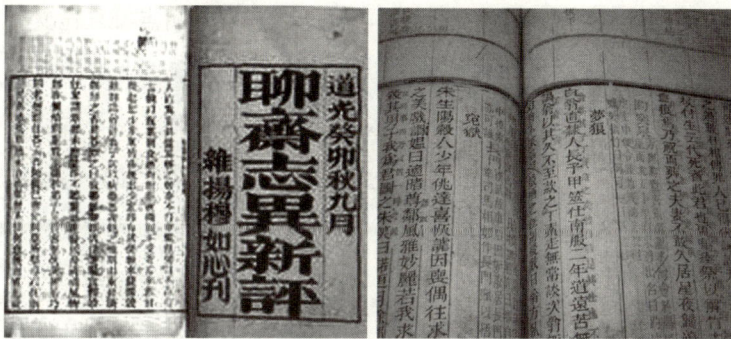

但明伦评点的《聊斋志异新评》，为朱墨两色套印本

其三，小说评点从科举用书评点中移植借鉴形态、术语、方法等。科举具有极其强大的辐射力，不仅深刻影响了许多文体的创作，而且在它们的评点中也打上了深深的烙印。小说评点的形态，如序跋、读法、眉批、旁批、夹批、回批、总批和圈点等都受到科举较为明显的影响。现存评点第一书《古文关键》是为了"便于科举""示学者以门径"①，卷首标列《看古文要法》，其他的古文选评本，如《论学绳尺》《崇文古诀》《文章轨范》等也有此类读法。科举用书中的读法对明清小说评点中的读法产生了较大影响。从金圣叹评《水浒传》作《读第五才子书法》开始，作小说读法来宣扬作文之法成为风尚，如张竹坡作《批评第一奇

———

① 吴承学：《现存评点第一书——论〈古文关键〉的编选、评点及其影响》，载《文学遗产》2003 年第 4 期。

书金瓶梅读法》、冯镇峦作《读聊斋杂说》等。圈点符号比文字直观、形象,有助于解说作文诀窍。作为真正意义上的评点形态,圈点最早出现在宋代的古文选本中。如吕祖谦的《古文关键》、真德秀的《文章正宗》、楼昉的《迂斋古文标注》等均非常讲究圈点符号的形状、位置、颜色等,这些被明清八股文评点所继承,如刊于万历二十四年(1596)的李尧民的《皇明四书文选》,注重用红、黑圈点与眉批、尾评配合互补。在两者的共同影响下,这些要素又被明清小说评点吸收并发扬光大,更加丰富多彩。明清小说评点中的圈点形式多样,如点、单圈、双圈、套圈、连圈、三角、直线和五色标识等。如松月道士批点《妆钿铲传》,作《圈点辨异》解说道:

> 凡传中有红连点、红连圈者,或因法加之,或因意加之,或因词而加之,皆非漫然;凡传中旁边用红点者,则系一句,中间用红点者,或系一顿,或系一读,皆非漫然;凡传中用黑圈圈者,皆系地名,用黑尖圈者,皆系人名,皆非漫然;凡传中"妆钿铲"三字,用红圈套黑圈,以其为题也,皆非漫然。

圈点颜色有红、黑合用与分开使用;形状有连点、连圈、圈套圈、尖圈等;位置有旁边、中间等。不同的颜色、形状、位置,以及它们相互之间不同的搭配组合,都具有不同的含义,确实精心设计,用心良苦,"皆非漫然"。

　　明清小说评点的许多术语来自八股文理论。久历场屋的士人一手捧着八股文，一手操刀来评点小说，从八股文论中移植评点术语也就成为信手拈来的自然习惯。如《三国志演义》第六十五回毛宗岗夹批："魏延与马岱先作一个破题。"洪秋蕃《红楼梦》第三回评："林黛玉见宝玉为他掉玉，至夜回房，便淌眼抹泪的伤感。还泪之说，此是破题。"破题是解释题意，是八股文的基本结构的起始。倪士毅《作义要诀》云："破题为一篇之纲领。"① （清）刘熙载《艺概》亦云："破题是个小全篇。"② 其他诸如股法、主脑、肖题、入题法等小说评点常用的术语其实也是来自八股文法。

　　八股文法对明清小说评点方法的影响，主要表现在结构批评法与题目批评法。八股文十分注重文章结构。清人张开泰《论文约旨·论章决》云："文者，言之有章也，无法不立。"明清小说评点也十分重视结构章法批评，如金圣叹在《水浒传》评点中归纳的倒插法、夹叙法、草蛇灰线法等十五种结构批评法，毛宗岗父子评点《三国演义》总结的追本穷源之妙、以宾衬主之妙、横云断山、隔年下种等，脂砚斋评点《红楼梦》提出的反衬法、反点题法、避俗套法、伏线法等，但明伦在评点《聊斋志异》总结的暗点法、转笔法、遥对法、双提法、先断后续法等，其实大多

---

① （元）倪士毅：《作义要诀》，北京：中华书局1985年版，第3页。
② （清）刘熙载：《艺概》卷六《经义概》，上海：上海古籍出版社1978年版，第173页。

受到八股文法的影响。八股文题目来自"四书五经",种类繁多,清人高嵣的《论文集钞》专列《题体类说》,列举四十八种文题并逐一评说。八股文写作十分重视认题与破题两个环节,作者须有尊题意识。明代制艺大家茅坤的《文诀五条训缙儿辈》首列"认题",将认题放在八股文技法之首①。八股文要恪守经传,自觉代圣贤立言,通过题目推求、阐释圣贤大义。受八股文尊题认题意识的影响,以金圣叹为代表的小说评点家十分重视题目批评。其《读第五才子书法》云:"题目是作书第一件事,只要题目好,便书也作得好。"他在评点《水浒传》时十分注重认题,着力发掘文题的微言大义,甚至刻意

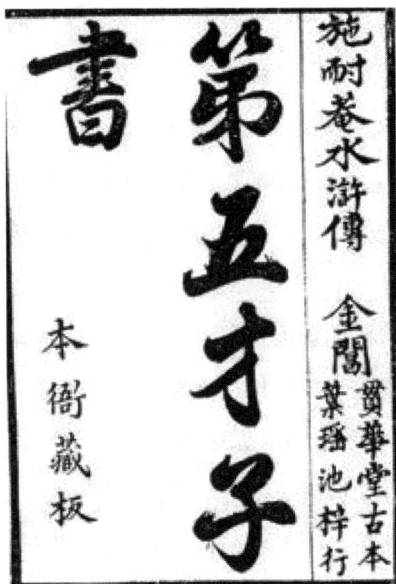

金圣叹评点的贯华堂本《水浒传》扉页

搜求言外之意,其《序二》专门为小说题目正名,逐一分析"忠""义""水浒"的含义。可见八股文法对小说评点的深刻影响。

----

① (明)茅坤:《杂著》,《续修四库全书》第 1345 册,上海:上海古籍出版社 2002 年影印本,第 151 页。

二 古代小说中的科举场景

古代科举展现儒林群相、世情百态。很多科举场景反映在古代小说这面镜子里，就显得格外精彩生动。在这一部分中，我们从明清时期成熟形态的科举流程，来领略古代小说中精彩纷呈的科举场景。

（一）苦读

古代科举考试的竞争十分激烈，考生必须长期刻苦攻读，以做好充分的考前准备。就像明清时期用于考试命题的教材《孟子》教导的那样："天将降大任于斯人也，必先苦其心志，劳其筋骨……"在科举功名的激励与父师兄长的监督下，举子们要稳坐冷板凳，寒窗苦读书。《红楼梦》就细致描写了贾宝玉如何从散漫公子磨炼成苦读举子的蜕变历程。

贾宝玉自幼学习儒家经典，经常提起"四书"，即《大学》《中庸》《论语》和《孟子》，明清科举考试的八股文题目主要来自于此。贾宝玉和林黛玉第一次见面时就谈起除了"四书"外，世上杜撰假冒的东西太多，不可轻信。第十九回，借袭人之口说除了《大学》外就没有什么好书了，其他的都是胡混编纂出来的。第二十三回，宝玉为了掩饰自己阅读小说戏曲，情急之下脱口而出说看的是《大学》《中庸》。第三十六回，宝玉除了"四书"外，竟要将别的书籍烧掉。尽管宝玉对科举仕途不感兴趣，但对"四书"相对熟悉，可见多少还是用了功的。不过，父亲贾政很不满意，觉得远远没有达到他的要求，于是特意让仆人转告塾师贾代儒："什么《诗经》、古文，一概不用虚应故事，只是先把'四书'一气讲明背熟，是最要紧的。"因为，"四书"是备考苦读的首要对象与当务之急，是学作八股文的基本前提与重要基础，贾代儒自然不敢含糊。第九回中，贾代儒布置的作业是对联。八股文的主体部分与基本特征就是两两相应的股对，一般由起股、中股、后股、束股组成，每股都是两句对偶又合乎韵律的句子，所以俗称八股文。八股文不一定都是八股，十六股、六股、四股甚至两股也屡见不鲜，但对偶形式的股对是一个基本要求，所以作对联是学习八股文的常用方法。贾政担心宝玉学习懒惰，有时会突击检查。第七十三回，宝玉以为父亲第二天要检查他的学习，就像孙悟空被唐僧念起紧箍咒一样头疼不已，心急如焚。宝玉半夜里睡不着，后悔这段时间没有温习功课，于是又披衣爬起来补习。丫鬟们也不愿休息，都在困眼朦胧中陪着挑灯夜读。

一般认为《红楼梦》前八十回的作者是曹雪芹，后四十回的作者是高鹗。与曹雪芹对八股取士的强烈批判不同，进士出身、当过考官的高鹗对科举则要温和得多，甚至是赞赏的态度。在前八十回中，贾宝玉厌恶科举，读书应举是赶鸭子上架，勉为其难，于是常常想方设法敷衍过去。但从第八十一回开始，父亲与老师的督促越来越紧，要求越来越严。在堂姐贾迎春所嫁非人、被折磨致死后，贾政和王夫人再次谈起贾宝玉的学业，一致认为应该再次将他送进学塾，好好读书。这一次，贾政亲自相送，嘱咐贾代儒说："目今只求叫他读书、讲书、作文章。倘或不听教训，还求太爷认真的管教管教他，才不至有名无实的白耽误了他的一世。"贾代儒因此告诫宝玉说："你可也该用功了，你父亲望你成人恳切的很。"贾宝玉从此再也难以偷懒了。当天放学后，贾政觉得他回家早了，有逃学的嫌疑，立即盘问督查，提醒"晚上早些睡，天天上学，早些起来"，接下来天天查问功课。刚被强制塞入读书日程表的宝玉很不习惯，跑到知音林黛玉那里去寻求安慰，在发了一通牢骚后说："目下老爷口口声声叫我学这个，我又不敢违拗，你这会子还提念书呢。"在高鹗的笔下，原本同样具有叛逆性格的林黛玉的观念也变了，她反驳贾宝玉说："我们女孩儿家虽然不要这个，但小时跟着你们雨村先生念书，也曾看过。内中也有近情近理的，也有清微淡远的。那时候虽不大懂，也觉得好，不可一概抹倒。况且你要取功名，这个也清贵些。"宝玉听不下去，只得苦笑，带着失落离开了。晚上，宝玉赶忙吃了晚饭，就叫丫鬟点灯，把念过的"四书"翻了出来，看了注释，又看讲章，一直熬到深更半夜，还在为没弄懂的地方冥思呆想。好不容易在丫鬟袭人的劝说下休息了，但由于大脑依然停留在紧张的学习状态，又担心老师检查自己的功课，于是在床上翻来覆去睡不着，有了发烧的迹象也不愿请假，以免让父亲怀疑他装病逃学。第二天起晚了，上学迟到了，贾代儒阴沉着脸斥责道："怪不得你老爷生气，说你没出息。第二天你就懒惰，这是什么时候才来！"贾代儒是一个非常严厉的人，曾经生怕孙子贾瑞在外喝酒赌钱，耽误学业，不许他在外多走一步。贾瑞曾一夜未归，就被贾代儒打了三四十板子，不许吃饭，跪在院内读文章。宝玉解释了昨晚发烧的事，但仍得不到破例赦免，仍要坚持念书。在如此严厉的父师监督下，宝玉从此准时上学，每天早起看书，饭后写字，晌午讲书念文章，循规蹈矩地做起了一个刻苦攻读的科举士子，被正式推上了苦读应举的轨道。贾府上下顿时大舒了口气，就连平时最心疼宝玉的贾母也欣喜地说："好了，如今野马上了笼头了。"为了让好不容易被套上"笼头"的宝玉不再脱缰，能持之以恒、心无旁骛地刻苦读书，贾府上下煞费苦心。王夫人特意通过贾母非常看重的丫鬟鸳鸯来给宝玉打招呼："如今老爷发狠叫你念书，如有丫鬟们再敢和你顽笑，都要照着晴雯、司棋的例办。"敲山震虎，此话说给宝玉听，其实更是告诫、恐吓他身边的丫鬟，谁影响宝二爷读书，谁就没有好日子过，就等着像惩罚丫鬟晴雯、司棋那样被遣送出去，最终落了个死亡的悲惨结局。宝玉读书的事情甚至得到了皇妃贾元春的关注与赞扬。贾母进宫探视，元妃问起宝玉的近况如何，贾母道：

"近来颇肯念书。因他父亲逼得严紧，如今文字也都做上来了。"元妃道："这样才好。"在充满多重压力的环境氛围中，宝玉已经身不由己，到了非刻苦攻读不可的时候了。

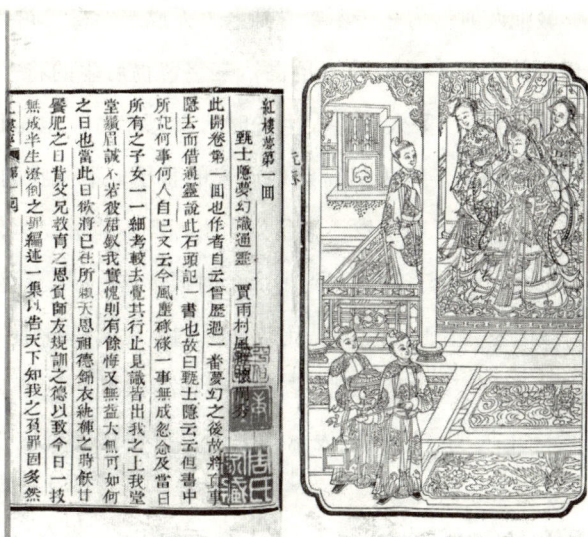

程甲本《红楼梦》

步入读书应举的正轨后，贾宝玉的学习立见成效。在第八十二回《老学究讲义警顽心　病潇湘痴魂惊恶梦》中，贾代儒问宝玉如何理解"后生可畏"章。此章见《论语·子罕》："子曰：'后生可畏，焉知来者之不如今也？四十、五十而无闻焉，斯亦不足畏也已。'"孔子认为年轻人是值得敬畏的，怎么就知道后一代不如前一代呢？如果到了四五十岁时还默默无闻，那他就没有什么可以敬畏的了。这就是"青出于蓝而胜于蓝"，后代一定会超过前人的意思。贾代儒要宝玉讲这一章，意在激励他及时努力，刻苦读书。宝玉先把这章朗诵一遍，说："这章书是圣人勉励后生，教他及时努力……不要弄到老大无成。先将'可畏'二字激发后生的志气，后把'不足畏'三字警惕后生的将来。"宝玉再往下串讲道："圣人说，人生少时，心思才力，样样聪明能干，实在是可怕的。哪里料得定他后来的日子，不像我的今日？若是悠悠忽忽，到了四十岁，又到五十岁，既不能够发达，这种人虽是他后生时像个有用的，到了那个时候，这一辈子就没有人怕他了。"显然，宝玉的理解是比较透彻的，也明白老师的良苦用心。贾代儒肯定了贾宝玉将主旨讲得清楚透彻，只是对"无闻"另做修正说明，宝玉也表示理解了。贾代儒要贾宝玉再讲"吾未见好德如好色者也"一章，这章同样出自《论语·子罕》。贾宝玉觉得这一章"有些刺心"。为什么刺心呢？在大家眼里，贾宝玉正好犯有好色的毛病。他满周岁时抓的就是女人的钗环胭脂，被贾政斥为酒色之徒。长大了在大观园里与女孩子交往亲密，又有喜欢吃胭脂的行为，还说过"女儿是水做的骨肉"这类惊世骇俗的言论。于是，宝玉难为情地说："这句话没有什么讲头。"立即被贾代儒批评道："胡说！譬如场中出了这个题目，也说没有做头么？"宝玉不得已，讲道："是圣人看见人不肯好德，见了色便好的了不得。殊不想德是性中本有的东西，人偏都不肯好他。至于那个色呢，虽也是从先天中带来，无人不好的。但是德乃天理，色是人欲，人哪里肯把天理好的像人欲似的。孔子虽是叹息的话，又是望人回转来的意思。并且见得人就有好德的好得终是浮浅，直要像色一样的好起来，那才是真好呢。"贾宝玉的回答中规中矩，得到了贾代儒的肯定。但贾代儒的提问动机并不全在于此，于是继续发挥以扩大教育效果："我虽不在家中，你们老爷也不曾告诉我，其实你的毛病我却尽知的。做一个人，怎么不望长进？你这会儿正是'后生可畏'的时候，'有闻''不足畏'全在你自己做去了。我如今限你一个月，把念过的旧书全要理清，再念一个月文章。以后我要出题目叫你作文章了。如若懈怠，我是断乎不依的。自古道：'成人不自在，自在不成人。'你好生记着我的话。"在一番苦口婆心的循循善诱与斥责敲打中，贾宝玉的苦读应举步伐也加快了。贾代儒限他一个月复习好读过的旧书，再学一个月的八股文范文，就要动笔学写八股文。这可是根硬骨头，明清多少举子就是被它挡在了科举门外而痛苦不堪、抱憾终身。

学作八股文是苦读备考的核心任务，因为八股文才是能否考中的关键。第八十四回《试文字宝玉始提亲　探惊风贾环重结怨》详细描述了贾政检查、教导宝玉学作八股文的经过。贾母去宫中探望元妃回来后，对贾政说："娘娘心里却甚实惦记着宝玉，前儿还特特的问他来着呢。"贾政陪笑道："只是宝玉不大肯念书，辜负了娘娘的美意。"贾母道："我倒给他上了个好儿，说他

近日文章都做上来了。"这里的"文章"指的就是八股文。贾政
显然并不确定宝玉是否真的学作八股文了，笑道："那里能像老
太太的话呢！"贾母道："你们时常叫他出去作诗作文，难道他都
没作上来么？小孩子家慢慢的教导他。可是人家说的，'胖子也
不是一口儿吃的'。"贾政听了这话，忙陪笑道："老太太说的
是。"这段对话促使贾政想起了宝玉曾汇报过老师准备教他写八
股文的事情，于是决定检查一下宝玉的学习情况。宝玉连忙叫人
传话给书童焙茗，叫他去学塾书桌抽屉里拿回一本写着"窗课"
二字的竹纸本子。窗课是指学生平时的习作，宝玉的八股文习作
就在这个"窗课"本子里了。贾代儒让宝玉开笔作文已近两个月
了，写过三篇，都经过他的修改。第一篇写的题目是"吾十有五
而志于学"，出自《论语·为政》，这是孔子晚年回顾他十五岁立
志学习的自身经历时说的话。宝玉原本的破题是"圣人有志于
学，幼而已然矣"。代儒却将"幼"字抹去，使用明确的年龄
"十五"。破题是在八股文的开篇用几句话点破题目要义。八股文
十分讲究破题，它为全篇之始，是全文的中心与基调，文章的其
他部分都是围绕它来展开。刘熙载的《艺概》说："破题是个小
全篇。"因此对文章成败至关重要。此外，八股文是写给考官看
的，破题在文章开头，如果写得好，自然会引起考官的注意，留
下良好的第一印象。倪士毅《作义要诀》云："破题为一篇之纲
领，至不可苟，句法以体面为贵。"因此，贾政评价说："你原本
'幼'字便扣不清题目了，'幼'字是从小起，至十六以前都是

'幼'。这章书是圣人自言学问工夫与年俱进的话，所以十五、三十、四十、五十、六十、七十，俱要明点出来，才见得到了几时有这么个光景，到了几时又有那么个光景。师父把你'幼'字改了'十五'，便明白了好些。"看到承题，被涂改的贾宝玉原作为："夫不志丁学，人之常也。"承题是承接破题，进一步说明和阐发题意。按照贾宝玉的意思，不爱读书是人之常情，要做到"十有五而志于学"，实在太难了。这显然不符合儒家的教义。因此，贾政摇头道："不但是孩子气，可见你本性不是个学者的志气。"又看后句："圣人十五而志之，不亦难乎？"说道："这更不成话了！"然后看贾代儒的修改为："夫人孰不学？而志于学者卒鲜，此圣人所为自信于十五时欤？"便问："改的懂得么？"宝玉回答说："懂得。"

宝玉练习的第二个题目是"人不知而不愠"，出自《论语·学而》："学而时习之，不亦说乎？有朋自远方来，不亦乐乎？人不知而不愠，不亦君子乎？""愠"是怨恨、生气，题意为人家不了解我，我也不埋怨。这个题目只出现了原文的上半句，截掉了下半句，叫作截下题。截下题的写作不能直接点到被截掉的语意，但也不能弃而不管，需要将其蕴含其中。贾宝玉的原作为："能无愠人之心，纯乎学者也。夫不知，未有不愠者也。而竟不然，非纯学者乎？"显然完全忽略了全句的一个中心词"君子"。儒家推崇品德高尚的君子，认为君子应该做到"人不知而不愠"。只要每个人都能够按礼的要求来克制、约束自己，就都可以成为君子。而宝玉认为被人误会，生气是难免的，什么时候都不生气，大概只有纯粹的学者才能做到。可见宝玉没有完全理解圣贤之意，他的八股文写作水平还需提高。贾代儒改成"不以不知而愠者，终无改其说乐矣。夫不知，未有不愠者也，而竟不然。是非由说而乐者，曷克臻此？""说""乐"二字应该是从《论语·学而》的前两句搬过来的，同样没有紧扣本句的中心词"君子"，舍近求远且又牵强附会，所以贾政没有看懂，只好含糊其辞，说是"这改的也罢了，不过清楚，还说得去"。

宝玉的第三篇习作是《则归墨》，文题出自《孟子·滕文公下》："天下之言不归杨，则归墨。"贾政看了题目，抬头想了一想，对这个题目似乎也没把握。贾宝玉的破题是"言于舍杨之外，若别无所归者焉"，接着承题："夫墨，非欲归者也，而墨之言已半天下矣，则舍杨之外，欲不归于墨，得乎？"杨朱、墨子之学在先秦时期是很热门的显学，儒家还远没有达到独尊的地位，所以宝玉的逻辑推导是严密的。贾代儒对宝玉的破题、承题都没做什么改动。贾政也没找出什么问题，还称赞了破题的第二句说"倒难为你"。在证实后面几句都是宝玉自己所写后，贾政又点头表示赞许。贾政平时对儿子极其严苛、不苟言笑，此举实属难得，可见宝玉有了较大的进步。贾政最后说："这也并没有什么出色处，但初试笔能如此，还算不离。"八股文的形式要求极其严格烦琐，学习难度很大。对于一个初学者来说，贾政的这句评价已经很难得了。可见相对于第二篇习作，宝玉的水平有了提高，一步一个台阶，见了成效。

　　贾政在检查、评论了宝玉的三篇习作之后，意犹未尽，又当场命题来训练宝玉的理解与写作能力。贾政曾奉旨做过一任学政。学政是由朝廷委派到各省主管教育科举事务，主持童生院试，并督察各地学官的官员。贾政把他曾在学政任上考试童生的真题来考查贾宝玉，具

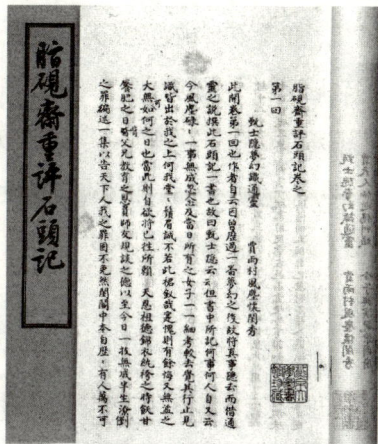

《脂砚斋重评石头记》书影

有实战训练的味道。虽然只要求做个破题，但八股文对破题要求很高，万事开头难，作八股文尤其如此，而且贾政特别强调必须"另换个主意，不许雷同了前人"，要避开汗牛充栋的前人之作而有所创新，可谓难上加难。贾政的命题是"惟士为能"，出自《孟子·梁惠王上》，原句是："无恒产而有恒心者，惟士为能。"孟子认为对于普通百姓而言，有家产的人才能安守本分，否则就会无所顾忌，为非作歹。"无恒产而有恒心"，只有明白事理、通晓仁义的读书人才做得到，他们更有社会责任感，不会受制于物质利益的外在影响。做好这个题目并不容易，很多童生都拘泥于前人写的范文，大多因袭陈套，造成雷同，很难有所创新。宝玉正在低头冥思苦想时，小厮传话来说贾母那边等着吃饭。宝玉的

思考受到了干扰，贾政也没什么心思继续考下去。好在宝玉思维敏捷，迅速有了破题："天下不皆士也，能无产者亦仅矣。"宝玉的破题来了一个逆向思维，从反面切入进行立论，如果反面破题正面承接的话，就确实高明。所以当年的院试主考官贾政立即点头表示认可，并嘱咐："以后作文，总要把界限分清，把神理想明白了，再去动笔。"可见，宝玉的八股文学习已经有了大的进步，更上层楼了。

随着贾政安排的参加科举考试的日期越来越近，贾宝玉的学习强度与压力也与日俱增。第九十七回，贾政被任命为江西督粮道的官职，赴任前特意交代王夫人，要其严加管教儿子宝玉，说"断不可如前娇纵。明年乡试，务必叫他下场"。而此时的贾宝玉因为丢失了脖子上常戴的那块玉，已经"头昏脑闷，懒怠动弹，连饭也没吃，便昏沉睡去。仍旧延医诊治，服药不效，索性连人也认不明白了"。在光宗耀祖、功名富贵的强烈压力下，再加上应试教育的强大逼迫，重病也得苦读，做父亲的已经顾不上儿子的健康与死活了。贾宝玉的考前强化训练是在贾府被查抄之后。对贾府这样的豪门大族而言，抄家是前所未有的巨大打击。面对深重的家族危机，贾政痛心疾首，想道："我祖父勤劳王事，立下功勋，得了两个世职，如今两房犯事都革去了。我瞧这些子侄没一个长进的。老天啊，老天啊！我贾家何至一败如此！我虽蒙圣恩格外垂慈，给还家产，那两处食用自应归并一处，叫我一人哪里支撑的住……"家道中落，后继无人，不肖子孙，情何以堪？于是，宝玉参加科举考试就越加急迫，拯救、复兴家族的责任更加重大，全力苦读备考需要做最后的突击与冲刺。第一百一十五回，贾政南下护送贾母的灵柩，临行前一再嘱咐宝玉："必要将你念过的文章温习温习。"因为贾政已经决定要宝玉参加考试，王夫人也时常催逼、查考起他的功课。第一百一十八回，贾政在返程途中写信念念不忘嘱咐："场期已近，务须实心用功，不可怠惰……此谕宝玉等知道。"宝玉也深切感受到考试的强大压力，为了专注于考前冲刺，他忍痛把平时喜爱阅读的《庄子》《参同契》《元命苞》《五灯会元》之类的课外书籍收了起来。又要丫鬟麝月、秋纹等人收拾一间安静的房子，把那些理学语录、名家范文与应制诗之类的辅导资料都摆好，"当真静静的用起功来"，并与一同苦读备考的侄儿贾兰讨论切磋，相互促进。很快，宝玉参加了乡试，中了第十名举人，实现了他在考前对母亲许下的承诺："母亲生我一世，我也无可答报。只有这一入场，用心作了文章，好好的中个举人出来，那时太太喜欢喜欢，便是儿子一辈子的事也完了。一辈子的不好，也都遮过去了。"此前所有的寒窗苦读都是为了这一刻。这个举人的功名也是宝玉留给这个家族和尘世最后的符号，他要回到那个没有功名利禄的世界去了。"走求名利无双地，打出樊笼第一关。"他也不需要再继续苦读去参加更高一级的会试了，但贾兰和其他举子则要再接再厉，继续苦读冲刺。

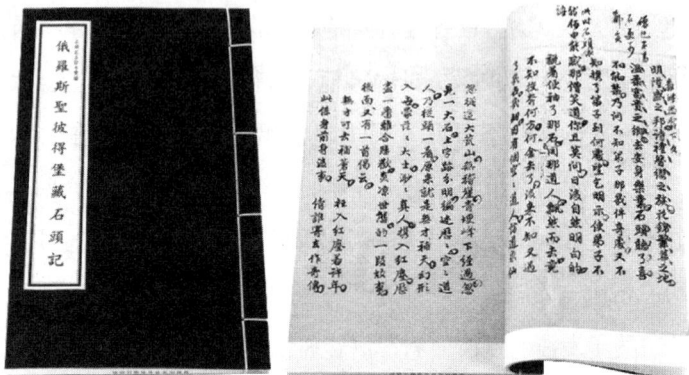

《俄罗斯圣彼得堡藏石头记》书影

贾宝玉是个衣食无忧、天资聪颖的富贵公子，读书应考尚且如此辛苦，那么对于贫寒子弟与庸常之辈，还需要克服大量的客观与主观障碍，更加艰难困苦。如《儒林外史》第十五回《葬神仙马秀才送丧　思父母匡童生尽孝》中，马二先生在杭州城隍山喝茶时，看见一个身材瘦小、单衣褴褛的少年摆了张桌子，给人测字以推算吉凶。奇怪的是桌上摆着字盘笔砚，他似乎不大关心生意，而是全神贯注于手中的书。马二先生走近一看，原来少年用心读的是八股文资料《三科程墨持运》。这位苦读少年名叫匡超人，家住数百里之外的温州府乐清县，自小也上过几年学，因家境贫寒，只得跟着一个卖柴的商人来省城柴行里记账谋生，没想到柴商亏本，匡超人无钱回家，所以流落到此。马二先生被匡超人的精神所感动，决定帮助他，请他吃饭，鼓励他努力读书，并出了一道八股文题目考查他，赞扬他："又勤学，又敏捷，可敬可敬！"最后又资助了他十两银子和一些衣物。匡超人回家后，一边侍奉生病的老父亲，一边刻苦攻读。白天杀猪、磨豆腐，干活谋生，晚上服侍老父亲睡下后，把从杭州带回的一个大铁灯装满了油，点亮后，坐在老父亲旁边，刻苦读书。父亲夜里要吐痰、喝水、服药，一直折腾到四更，匡超人就读到四更时候。祸不单行，后来家里发生了火灾，父亲的病更加严重，只得另找地方租住。匡超人白天需要更加努力地干活，晚上要更加尽心服侍父亲，尽管忧愁不堪，但依然苦读不辍。有一天晚上二更时候，匡超人正读得带劲，被路过的知县大人听见了。知县打听得知匡超人不是秀才，也不是童生，只是个小本生意人，但每天读书到二四更，即使遭灾后也依然坚持，于是大为同情和感动，发一个帖子叫人送给匡超人，鼓励其参加县试。县试录取后，又鼓励说："到家并发奋加意用功，府考、院考的时候，你再来见我，我还资助你的盘费。"

长年累月地苦读备考是一件极其耗费精力的苦活，需要有强健的身体才能支撑下去，如不注意调养，就会极大地摧残身体健康。《型世言》第十回就讲了一个书生苦读成疾最后不治身亡的悲剧故事。书生陈善世生得瘦弱，父亲怕干扰他专心读书，一直不肯让他成亲。父亲去世后，陈世善成了亲，读书依然非常勤奋。妻子常常激励善世说："公姑老了，你须勉力功名，以报二亲。"每天晚上，夫妻两人在灯下，一个读书，一个做针线，一直要坚持到深更半夜。高中县试与府试之后，到了快要参加院试的时候，陈善世越发勤奋，但劳心过度，在院试后生了重病，夜间发烧盗汗，后来渐渐发展到白天也是如此，而且咳嗽不止。医治服药，反反复复没有什么疗效。尤其是在得知院试落榜后，越发动气，此后肌骨渐消，恹恹不起，最终一命归天。陈世善在临死前叹息道："谁将绛雪生岩骨，剩有遗文压世间。读什么书，功名无成，又何曾有一日夫妻子母之乐？"确实是一个苦读又苦命的读书人。这种情况绝不是个案，而是很多科举士子的共同命运。

上面讲了几个为了科举考试而用心苦读的故事，那么这些举子究竟苦读什么呢？又是如何苦读呢？我们来看看《红楼梦》第七十三回《痴丫头误拾绣春囊 懦小姐不问累金凤》中的一段，当贾宝玉以为贾政要检查他的功课时，小说写道：

这里宝玉听了，便如孙大圣听见了紧箍咒一般，登时四肢五内一齐皆不自在起来。想来想去，别无他法，且理熟了书预备明儿盘考。口内不舛错，便有他事，也可搪塞一半。想罢，忙披衣起来要读书。心中又自后悔，这些日子只说不提了，偏又丢生，早知该天天好歹温习些的。如今打算打算，肚子内现可背诵的，不过只有《学》《庸》"二论"是带注背得出的。至上本《孟子》，就有一半是夹生的，若凭空提一句，断不能接背的，至

"下孟"，就有一大半忘了。算起"五经"来，因近来作诗，常把《诗经》读些，虽不甚精闲，还可塞责。别的虽不记得，素日贾政也幸未吩咐过读的，纵不知，也还不妨。至于古文，这是那几年所读过的几篇，连《左传》《国策》《公羊》《谷梁》、汉唐等文，不过几十篇，这几年竟未曾温得半篇片语，虽闲时也曾遍阅，不过一时之兴，随看随忘，未下苦工夫，如何记得。这是断难塞责的。更有时文八股一道，因平素深恶此道，原非圣贤之制撰，焉能阐发圣贤之微奥，不过作后人饵名钓禄之阶。虽贾政当日起身时选了百十篇命他读的，不过偶因见其中或一二股内，或承起之中，有作的或精致、或流荡、或游戏、或悲感，稍能动性者，偶一读之，不过供一时之兴趣，究竟何曾成篇潜心玩索。如今若温习这个，又恐明日盘诘那个；若温习那个，又恐盘驳这个。况一夜之功，亦不能全然温习，因此越添了焦躁。

我们再看另一篇小说《巫梦缘》第一回《二试神童后必达》：

不觉过了三年，辰哥已是六岁，送与一个蒙师施先生，教他读些《三字经》《神童诗》，他只消教一遍，就上口了。学名唤做王嵩……不消两个月，《三字经》《神童诗》就读熟了……竟买《大学》《中庸》与他读，增到每日四行，又每日五行。只是午时就背，再不忘记了……从此不时讲几句《大学》教他，复讲也都明白。一连读了三年，《四书》读完了，又读些诗。这年九岁，先生教导他做破题。不消两月，竟有好破题做出来。又教导他做承题，越发易了。只有起讲，再做了半年，方才有些好处……先生道："学生岂为束修多少，只因令郎忒聪明了，是个伟器……可在大寺里卖书的去处，买一部南方刻的小题文字，待学生精选一精选，一面与他读，一面与他讲，或者也当得明师了。"……倏忽光阴又过了二年，王嵩已是十一岁，竟开手做文字了。不但"四书五经"读得烂熟，讲得明透，连韩、柳、欧、苏的古文，也渐渐看了好些了。此时窍已大开，夜间在家里，毕竟读到一更才睡……朝也读，夜也读，又读了二年，已是十三岁了，做的文章，不但先生称赞，连别人见了，真个人人道好，个个称奇。

结合这两篇小说的描写，我们对明清举子苦读的教材书籍及其阶段性与层次性的选择，有了更加清晰、丰富的认识。需要说明的是在正式进入读书备考之前，还有一个启蒙教育阶段，所用的是注重识字的蒙学教材。如上述蒙师施先生教王嵩读的《三字经》《神童诗》等，此外还有《百家姓》《千字文》等。在经过识字启蒙后，大多就正式进入了科举教学阶段，对教材的选择也就有相应的阶段性变化，其大致可以分为以下三个层次和阶段：

一是儒家经典"四书五经"及相关注本。这些是朝廷规定的科举必修教材。由于代圣贤立言的严格要求，八股文题目出自"四书五经"，"四书五经"及相关注本是考生必读的基础核心教材。即使是《红楼梦》中痛恨"禄蠹"、厌恶八股文的叛逆者贾宝玉，对"四书"也是推崇备至。为了科举考试而读"四书"，当然少不了要读宋代朱熹的《四书章句集注》（以下简称《集注》）。八股文代圣贤立言不能随意发挥，要严格依据《集注》的注释来理解，因为它是钦定的唯一标准答案。《儒林外史》第四十九回，高翰林、施御史和几个举子谈论科举，秀才武书说："近来这些做举业的，泥定了朱注，越讲越不明白。""朱注"指的就是朱熹的《四书章句集注》。在科举备考过程中，学习"四书五经"的时间很早。贾宝玉与林黛玉第一次见面时的年龄约为八岁，此时他对"四书"已经比较熟悉。《巫梦缘》中王嵩六岁开始读《大学》《中庸》。《儿女英雄传》第一回，安骥在十三岁时就把"四书五经"读完。

　　读"四书五经"的顺序也是很有讲究的。一般是先读"四书"后读"五经"。贾政强调"什么《诗经》、古文，一概不用虚应故事，只是先把'四书'一气讲明背熟，是最要紧的"。可见必须先读"四书"。"四书"当中，先读《大学》《中庸》，再读《论语》《孟子》。王嵩在读熟《三字经》《神童诗》后，马上就读《大学》《中庸》，三年后把"四书"读完。究其原因，除了书的编排顺序以外，还应该与它们的篇幅长短和难易程度有关。《大学》一千七百余字，《中庸》三千五百余字，《论语》一万二千余字，《孟子》三万四千余字。这种循序渐进的学习顺序是符合人的认知规律的。宝玉听说父亲要检查学习，认为自己肚子里的货，只有《大学》《中庸》《论语》是带注背得出的，《孟子》上本就有一半是夹生的，下本有一大半忘了。宝玉对四个部分掌握程度的差异也反映了教学过程中被安排的学习顺序的合理性。当代学者邓云乡在《清代八股文》中也有类似的总结："一二年间初步完成了识字教育，即开始读书教育……读的范围，首先是'四书''五经'。'四书'或先读《大学》《中庸》，后读《论语》，或先读《论语》，再读'大、中'。最后读《孟子》。'四子书'的诵读次序，没有规定，但《孟子》总是后读，没有先读的。"①

二是名家古文。这里的古文是指散文。古文与时文关系密切，古文的写作理念、手法常被引入八股文中，"以古文为时文"成为八股文写作的一种较高境界。《巫梦缘》中，王嵩读了韩愈、柳宗元、欧阳修、苏轼的许多古文，文窍大开，为写好时文打下了良好的基础。在前面所引的《红楼梦》第七十三回中，贾宝玉自己梳理其读书情况，"四书五经"之后就是《左传》《国策》《公羊》《谷梁》与汉唐散文，也反映了这种阶段性选择。

三是八股文选本。在科举考试应试教育中，八股文选本对训练考生应试能力的指导性更强，也更为直接。贾政离家时仍不忘给宝玉筛选一百多篇八股文让他读。《巫梦缘》中，塾师施先生建议王嵩的家长去大寺里卖书的地方买一部南方刻的八股文选本，他再精选一遍，一面读，一面讲，认为它能使学生在考试中

---

① 邓云乡：《清代八股文》，石家庄：河北教育出版社2004年版，第56–57页。

必成大器，自己也因此能"当得明师了"。王嵩的母亲李氏深表赞同，"欢喜不胜"，当即就在头上取根金簪，递与施先生去买八股文选本。王嵩果然受益匪浅，后来高中科举。

明清时期举子们是如何读这些书籍的呢？不管这些教材与考辅资料呈现出怎样的阶段性和层次性，对于举子们来说，背诵就是不二法门，是最常用与最重要的读书方法。贾政郑重强调先把"四书"背熟是最要紧的事。王嵩不到两个月就把《三字经》《神童诗》读熟；之后读《大学》《中庸》，每日四行，后来每日五行，午时就能背诵，再也不会忘记。《儿女英雄传》第三十三回，安老爷担心程老夫子不肯按照小学生一般教安骥背诵，于是嘱咐道："从明日起，给你二十天的限，把你读过的十三部经书，以至《论》《孟》都给我理出来。论不定我要叫你当着两个媳妇背的，小心当场出丑！"不惜以伤害男子汉的尊严来逼迫儿子背书。《儒林外史》第十一回，鲁翰林在鲁小姐五六岁时为其请先生开蒙，读的是"四书五经"。十一二岁就讲书、读八股文，先把明代八股文大家王守溪的八股文背得滚瓜烂熟。鲁小姐悟性很高，记忆力强，八股文名家的范文、历科真题范文与各省考官的考卷，背得三千多篇，令人惊叹。可见，背诵是苦读最重要的方法。他们相信"书读百遍，其义自见"。在背诵的基础上，再理解与模拟写作，这是一个行之有效的方法。

（二）应试

俗话说："槐花黄，举子忙。"当金灿灿的槐花尽情绽放的时候，举子们就要忙于迎接考试了，期盼经过一番"搏杀"，最终金榜题名。下面我们主要以《儒林外史》《儿女英雄传》等小说为范本，按照明清文举中的常科考试，从童试、乡试、会试到殿试的正常程序，跟随那些举子一起奔赴考场，去感受应试过程中那一幕幕充满期盼与焦虑、"几家欢乐几家愁"的科举场景。

1. 童试

明清时期，生员（秀才）录取考试叫作"童试"，意思是初等学生的考试，由连续的三场考试，即县试、府试、院试组成。参加童试的考生只要通过县试的第一场考试，不管年龄大小，无论是毛头小孩还是白发老翁，都被称为"童生"，也叫"儒童"。《儒林外史》中，十七八岁的荀玫、五十四岁的范进和六十多岁的周进，在考取秀才或成为监生之前都是童生。全部通过三场童试的就成为生员，俗称秀才①。下面我们来看看考生是如何参加童试成为秀才的。

（1）县试。县试由当地知县主持，开考日期多在公历二月，

---

① 秀才原指"才之秀者"，始见于《管子·小匡》，在汉代成为荐举人才的科目之一。到了唐代，曾与明经、进士等成为科举考试的科目，但非常难考，录取人数极少，后来被废除。明清时期，秀才成了学校生员的专称。

考生提前到县衙门的礼房报名。《儒林外史》第十六回，温州府乐清县的李知县被匡超人的勤奋所感动，叫人转告匡超人说："现今考试在即，叫他报名来应考，如果文章会做，我提拔他。"匡超人去报考，需要填写姓名、年龄、籍贯及父母、祖父母、曾祖父母三代履历，并且取得一同参考的五人互相作保，还有同县的廪生作担保。廪生是考试名列一等的秀才，官府会发给一定数量的粮食或银子作为生活补贴。如《儒林外史》第四十八回，邓质夫找的是他父亲的同学、廪生王玉辉作担保，这叫作"廪保"。要他们作保是为了保证考生符合报考条件，避免假冒籍贯、隐瞒守丧、顶替作弊、身家不清白者，还有娼、优、皂、隶、奴仆等及其子孙来报考。《儒林外史》第二十三回，牛浦问道士："我这东家万雪斋老爷他是什么前程？将来几时有官做？"道士鼻子里笑了一声道："万家，只好你令叔祖敬重他罢了！若说做官，只怕纱帽满天飞，飞到他头上还有人摭了他的去哩！"牛浦道："这又奇了，他又不是倡优隶卒，为甚那纱帽飞到他头上还有人挝了去？"道士说："你不知道他的出身么？我说与你……万家他自小是我们这河下万有旗程家的书童。"万雪斋虽然与娼妓、戏子、衙役、走卒无关，但是个奴仆出身，所以不能参加科举考试。

　　县试分初试与复试，一般考五场。初试最重要，称为正场，黎明时候点名入场，当天必须交卷。八股文是必考的内容，一般是写两篇八股文。清代乾隆年间开始加考规定了题目与韵脚的诗歌一首，叫作试帖诗，一般是五言六韵或八韵。正场一般录取从宽，录取者就正式被称为"童生"，如果过得了后面的复试，就有了参加府试的资格。但还是会有许多连童生资格都得不到的学童，如《儒林外史》中，权勿用十七八岁开始参加县试，足足考了三十多年，一次也没有进入复试。县试考完后，将所有考生的名字按照从第一场起的总成绩排列，张榜公布，叫作"长案"，第一名称为"案首"。匡超人通过乐清县的初试与复试，被录取为案首。周进也曾在汶上县白知县的主持下考过一个案首。最后一名俗称"坐红椅子"，因为在他的名字后面画一条红线作为截止符号，形似椅子的座面和靠背。通过县试即成为童生，就有了去私塾当老师的资格。老童生周进原先在顾老相公家做家庭教师，后来被请到汶上县薛家集做塾师，一年的酬金是十二两银子。但周进为人木讷，不善钻营，最后丢了这份工作。

（2）府试。府试由知府主考，时间一般在春节过后不久，大概是公历三四月份。《儒林外史》第二十六回，农历新年过后，安庆府的向知府准备考试属下各县送来的童生。匡超人参加县试是在寒冬，在残冬已过的时候，去温州府参加府试。除了县试送上来的童生外，因故没有参加县试的考生，补考一场后也可以参加府试。府试一般考三场，向知府在安庆七学要主持三场考试。第一场为正场，被录取的考生即获得了院试的资格，第二三场不愿意再考下去也没关系。全部三场考完后，获得第一名的被称为"府案首"。《儒林外史》中的马二先生就获得过府案首。府试报名的手续，包括填写三代履历，五位同考的举子互相担保，廪生作保，府试的试题、考法、编号、提堂、出圈、出长案等，基本上与县试相同。

（3）院试。主持院试的考官是学道，又称为学政、学差、学台、学院、宗师等，是朝廷委派到各省主管教育科举事务、督察各地学官的官员，一般由进士出身的侍郎、各衙门长官、翰林、詹事、六科给事中与都察院十三道监察御史等京官担任。《儒林外史》中的周进中了进士、升为御史，后来被钦点为广东学道。范进也是中了进士，原被任命为部属官员，后来被选为御史，数年之后被钦点为山东学道。第二十九回，在凤阳府合考二十七州县的申学台也是主持院试的官员。学道的任期一般是三年，第七回提到的与何景明有故交的那位老先生"到四川典了三年学差"就是此意。在三年任期之内，学道必须到下属的各府、直隶州主持两次考试，称为"按临"。第四回严贡生所说"去年宗师按临"，第十九回李四所说的"目今宗师按临绍兴了"，就是指学道来到各府州巡回主持考试。这些考试分为童生考试、岁考与科考等。《儒林外史》第三回，学道周进到广州上任，第二天先考了两场秀才，第三场是考南海、番禺两县的童生。范进就是在这里被周进取为秀才的。童生在县试、府试后接着参加院试，府试因故未考者可以补考一场，县试与府试都没有参加的可以补考两次，合格的都可以参加院试。但童生要成为秀才，必须参加院试，这是起决定作用的环节。

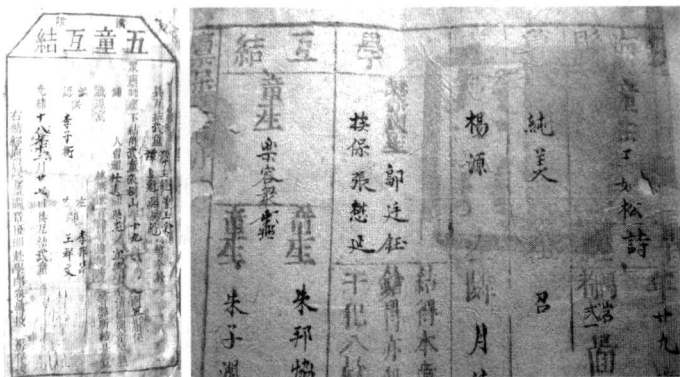

童生参加考试所需的保单

　　童生参加院试报考的程序，如填写履历、取五童互结、廪生结保等，与县试、府试大致相同。学道依次巡回各个府州，所到之处的考试日期会事先悬牌布告。考生按照考试日期齐聚贡院或学宫，由学道亲自点名。点名簿上，每个考生的名下详细注明籍贯、年龄、相貌特征、三代履历等内容，并由作保的廪生盖上保戳，防备有人代考。点名搜查完毕，入场后封门限制出入。学道命题，八股文是必考的，其他内容在明清的不同时期有所变化，策论、《孝经》论、试帖诗也曾考过。开始考试时才将题目公布在木牌上，令衙役高举木牌行走在考生当中来告知他们。学道一般亲自监考，并派人巡查监督，发现作弊立即查扣，严重者会被戴上枷锁示众。可见，院试比府、县试要严格得多。但由于院试非常重要，还是有很多考生铤而走险去舞弊，《儒林外史》第十九回，匡超人就被请到绍兴为金跃代考。

院试的竞争非常激烈，很多考生被困在这道关卡，做不成秀才，进不了官学。《儒林外史》第三回，广东学道周进主持考试第三场的南海、番禺两县童生。纷纷涌进来的考生中，有许多年龄很大的老童生。其实，周进当年也是个六十多岁的老童生，屡试屡败。后来一群商人花钱帮他捐买了监生身份，绕开了院试考秀才这一关。这些老童生当中有个叫范进的，从二十岁开始参加考试，考过二十多次，到了五十四岁还没考上秀才。这是因为考生太多，而录取名额非常有限。地方官学主要有府学、州学、县学，各个地方分到的官学录取名额并不相同，而且在不同时期也有变化。如清代顺治十五年（1658）规定大府二十名、大州县十五名、小州县四名或五名。康熙九年（1670）又规定大的府、州、县学仍按旧制，中等官学为十二名，小的官学为八到十名①。那么参考的童生人数有多少呢？清初著名文人侯方域在《重学校》中记载，当时大县的考生超过两千人，中小县也有一千多人。清末著名外交家、思想家薛福成在《庸盦笔记》中，记载其家乡无锡县每次参加院试的考生有一千多人。一两千人争夺十多个名额，百里挑一，可见竞争非常残酷。难怪周进、范进等人考到五六十岁了还只是童生。如果在竞争激烈的院试中脱颖而出，

① 商衍鎏：《清代科举考试述录及有关著作》，天津：百花文艺出版社 2004 年版，第 24 页。

就能进学做秀才了。范进后来做了山东学道，到兖州府主持院
试，将荀玫点了头名秀才进学。杜慎卿在申学台主持的院试中夺
得了案首，这些人都是这样通过激烈竞争才获得秀才身份的。秀
才，也就是生员，分为不同的类别。由官府供给膳食津贴的称廪
膳生员，简称廪生，是秀才中的"一等公民"，如《儒林外史》
中的王德、王仁兄弟俩，一个是府学廪膳生员，一个是县学廪膳
生员。固定名额以外增加的称为增广生员，简称增生。增生虽然
没有膳食津贴，但可以优先递补廪生中举、被贡入国子监或被剥
夺身份后留下的空缺。在廪生、增生之外再增加名额，附于诸生
之末，称为附学生员，简称附生。刚入学的生员都是附生，如果
在以后的岁试中考得优等，可以升为增生、廪生。府学为上庠，
县学为下庠，庠就是学校，所以生员又被称为"庠生"。学校一
般有个半月形水池，叫泮池，泮池上有一座石桥，叫作泮桥，所
以入学又称为"入泮"。《儒林外史》第十七回，匡超人考中秀才
入学，报帖上注明他是"蒙提学御史学道大老爷取中乐清县第一
名入泮"。

学校里的泮池和泮桥

秀才进学后，每个月和季度都要参加考核，叫作月课、季考。但实际上流于形式，后来甚至连形式都不顾了。《儒林外史》第四十八回，余特去徽州担任府学训导，那些平时不来学校的秀才们，听说新来的余学官胸怀坦白、言语爽利，有了好感才给面子，才时常过来看看。王玉辉就说："门生在学里，也做了三十年的秀才，是个迂拙的人。往年就是本学老师，门生也不过是公堂一见而已。而今因大老师和世叔来，是两位大名下，所以要时常来聆老师和世叔的教训……"可见，这些官学早就虚有其表、有名无实。秀才们牵挂的只有岁考与科考。

除了童生院试，学道还要主持岁考、科考等。学道到任第一年，要到属下各地轮流举行考试，叫作岁考，第二年举行科考。

岁考、科考都是每三年举行一次。岁考前，学官将秀才的详细情况登记造册，递交学道阅示。所有府、州、县学的秀才都必须参加。凡是缺考的需要补考，缺考三次的就会被开除。附生入学已经三十年，或者年龄达到七十岁，以及重症患者可以免除岁考，但不能参加乡试。《儒林外史》第四十六回，成老爹虽然有六十多岁了，但也必须参加岁考，只得走后门求彭老四打招呼，学道才批准免试。第十九回，匡超人避祸逃到杭州，后来接到大哥的书信叫他回去参加岁考。匡超人不敢怠慢，只得接丈母娘来给妻子做伴，迅速收拾行李赶回去参加岁考。因此，当杜少卿最终决定告别科举时，非常洒脱地说："好了！我做秀才有了这一场结局，将来乡试也不应，科、岁也不考，逍遥自在，做些自己的事罢！"

岁考被用来甄别秀才优劣，区分不同等级。据史料记载，文理平通者列为一等，文理亦通者列为二等，文理略通者列为三等，文理有疵者列为四等，文理荒谬者列为五等，文理不通者列为六等。考列一二等，赏绢纱、绒花、纸笔墨等，还有可能递补为廪生、增生①。《儒林外史》中，马二先生一共考过六七个案首，补廪二十四年。有人为了补廪不惜重金行贿，第三十二回讲到增生臧蓼斋替人花钱买秀才，但挪用了三百两银子给自己补

---

① （清）赵尔巽等：《清史稿》卷一百六《选举一·学校一》，北京：中华书局 1977 年版，第 3117－3118 页。

廪，为了还钱只好向杜少卿借。杜少卿问廪生有什么好处，臧蓼斋回答说廪生中举的多，就是多年不中，也可以优先出贡做官，耀武扬威，穿官靴、坐堂、洒签、打人……可见廪生能捞到不少好处，颇有优越感。第五回，廪生王德、王仁兄弟自以为是饱学之士，他们质疑严老大为何能补为廪生。王仁笑着对王德说："大哥，我倒不解他家大老那宗笔下，怎得会补起廪来的？"王德道："这是三十年前的话。那时宗师都是御史出来，本是个吏员出身，知道什么文章？"二人认为补廪是极不容易的，像严老大这样的人是不够格的。考列三等前十名赏纸笔等。考列四等，廪生就可能受到鞭挞棒打的惩罚，甚至被剥夺膳食津贴，降为增生。《儒林外史》第七回，学道范进按临兖州府主持岁试，秀才梅玖考了四等，范进严厉斥责道："做秀才的人，文章是本业，怎么荒谬到这样地步！平日不守本分，多事可知！本该考居极等，姑且从宽，取过戒饬来，照例责罚！"梅玖想借口生病来求情，范进不予理会，说："朝廷功令，本道也做不得主。左右，将他扯上凳去，照例责罚！"梅玖情急之下撒谎说国子监司业周进是自己的老师，才免了一顿皮肉之苦。考列四等的其他生员也会受到处罚，不许参加科试，但可以参加录遗考试。考列五等，廪生停廪，原停廪者与增生、附生都要降级，增生降为附生，附生降为青衣，不许参加科试、录遗；青衣降入乡社学，叫作发社；原发社者被黜落为民，彻底赶出秀才的队伍。考列六等，廪生、增生或者发社，甚至被黜落开除。《儒林外史》第七回所讲的故事中，景明先生醉后大声道："四川如苏轼的文章，是该考六等的了。"意思是按照八股文的考试标准，就连大文豪苏轼也做不成秀才了，小说以此来嘲讽八股士子的无知与八股取士的荒谬。从上述岁试甄别等级来看，秀才的身份尤其是其中的廪生并不是终身制，每三年通过一次岁试来重新洗牌，想保住这个头衔并不容易。

秀才仅仅是科举功名的起步，如果老是原地踏步，生活将是非常艰难困窘的。《儒林外史》中，倪老爹做了二十七年的秀才，"拿不得轻，负不得重，一日穷似一日"，只能靠修补乐器来维持生计。马二先生是个廪生，曾考了六七个案首，称得上是一个优秀的秀才，但屡试不能中举，常常受到别人的嘲讽。高翰林说："那马先生讲了半生，讲的都是些不中的举业。"施御史也说："若说他做身份，一个秀才的身份到哪里去？"讽刺他是个不能中举的无用老秀才。假冒内阁中书的穷秀才万里深谙此理，他对凤四老爹说："只因家下日计艰难，没奈何出来走走。要说是个秀才，只好喝风屙烟。说是个中书，那些商家同乡绅财主们才肯有些照应。"可见，秀才的身份地位不高，还需要参加乡试继续往上走。秀才要参加乡试，就必须参加科考或者录科、录遗、大收考试。

科考是决定秀才能否参加乡试的预考或资格考试，成绩一般只列三等，不实行黜落处罚。凡考在一、二等，大省三等前十名，中小省份三等前五名的廪、增、附生，都会获得乡试资格。

《儒林外史》第四十四回描述了余持参加科考的过程：

> 又过了十多天，宗师牌到，按临凤阳。余二先生便束装往凤阳，租个下处住下。这时是四月初八日。初九日宗师行香，初十日挂牌收词状，十一日挂牌，考凤阳八属儒学生员，十五日发出生员复试案来，每学取三名复试。余二先生取在里面。十六日进去复了试。十七日发出案来，余二先生考在一等第二名。在凤阳，一直住到二十四，送了起身，方才回五河去了。

余持考在一等第二名，获得了参加乡试的资格。科试的题型内容与岁试大致相同，在清初时都是三篇八股文。雍正六年（1728），考虑到冬季的白天时间短，科试减掉一篇八股文，加考一篇策论。乾隆二十三年（1758）加试一首五言八韵试帖诗、默写一段经文与《圣谕广训》。①

2. 乡试

秀才通过科试获得了资格后就能参加乡试。因故没有参加科试的秀才，还可以参加录科考试，合格者也能获得乡试资格。《儒林外史》第七回，荀玫参加岁试获得兖州府第一名，但没有

---

① 《圣谕广训》是雍正皇帝在康熙皇帝《圣谕十六条》的基础上，再加以推衍解释，于雍正二年（1724）颁布的教导世人崇德守法的教科书。

参加科试，原本不能直接参加乡试，等到第二年参加录科考试，又取了第一名，才拿到参加乡试的资格。录科考试未被录取或没有参加科试、录科者，最后还可以参加录遗与大收考试，其不限定名额，被录取的也可以参加乡试。《儒林外史》第三回，周进捐了监生后，刚好赶上学道举行录遗考试，周进考了第一名，获得了参加乡试的资格。除了秀才以外，想要参加乡试的监生也要先参加录科、录遗考试。

明清时期的国家最高学府——国子监

除了进学的秀才，监生也是乡试考生的重要组成部分。《儒林外史》中的周进、武书、娄瓒、严氏兄弟与汤氏兄弟等一大批都是监生身份。① 明清时期的监生主要分为举监、荫监、例监、贡监等类别。举监是翰林院从会试落榜的举人中择优送入国子监学习。荫监是一定级别的贵族子弟凭借父辈做官的余荫而入监读书。清代的荫监分为恩荫和难荫。凡京师文官四品以上、武官三品以上，地方文官三品以上、武官二品以上的，准许送一个儿子入监读书。遇到朝廷庆典，皇帝特赐入监读书的，都

___

① 监生，是国子监学生的简称。国子监是中国隋朝以后的中央官学，为国家最高学府，尤其是到了明清时期还兼具最高教育行政管理机关的职能。

算是恩荫。难荫是三品以上官员任满三年，死后有一子可以入监读书；地方布政等司长官及州县长官副职殉于国难的，嫡长子可以入监读书。《儒林外史》中，娄中堂的四公子娄瓒、胡尚书的三公子胡缜、汤镇台的两位公子就是荫监生。汤家的两位荫监生出场气派十足："头戴恩荫巾，一个穿大红洒线直裰，一个穿藕合洒线直裰，脚下粉底皂靴，带着四个小厮，大清天白日，提着两对灯笼，一对上写着'都督府'，一对写着'南京乡试'"。例监是指因监生缺额或国家财政紧张，读书人可以花钱买个监生的身份。《儒林外史》中的蘧太守就是花钱给孙子捐个监生。第三回，老童生周进在贡院痛哭，商人金有余的一个同道说："监生也可以进场。周相公既有才学，何不捐他一个监？进场中了，也不枉了今日这番心事。"周进能参加乡试，靠的就是几位商人凑了二百两银子给他捐了个监生。《红楼梦》中的贾宝玉、贾兰都没有考过秀才，贾政很早就给他们捐了例监，也能参加乡试。贡监也叫优监、贡生，是各地官学定期选拔优秀生员，将他们贡入国子监读书。《儒林外史》第三十六回，武书作为优监被送入国子监，他自己说："后来这几位宗师，不知怎的，看见门生这个名字，就要取做一等第一，补了廪。门生那文章，其实不好。屡次考诗赋，总是一等第一。前次一位宗师，合考八学，门生又是八学的一等第一，所以送进监里来……"秀才一旦成为贡生进入国子监，就不再受地方官学的管教，俗称出贡。第十八回，随岑庵出贡到国子监，认识了吏部办理文书的衙役金东崖。第五回，严老大出贡后，树起象征荣誉的旗杆，大办酒席来捞贺礼。

蒲松龄七十四岁时身穿贡生服饰的画像

贡生有岁贡、优贡、恩贡、拔贡、副贡、例贡等类别。岁贡是由地方官学定期选送年龄大、资历久的廪生入国子监读书，由于大都排资论辈，挨次升贡，又称"挨贡"。蒲松龄做廪生二十七年，熬到约七十一岁才按规定选为贡生，得到一个"候补儒学训导"的虚衔，儒学训导相当于官学的副校长。在蒲松龄的一再请求下，县令才迟迟给他树起旗匾，但规定要发的四两贡银却没有得到。今天，蒲松龄故居悬挂的蒲松龄画像里，他身穿贡生的服饰。画像是蒲松龄七十四岁时，其三子请偶然到淄川的画家朱湘鳞画的。蒲松龄曾题诗夸赞："生平绝技能写照，三毛颊上如有神。"蒲松龄认为画像逼真传神，展现了自己这位老贡生的精神风貌。岁贡靠熬资历，入监时大多早已年老体衰，所以需要另行选拔年富力强、品学兼优的秀才进入国子监，这就是选贡，又叫优贡。

优贡是学道在三年任期满时，在本省秀才中择优选送数名进入国子监。《儒林外史》四十九回，学道三年任满，将马二先生选为优贡。万中书说他这一进京，倒是个功名的捷径，猜想他一定能得到功名富贵。严贡生也是优贡，第四回中，他自称是"前任周学台举了弟的优行，又替弟考出了贡"。但严贡生实在没有什么优行，而是哄骗敲诈，无恶不作。第十九回，匡超人在岁试中取得第一等第一名，学道把其题了优行，贡入国子监肄业。恩贡是遇到庆典，如皇帝登基、大婚、大寿等，地方官学除岁贡外，加选一次作为恩贡，以示皇恩浩荡。拔贡是清代各省学道考选优秀生员，每六年一次，乾隆时改为每十二年一次，每个府学二名，州、县学各一名，保送入监。拔贡经过朝考合格，可以担任京官、知县或学官。《儿女英雄传》第三十五回，娄养正就是陕西拔贡出身，升为刑部主事，还担任过顺天府乡试的同考官。副贡是在乡试落榜后，由于成绩相对较好，录进副榜直接送往国子监的贡生。例贡是指捐款取得贡生资格。

举子们削尖脑袋想成为监生尤其是贡生，是因为这个身份较有诱惑力。童生借此可以绕开竞争激烈的院试，不必考取秀才，获得乡试资格要容易得多。如老童生周进考到了六十多岁也没能考取秀才，濒临绝境时幸好有人帮忙捐了个监生，参加相对容易的录遗考试，获得了乡试资格，很快就中举中进士。如果不是通过监生这条路，周进可能以童生终老。而且，监生可以参加设在京城的顺天府乡试，这里为监生中举单独设置录取名额，他们不必以同等条件与秀才竞争，中举的可能性更大。《儒林外史》中的杜慎卿为了更快捷地中举，先去做了贡生，参加顺天府乡试，最终如愿以偿。还有一些秀才入监出贡是为了寻求做官的机会。贡生余特在国子监肄业后被任命为徽州府学训导就是如此，但这种机会是很难等到，希望非常渺茫。

明清时期，主持乡试的官员叫作主考官，又叫作大宗师。《儒林外史》第二回王惠提到的"大主考座师"，第四十二回汤由说的"现今主考已是将到京了"，指的都是正主考官。正副主考官先由礼部将翰林或进士出身的各部官员进行登记，临考前列出正副主考官的名单，由皇帝钦点。如《雪月梅传》第三十回，南直隶正考官钦点了翰林院侍读学士汪耀辰，副考官是礼科掌印给事中顾其章。明代对正副主考官要求不严，担任教官的儒士也可以担任考官。康熙十年（1671）起专用进士出身者，雍正三年（1725）更严格规定主考官仅限翰林及进士出身的部院官员担任。顺天主考一般用一二品大员，各省主考分大、中、小省，用侍郎、阁学、翰詹道及编修检讨不等。每省一般正主考一人，副主考一人。顺天为正主考一人，副主考三人。《儿女英雄传》中，安骥参加的顺天府乡试就是如此。房考官又叫同考官，是帮助正副主考官评阅试卷的官员。乡试开初没有设置房官定额，根据省份的大小而定，会试规定为十八房。《儒林外史》第六回讲到汤知县曾经担任房官的故事，王德道："今岁汤父母不曾入帘？"王仁道："大哥，你不知道么？因汤父母前次入帘，都取中了些

'陈猫古老鼠'的文章，不入时目，所以这次不曾来聘。今科十几位帘官，都是少年进士，专取有才气的文章。"帘官就是考官及考务工作人员，分为内帘官与外帘官。乡试考场还安排了总监考官，以纠察关防，监督考务，叫作监临，一般由顺天府尹或应天府尹、总督、巡抚担任。《儒林外史》第十七回，浦墨卿讲了一个小故事，说有位老先生，儿子已经做了高官，其还要参加科举考试。乡试入场点名时，监临不放其进去，气得老先生把卷子掼摔在地，狠狠地骂道："为这个小畜生，累我戴个假纱帽。"可见，监临的权力很大，老先生再痛心也无可奈何。除了监临外，还有监试、提调等闱官。

乡试日期是固定的，三年一科，正科每逢子、卯、午、酉年农历八月初九至十七日在北京、南京及各省省城举行。如果遇到朝廷庆典，如帝后大寿、皇帝登基等加考一科，叫作恩科。乡试的考期在秋天，所以又叫作秋闱。《儒林外史》第四十二回，汤由、汤实赴南京参加乡试，八月初八大清早，"到二门口接卷，进龙门归号，初十日出来，累倒了，每人吃了一只鸭子，眠了一天"。这只是第一场，接下来还有第二第三场。"三场已毕，到十六日，叫小厮拿了一个'都督府'的溜子，溜了一班戏子来谢神。"

乡试考三场，每场三天。考官在初六进场，以初九为第一场正场，十二日为第二场正场，十五日为第三场正场。考生每场都需要提前一天进入考场，即初八、十一、十四日进场。汤由、汤实兄弟，还有周进都是八月初八进第一场。进贡院时，分三道门点名进入，各府州县何时点名、在何门点名，会先出布告。寅时正点即凌晨四点钟开始点名，所有考生限于当天全部点完。汤六老爷问汤由、汤实道："大爷、二爷这一到京，就要进场了？初八日五更鼓，先点太平府，点到我们扬州府，怕不要晚？"五更的正点是凌晨四点钟，入场点名从太平府（今安徽省马鞍山市及芜湖市一带）开始。点名领卷，经过搜检确认没有夹带舞弊资料后，考生依照事先排好的号数入闱，等待第二天正式开考。正场的后一天，即初十、十三日、十六日出场，每场都是三天两夜，三场前后共计约九天。如此长时间待在考场，吃喝拉撒睡都在里面，因此入场之前要带好文具、食物与生活用品。汤由、汤实一到南京住下，就催促管家尤胡子去买新方巾，还有考篮、铜铫、号顶、门帘、火炉、烛台、烛剪、卷袋等考具用品，此外还准备了月饼、蜜橙糕、莲米、圆眼肉、人参、炒米、酱瓜、生姜、板鸭等食品，足足料理了一天才备齐。汤氏兄弟又亲自仔细检查了一遍，嘱咐道："功名事大，不可草草。"

乡试考什么内容呢？《儒林外史》第三回，周进在八月初八进了头场，"那七篇文字，做的花团锦簇一般"。七篇文字指的就是七篇八股文。八股文，又称时文、制义、制艺、八比文、四书文、帖括、经义、举子业等，是中国明清时期科举考试的一种文体。它有非常严格的格式规定，主要由破题、承题、起讲、入题、起股、中股、后股、束股八部分组成，后四个部分都有两股对偶的文字，合起来共八股。八股文必须模仿孔子、孟子等圣贤的口气说话，题目一律出自"四书五经"中的原文。《儒林外史》第四十二回，汤由讲严秀才在考场里写完七篇八股文，感觉甚好，不禁高声朗诵起来。按照明清时期的乡试定规，第一场都是考七篇八股文，其中题目出自"四书"的三篇，"五经"的四篇。这是整个考试的关键所在，如果第一场的八股文没有考好，后面的两场考得再好也是白搭。只要第一场考好了，后面的马马虎虎就没多大关系。《儿女英雄传》第三十五回，安老爷急于要看看儿子头场的文章有无希望，原因就在于此。所以考生对第二、三场常常不以为意。《二十年目睹之怪现状》第四十三回，考官评阅第三场的策问试卷，发现十本有九本是空的，因为头场的八股文已经决定考生是否被录取了，所以第三场交白卷都没什么关系。就连明清小说对第二、三场也常常一笔带过。

那么第二、三场又考些什么呢？汤氏兄弟在去南京乡试的船上猜题，汤实问道："今年该是个什么表题？"大爷道："我猜没有别的，去年老人家在贵州征服了一洞苗子，一定是这个表题。"二爷道："这表题要在贵州出。"表是臣子向皇帝上书言事的一种文体，是乡试第二场要考的内容。此外还要考论（分析、说明事理的文章）一篇，判（司法机关的案件判决书）五条，诏（皇帝颁布的诏书）、诰（皇帝对臣子的一种训诫或勉励的文告）各一篇；第三场考经、史、时务策共五篇。策是指应试者分析所提问题并建言献策的一种议论文体。经策是以儒家经典中的问题来发问，史策是考察举子对历史的掌握和理解程度，时务策是考察举子对现实问题的见解。康熙二十六年（1687），乡试废除了诏、诰。乾隆二十二年（1757），将"五经"命题的四篇八股文移到第二场，废除论、表、判，加考五言八韵诗。第二年又将论恢复，放到第一场，后来又被废除了。

考试阅卷之后对乡、会试的试卷进行复核，这叫磨勘。这一制度是从明代嘉靖年间开始的。考官将试卷送到礼部，磨勘官复核文章的语句、书写有无犯规之处，检查是否有舞弊之处。如发现问题，考中者除名，考官也要受到惩处。《疗妒缘》第一回，顺天府乡试之后，礼部在磨勘时发现有一份卷文理不通，错别字很多。最后这位考官被革职问罪。

3. 会试与殿试

会试和殿试分别是礼部和皇帝主持的中央级别的考试。虽然《儒林外史》中的周进、范进、王惠、荀玫、虞博士等人先后中了进士，但小说对于会试和殿试的描绘并不多。例如对周进参加会试、殿试的描写是："到京会试，又中了进士，殿在三甲。"仅仅十几个字。对荀玫参加会试与殿试也是如此，"匆匆进京会试，又中了第三名进士"。至于对范进、虞博士的情况则更加简略，"会试已毕，范进果然中了进士"，虞博士"中了进士，殿试在二甲"。其他如《儿女英雄传》《歧路灯》等描绘科举内容较多的小说也是如此。出现这类情况，主要是由于明清小说作者尤其是通俗小说作者绝大部分被挡在会试的门外，如吴敬梓、蒲松龄等人仅为秀才，多次参加过童试、乡试，但从未跨进会试考场，所以对会试、殿试缺乏亲身经历与切身体验，只能在道听途说与想象中用寥寥数语来描绘非常简略的场景，也就远不如描绘童试、乡试那样真切、细致。此外，会试的程序、内容与乡试大同小异，所以也就习惯性地从简了。《儿女英雄传》第三十六回说："看看到了场期，那安公子怎的个进场出场，不烦重叙。"就是此意。尽管如此，我们还是可以管中窥豹，从明清小说的描绘中感知会试与殿试的大致面貌。

国子监里林立的进士题名碑

《儒林外史》讲周进、范进等人都是进京参加会试。会试就是全国举人及国子监生汇集京城、会同考试之意。会试也是三年一科，在丑、辰、未、戌年，即乡试后第二年的三月初九至十七日举行。会试同样分为三场，三日一场，第一场在初儿，第二场在十二日，第三场在十五日，也是前一天入场，后一天出场。会试由礼部主持，时间正值春天，所以又叫"礼闱"或"春闱"。会试的主考官叫作大总裁，由进士出身的大学士或尚书担任，副主考叫作副总裁，由侍郎或内阁学士担任。《儒林外史》第十回，娄三公子说鲁翰林是其父亲娄中堂担任会试总裁时录取的。会试另有同考官十余位不等。

会试录取的名额不固定，少至几十人，多到三四百人。作为中央主持的全国性统一考试，会试存在地域不平衡的问题：南方人尤其是江浙人占有很大优势，而北方人被录取的偏少。洪武三十年（1397），由于会试录取的五十二人全部为南方人，北方士子强烈不满。为了平息争端，朱元璋严惩了主考官，又另外录取了六十一位北方士子，这就是著名的"南北榜案"①。为了地域平衡，明代宣德年间正式开始分南、北、中三个区域，按比例分配录取名额。南方地区约占百分之五十五，北方约占百分之三十五，中部地区约占百分之十。从康熙五十二年（1713）开始，又实行会试名额按省分配制度。如吴敬梓动笔写作《儒林外史》的乾隆元年（1736），会试总共录取三百人，周进所在的山东省分到了二十个名额，范进所在的广东省分到十四个，虞博士所在的江南省（包括今天的江苏、安徽、上海等地）分到了三十八个，王惠所

---

① （清）张廷玉等：《明史》卷七十《选举志二》，北京：中华书局1974年版，第1698页。

在的江西分到了二十一个，匡超人所在的浙江分到了三十六个。

　　会试的考试内容与乡试基本相同。会试被录取者叫作"贡士"，第一名称为"会元"。会试之后还有一次复试，起因是康熙五十一年（1712），进士查为仁舞弊被发现，康熙皇帝怀疑这只是冰山一角，决定深挖，于是在畅春园亲自复试，结果有五名新进士被黜落。这是清代会试复试的开始。复试仍由大总裁主持，只考一场，内容为八股文。清代雍正元年又出现了朝考制度，《钦定科场条例》卷五十七记载："雍正元年始有朝考之制。"《儿女英雄传》第三十六回说，会试之后，紧接着便是朝考。安骥在中了会试之后，紧接着朝考，入了选，便去殿试。

光绪六年（1880）状元黄思永的殿试试卷

　　会试揭榜后，贡士们于下个月参加殿试。殿试也叫廷试、廷对，由皇帝主持，派阅卷大臣、读卷大臣协助。殿试只考一场，内容为策论。清代的殿试非常注重书写美观。《儿女英雄传》第三十六回，安骥在参加殿试之前受过父亲的严格训练，安老爷曾严肃地教导他说：

只对策、写殿试卷子这两层功夫，从眼下便得作起。我的意思，每月九课，只要你作六课的文章；其余三课，待我按课给你拟出策题来，依题条对。凡是敷衍策题、抄袭策料，以至用些架空排句塞责，却来不得的。一定要认真说出几句史液经腴，将来才好去廷对。你的字虽然不丑，那点画偏旁也还欠些讲究。此后作文便用朝考卷子誊正，对策便用殿试卷子誊正，待我给你阅改。

安老爷特别强调写策论要依据经史，融会贯通，联系实际，切忌空谈，不能敷衍题目、照搬材料。安骥后来的殿试题目是经学、史学、漕政、捕政四道策题，有了父亲的针对性训练，下笔如有神，不在话下。安老爷还强调了卷面字迹，认为安骥的书写不够讲究。由于清代顺治、康熙和乾隆等多位皇帝爱好书法，在殿试评卷中看重书写，于是考生投其所好，纷纷摹拟皇帝喜爱的字体。如顺治皇帝喜欢欧阳询的书法，顺治九年（1652）的状元邹忠倚、顺治十五年（1658）的状元孙承恩等都是因为书法精于欧体而被顺治帝看中。殿试有时成了书法比赛。① 如小说《俗话

① （清）陈康祺：《郎潜纪闻二笔》卷十一，北京：中华书局1984年版，第522页。

倾谈》之《九魔托世》中，和珅推荐了一份事先打了招呼、做了记号的试卷，但乾隆皇帝说："文章虽佳，但嫌墨色太淡。"而和珅狡辩说："正在墨淡能写得好字，方称老二，中但第一值得无疑。"于是乾隆皇帝将其点为状元。

　　通过殿试，贡士才可以取得进士的称号。中了进士，科举功名就到了顶端。《儒林外史》第十七回，浦墨卿道："读书，毕竟中进士是个了局。"中进士就是举子的最高目标。殿试结果分三甲，一甲三名，赐进士及第，一甲一、二、三名俗称状元、榜眼、探花，合称三鼎甲。第三十回，郭铁笔对杜慎卿说："尊府是一门三鼎甲，四代六尚书，门生故吏，天下都散满了。"二甲若干名，赐进士出身；三甲若干名，赐同进士出身。《儒林外史》第七回，荀玫在殿试中名列二甲，王惠在三甲，分别赐进士出身与同进士出身。明代的二、三甲第一名都称传胪，清代则专称二甲第一名为传胪。传胪大典后，除了状元、榜眼、探花，其他新进士参加馆选考试，也叫朝考，优秀者与三鼎甲进入翰林院成为庶吉士，其他的就被任命为主事、中书、知县等官职。这些常规的考试流程，大致如下图所示：

一甲	第一名	状元
	第二名	榜眼
	第三名	探花

大臣监试，皇帝钦定名次

进士
殿试 → 二甲 / 三甲 → 庶吉士

考官称大总裁、副总裁，为一二品大臣

贡士
会试 → 复试 → 大臣监场收卷
复试

主考官为翰林及进士出身的部院官员

举人
乡试 → 乡试试卷磨勘

廪生 增生 附生

监生 ← 恩贡 拔贡 副贡 岁贡 优贡 例贡

院试主考为学政；府试主考为知府；县试主考为知县

生员 → 国子监

院试 府试 县试 → 有岁、科二试，每次五场，多至七场

童生

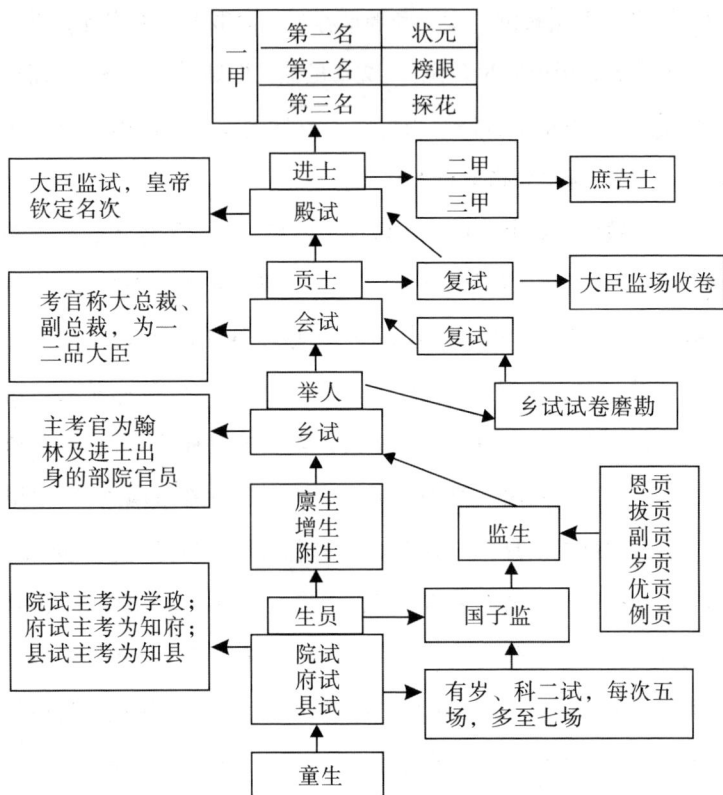

科举常规考试流程

上文主要依据《儒林外史》与《儿女英雄传》等小说，展示了明清时期文举常科考试从童试到殿试的流程。在整个考试过程中，有一个场景可能贯穿始终，那就是舞弊。早在实行科举考试之初的唐代，舞弊就已崭露头角，如"花间词派"的鼻祖、著有

小说集《乾巽子》的温庭筠就称得上科举考试史上的第一"枪手"。温庭筠才华横溢，思维敏捷，他在考试写赋时从不打草稿，双手相叉，做八次就成了，人称"温八叉"。但他考进士屡试不第，心灰意冷，后来就替别人舞弊，屡试不爽，声名大噪。大中十二年（858）的春闱，主考官沈询为了防止他再一次舞弊捣乱，特意把他的座位单独摆出，并和其他几个考官睁大眼睛盯紧他，直到他奋笔疾书写完后，早早交了卷才松一口气。但是万万没有想到，他其实已经得手，竟然在考官注视下的不长的时间内，替八位考生完成了试卷。"枪替"技艺可谓出神入化。当然，温庭筠替别人舞弊不是为了私利，而是为了表达自己屡试不第的怨愤与对科举考试的嘲弄。他后来担任国子监助教，对学生的考试非常严格。到了明清时期，科举舞弊现象日益猖獗，《儒林外史》生动展现了这些场景。第十九回，匡超人代替童生金跃参加院试，有一段非常精彩、细致的描述：

过了钱塘江，一直来到绍兴府，在学道门口寻了一个僻静巷子寓所住下。次日，李四带了那童生来会一会。潘三打听得宗师挂牌考会稽了，三更时分，带了匡超人，悄悄同到班房门口。拿出一顶高黑帽、一件青布衣服、一条红搭包来，叫他除了方巾，脱了衣裳，就将这一套行头穿上。附耳低言，如此如此不可有误。把他送在班房，潘三拿着衣帽去了。交过五鼓，学道三炮升堂，超人手执水火棍，跟了一班军牢夜役，吆喝了进去，排班站在二门口。学道出来点名，点到童生金跃，匡超人递个眼色与他，那童生是照会定了的，便不归号，悄悄站在黑影里。匡超人就退下几步，到那童生跟前，躲在人背后，把帽子除下来与童生戴着，衣服也彼此换过来。那童生执了水火棍，站在那里。匡超人捧卷归号，做了文章，放到三四牌才交卷出去，回到下处，神鬼也不知觉。发案时候，这金跃高高进了。

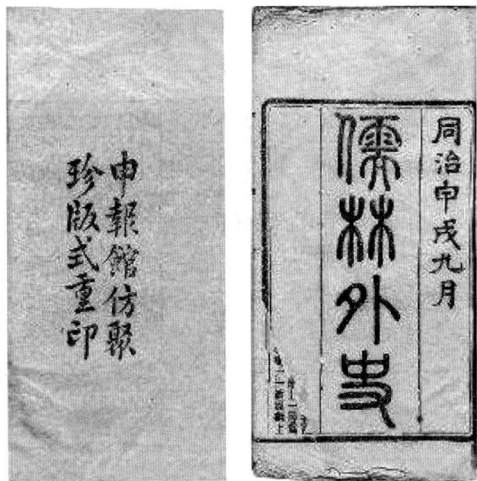

《儒林外史》申报馆重印本

童生金跃一字不通，父亲金东崖在吏部衙门当差，想花钱请枪手替儿子考个秀才。李四、潘三就是撮合这个事情的中介。李四联系雇主，潘三寻找枪手。李四说绍兴的一个秀才足足值一千两银子，这趟活可以出五百两。可见舞弊的价钱是有行情的。潘三要求这五百两在事成之后由自己分配，不成则原封退回。银子暂时存在当铺，彼此放心。潘三还另外拿了三十两银子用作买通考场衙役的贿赂，还有往来的路费。在潘三的安排下，匡超人打扮成衙役的模样混进了考场，在学道点了金跃的名字后，两人躲在黑暗的角落里互换了衣帽，来了个"狸猫换太子"，匡超人进去考试，金跃代替匡超人这个假冒的衙役站岗。由于事先买通了衙役，大家心照不宣，装作不知道，没看见。如果这还只是个案，那么第二十六回中安庆府学考试作弊就是普遍现象了：

看看过了新年，开了印，各县送童生来府考。向知府要下察院考童生，向鲍文卿父子两个道："我要下察院去考童生。这些小厮们若带去巡视，他们就要作弊。你父子两个是我心腹人，替我去照顾几天。"鲍文卿领了命，父子两个在察院里巡场查号。安庆七学共考三场。见那些童生，也有代笔的，也有传递的，大家丢纸团，掠砖头，挤眉弄眼，无所不为。到了抢粉汤、包子的时候，大家推成一团，跌成一块，鲍廷玺看不上眼。有一个童生，推着出恭，走到察院土墙眼前，把上墙挖个洞，伸手要到外头去接文章，被鲍廷玺看见，要采他过来见太爷。鲍文卿拦住道："这是我小儿不知世事。相公你一个正经读书人，快归号里去做文章，倘若太爷看见了，就不便了。"忙拾起些土来，把那洞补好，把那个童生送进号去。

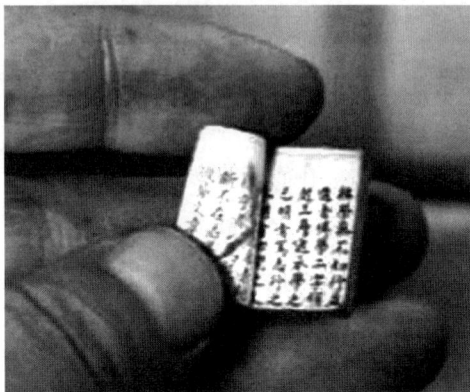

挟带进入考场的舞弊资料

考场上乱糟糟的，舞弊手段五花八门。还有人用蝇头小楷把考试资料密密麻麻地抄在手掌心大小甚至更小的纸上，卷起藏在笔管中，或者塞在挖了空心的砚或鞋底，或者粘在衣服的里层，甚至有人包上油纸塞进肛门带入考场。明代徐复祚在《花当阁丛谈》卷五中详细列举了"活切头""蜂采蜜""蛇脱壳""仙人眵目"等舞弊方法，新奇花样让人瞠目结舌。此外，冒籍其实也是一种舞弊。明清科举考试在后期实行按区域、省份来分配录取名额，造成很多考生改冒户籍，变成"考试移民"，跑到名额较多或者竞争较小的地方应考。冒籍扰乱了考试秩序，造成新的不公平，这是被严厉禁止的。《儒林外史》第三十二回，招摇撞骗的江湖郎中张铁臂，想让自己的儿子冒籍参加天长县童试，杜府管家王胡子用激将法使得杜少卿答应帮忙办成此事。

其实，明清时期对科举舞弊是严厉打击的。如明代曾夺得乡试解元的唐伯虎，在赴京参加会试的途中结识了江阴巨富徐经。徐经行贿主考官程敏政的仆人，窃取了试题。事发后，唐伯虎也受牵连入狱，与徐经一样终身不得参加科举考试。程敏政被罢官，永世不得起用。这起科考案后来被冯梦龙写进了小说《警世通言》第二十六卷《唐解元一笑姻缘》。清代不仅完善考试制度，而且采取铁腕手段严惩舞弊。如顺治十四年（1657），顺天、江南两省乡试案发，受贿的二十多名考官被斩，家产被没收，父母、兄弟、妻子流放东北。康熙三十八年（1699），顺天乡试正副主考，即前科状元李蟠、探花姜宸英被举报考试不公，双双下狱。姜宸英死于狱中。康熙五十年（1711）南闱发生科考案，副主考赵晋，同考官王曰俞、方名被处死，主考左必藩以失察被罢官；同年，福建乡试同考官吴肇中因受贿被处死，主考以失察被罢官，等等①。严惩科场舞弊的案例屡见不鲜。要想整治考场舞弊与乱象，维护考试的秩序与权威，展现制度的公平与正义，必须做到有法可依、执法必严、违法必究。清代的《钦定科场条例》有很多严格规定，如院试，枪手、雇主与中介枷号三个月，发配到烟瘴之地充军。挟带资料，枷号一个月，再杖一百，革去职役等。《儒林外史》中，潘三因"勾串提学衙门，买嘱枪手代考"而被捕入狱，受到处罚。《生绡剪》第一回，贾慕怀的大儿子在乡试中挟带资料，被打了三十棍，枷死在贡院门前。

①　（清）赵尔巽等：《清史稿》卷一百八《选举三》，北京：中华书局1977年版，第3156页。

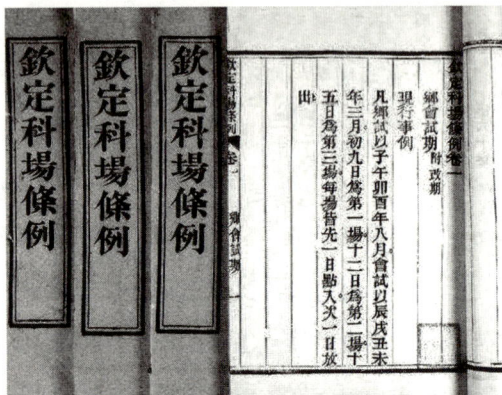

清代《钦定科场条例》

（三）阅卷

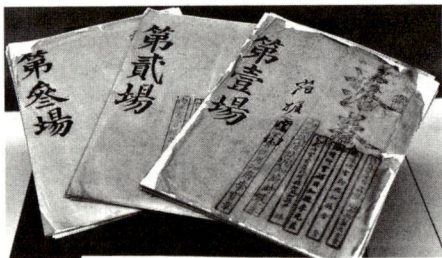

试卷

无论考生备考多么勤奋，考试多么努力，最终的命运还是要交到阅卷考官的手中。明清科举考试绝大部分是作文题，阅卷具有较大的主观性。试卷由哪位考官评阅，存在一定的不确定性与偶然性。阅卷场地戒备森严，考生难以知晓内情，带有浓厚的神秘性。当考官评卷时，考生带着期盼而又担忧，敬畏而又疑惑的心情，在焦虑中等待考官宣判命运。明清小说中，诸如"不愿文章中天下，只愿文章中试官"之类的感叹就反映了考生对阅卷考官的复杂心情。由于童试与乡、会试的阅卷情况大不一样，我们就把两种情况分开来看。

　　童试的阅卷比较宽松自由，试卷并没有弥封，考官甚至可以当场评卷并决定是否录取。《儒林外史》第三回，广东学道周进主持院试时，虽然请了几个幕僚参与评卷，但周进并不放心，决定亲自把关，避免敷衍了事、埋没人才。周进心里想道："我在这里面吃苦久了，如今自己当权，须要把卷子都要细看过，不可听着幕客，屈了真才。"周进当年考到六十多岁还没有中秀才，吃了不少苦，现在决心要认真阅卷，把真才选拔出来。当周进看到五十多岁的老童生范进时，似乎看到了自己过去的影子，同情之心油然而生，于是特意问范进为何屡试屡败，范进回答说："总因童生文字荒谬，所以各位大老爷不曾赏取。"周进道："这也未必尽然。你且出去，卷子待本道细细看。"周进鼓励范进好好考试，并承诺会细致评阅他的试卷。范进交卷后，周进当即阅卷并评定了成绩：

　　那时天色尚早，并无童生交卷。周学道将范进卷子用心用意看了一遍，心里不喜道："这样的文字，都说的是些什么话？怪不得不进学！"丢过一边不看了。又坐了一会，还不见一个人来交卷，心里又想道："何不把范进的卷子再看一遍？倘有一线之明，也可怜他苦志。"从头至尾，又看了一遍，觉得有些意思……又取过范进卷子来看。看罢，不觉叹息道："这样文字，连我看一两遍也不能解，直到三遍之后，才晓得是天地间之至文！真乃一字一珠！可见世上胡涂试官，不知屈煞了多少英才!"忙取笔细细圈点，卷面上加了三圈，即填了第一名。

　　如果不考虑八股取士制度的弊端，作为考官的周进还是非常认真负责的，他前后把范进的试卷看了三遍。初次用心细看，但还没理解考生的思路。丢下后又转念一想，在同情心的驱使下，决定再去寻找亮点，于是从头至尾又看了一遍，转变了固有的思维，开始觉得范进的作文有些意思。即使另外一名考生交卷要求面试打断了思路，但处理完后，周进第三次拿起范进的试卷，细致看完后，以考官之尊居然承认自己前两次没有看懂，把刚才斥责的文章赞为"天地间之至文！真乃一字一珠"，并以此为戒，批评世上有多少糊涂考官，不知埋没了多少英才。言外之意也批评自己刚才差点做了糊涂考官。最后，周进把范进的试卷仔细做了圈点，打好评语，录取为第一名。另外，周进很反感魏好古大谈诗词歌赋，一怒之下将其赶出门外，可见周进受八股文毒害之深。但出于考官的职责，周进又认真评阅魏好古的试卷，觉得他的文章清通，最后一视同仁，按照标准予以录取。范进后来做了学道，在山东主持院试，阅卷后想从六百多份被刷下来的试卷中找到荀玫的卷子，对着名字、座号，一份一份地细查。可见，院试的试卷并没有弥封，考官可以随意查找翻看。

院中的至公堂一般是安排阅卷的重要场所，图为左宗棠创办的兰州
贡院至公堂

与院试不同，乡、会试实行一整套极为严密的防范舞弊措施，阅卷制度就是其中的重要部分。在考官评阅之前，试卷要经过弥封、誊录、对读等一系列复杂的程序，以防舞弊。为了防止考官徇私舞弊，乡、会试考生用墨笔作答的原卷，即墨卷，必须弥封糊名，然后由誊录人员统一用朱笔抄写一遍，即朱卷，再送交考官评阅。考官评卷时拿到的都是朱卷，没有考生任何的个人信息，也无法从笔迹上去猜测是谁的试卷。《儿女英雄传》第三十五回，顺天府举行乡试，主考官进了贡院，"那些十八房同考官以至内帘各官，也随着进去关防起来"。《儒林外史》第六回，王仁说汤知县上次入帘担任房考官，由于观念陈旧，没有把握好阅卷标准，这次没被聘请，"今科十几位帘官，都是少年进士，

专取有才气的文章"。乡、会试阅卷,除了正副主考以外,还有同考官担任分房阅卷的任务,又叫作房考、房官、房师等。贡院内有座至公堂,堂后有门出入,用门帘隔开。评阅试卷在帘内进行,因而担任考官叫作入帘,考官又称帘官,加上内监试、内收掌等人员,都是内帘官。外帘为监临、外提调、外监试、外收掌、弥封、誊录等管理服务人员。内外帘官不能往来,有公事在内帘门口接洽,以防私下串通勾结。

在正式阅卷之前,考官们要开会讨论,确定评卷的总体要求与标准。《儿女英雄传》第三十五回,顺天府乡试阅卷现场,顺天府尹(北京地区的最高行政长官,相当于现在的北京市市长)捧来了钦命的考试题目,主考官拆了封,十八位房官一起参加会议,请示主考的评卷标准,讨论要选拔什么样的文章。正主考官方老先生首先发言说:"方今朝廷正在整饬文风,自然要向清真雅正①一路拔取真才。若止靠着才气,撺些陈言,便不好滥竽充数了。"正主考官定了基调,话音刚落,另一位姓方的考官立即应声赞同道:"此论是极。近科的文章本也华靡过甚,我们既奉命来此,若不趁着实的洗伐一番,伊于胡底? 诸公就把这话奉为准绳罢。"接下来好几位考官纷纷附和表示赞同。其实,方大主

---

① "清"即文章有条理,不散乱;"真"是在程朱理学的范围内要体悟真切,要有真见解;"雅"是以《左传》《史记》及"唐宋八大家"的文章为典范,语句要典雅、简明、朴实;"正"是要求文章义理纯正,符合儒家正统思想的要求,不能走旁门左道,避免奇谈怪论。

考官提出以"清真雅正"作为评卷的标准，这不是其独创，而是雍正皇帝在雍正十年（1732）对考官提出来的要求："所拔之文，务令清真雅正、理法兼备。"[1] 乾隆三年（1738），乾隆皇帝又下旨强调："考试各官，凡岁、科两试以及乡、会衡文，务取清真雅正。"进一步明确要求在各级考试阅卷中必须以"清真雅正"为评卷标准，这成了清代八股文考试评卷的总体要求。

试卷分配到考官们的手里，回到各自的阅卷房间，考官们就紧锣密鼓地开始评卷。考官们的阅卷任务有多重呢？据《林则徐日记》记载，林则徐在嘉庆二十一年（1816）担任江西副主考，十五天共阅房官的荐卷四百七十余份，平均每天阅三十份，另外还要搜阅落卷。以每份七篇八股文计算，平均每天至少要细阅二百篇文章，显然并不轻松。

考官的个人喜好会影响到考试成绩的评定，一定程度上决定了考生的命运。所以，古人常常慨叹："不愿文章中天下，只愿文章中试官。"《儿女英雄传》中，安骥第一场的八股文试卷恰巧被分到娄考官的手里。娄考官刚才卖力吹捧方大主考官，因为他是模仿方老先生那刻板、艰涩的文风，投其所好考上来的，那么他在阅卷中就会忠实地执行方大主考官的标准，加上他性格偏执、心胸褊狭，安骥富有才情的文章当然入不了他的法眼，他不

---

① 《世宗宪皇帝圣训》卷十，《文津阁四库全书》第 142 册，北京：商务印书馆 2005 年影印本，第 50 页。

可能将安骥的试卷推荐给主考官，安骥中举也就没了希望。可
见，考试具有一定的偶然性，带有运气的因素。这天晚餐之后，
娄考官酒足饭饱，兴致高涨，自我感觉良好，于是点了盏灯，暖
了壶茶，一个人静静地批阅起卷子来。他确实是个十分苛刻的考
官，连续看了几本试卷，没有一个满意的，随便点了几笔，就丢
在一边。他又拿了一本试卷，正好是安骥的，见那三篇文章写得
富丽堂皇，真是"玉磐声声响，金铃个个圆"，虽然不合他的胃
口与套路，但确实文采斐然，让人爱不释手，于是打好评语，加
了圈点，黏上荐条，准备推荐给主考官。但他忽然转念一想，觉
得这份试卷不符合方大主考官交代的要求，而且这是汉军旗人的
试卷，考生可能是贵族豪门的子弟，为了避免有有意迎合权贵的
嫌疑，于是把批语条子撕了下来，在灯上点火烧了，在卷子上随
意点了几笔，丢在一边，又接下去评阅另外一本。一切都悬在考
官的笔尖，一念之间，转瞬即变，结果截然不同。有时，考官随
心所欲，试卷之外的因素左右了成绩的评定。这个场景生动反映
了科举考试阅卷的真实情况。但小说接下来讲述神灵现身，教训
了娄考官，使他秉公行事，重新推荐安骥的试卷。这在现实生活
中是不可能的，只是作者的因果报应观念与追求科举公平公正的
美好愿望。

　　娄考官只好重新给安骥的试卷打了评语，贴上荐条，看到主
考官还在加班，就连夜推荐过去。主考官还没看文章，只见是汉
军旗人的试卷，便道："这卷不消讲了，汉军卷子已经取中得满

了额了。"由于旗人的文化水平总体上远差于汉人，为了照顾旗人的利益，单独为他们设置名额，但这次录取名额已满，不再接受推荐。娄考官对神灵的教训心有余悸，不接受他推荐的试卷，哪里肯依？便再三争辩，不肯离开。大家被他磨得实在没办法，方大主考官只得说："既如此，这本只得算个备卷罢。"提起笔在卷面上写了"备中"两个字。阅卷一般会在规定的名额之外多取几本备中的卷子，发榜之前，如果突然发现不符合要求的，就临时用备卷递补。而且，这些备卷被录取为副榜，也是给落第的考生一种安慰，有鼓励人才之意。另外，阅卷的考官多录取几个副榜的举人，增加几个门生，也符合他们的利益。小说还用了几个比喻来描述阅卷的几种情况：

这备卷前人还有个譬喻，比得最是好笑。你道他怎的个譬喻法？他把房官荐卷比作"结胎"，主考取中比作"弄璋"，中了副榜比作"弄瓦"，到了留作备卷到头来依然不中，便比作个"半产"。他讲的是一样落了第，还得备手本送贽见去拜见荐卷老师，便同那结了胎，才欢喜得几日，依然化为乌有，还得坐草卧床，喝小米儿粥，吃鸡蛋，是一般滋味。倘有个不肯去拜见荐卷老师的，大家便要说他忘本负恩。何不想想，那房师的力量止能尽到这里，也就同给人作个丈夫，他的力量也不过尽到那里一个道理。你作了榜外举人，落了第，便不想着那老师的有心培植；难道你作了闺中少妇，满了月，也不想那丈夫的无心妙合不成？这番譬喻虽谑近于虐，却非深知此中甘苦者道不出来。然则此刻的安公子已就是作了个半产婴儿了！可怜他阖家还在那里没日夜的盼望出榜高中！这便是俗语说的"世间没个早知道"也。

　　将阅卷及其结果作了几个这样的比喻，生动形象，在揶揄中带着幽默与讽刺，确实让人哑然失笑，深有感触。房官向主考官荐卷比作"结胎"，也就是怀孕。房官进行第一轮筛选，把守住阅卷的第一道关。如果没有房官的推荐，考生考得再好，试卷也没有机会让主考官接触，就像生孩子必须经过怀孕一样。万历十六年（1588），担任顺天乡试主考官的黄洪宪向皇帝上书诉苦："今阅卷去取，先由同考，同考所取，臣等乃得寓目焉。同考所弃，臣等无由见之。"① 黄主考官的这种失落绝不只是个人感受，而是很多主考官的共同尴尬。《续文献通考》卷四十六也说："会试去取在同考，参定高下则主考柄之。"可见，无论是乡试还是会试，考生是否被录取的决定权主要是在同考官手中，主考官只是决定他们名次的先后而已。《春柳莺》中，会试徐房官对石液的试卷赞不绝口，推荐为会元，但主考官不答应，只愿意列入前十名。徐房官大为光火，说："此人三元可中，岂一解元而已哉？若老寅翁中他在十名，其实有辱此文，转留在下科中元吧。"《儿

----

　　① （明）王世贞：《弇山堂别集》卷八十四《科考四》，北京：中华书局1985年版，第1601页。

女英雄传》中，众多房考官心里对主考官不以为然，在实际阅卷中就会阳奉阴违。就连唯马首是瞻的娄考官也为了"私利"去闹腾，方大主考最后还得退一步，照顾一下房官的面子。接下来，小说把主考官录取比作"弄璋"，录为副榜比作"弄瓦"。璋是一种玉器，《诗经》记载，古人生下男孩，就把璋给他玩，希望他将来有玉一样的品德，后来把生男孩就称为"弄璋之喜"，生女孩叫"弄瓦之喜"。瓦不如玉，备卷一般没有机会录取，寒窗苦读最终名落孙山。不仅如此，做了备卷就算中个副榜，但终究不是正途，科举意义大打折扣，没有太多实际好处，还要备份厚礼去答谢房官，得不偿失，难免尴尬。但如果不去拜谢，又会被人骂成忘恩负义。作者又将安骥在此的处境比作半产的婴儿，可怜其全家还在日夜盼望金榜题名。

科举考试的录取名额事先已经确定。考官们都想在自己手中多中些名额，于是冲突在所难免。《初刻拍案惊奇》第三十二卷，有位考官看中了唐卿的试卷，要推荐他为头名，另一位考官看中了另外一个，也想推为第一，要把唐卿压作第二。那位考官赌气道："若要做第二，宁可不中，留在下科，不怕不是头名，不可中坏了他。"于是把唐卿黜落。到了下一次考试，唐卿才终于得了头名。《女开科传》中，有位房官要把余梦白试卷列为第一，遭到强烈反对而只能退居第二。房官也是赌气，情愿不中，说留到下科中解元。但余梦白三年后再次参加乡试，也没有考上解元，历尽艰难困苦，最终只中了第四名。于是心灰意冷，娱情诗酒，放纵山水之间。《云仙啸》的《拙书生礼斗登高第》中，阅卷相争更具戏剧性，曾杰、曾修两兄弟的试卷被各自房官鼎力推荐争夺解元，两份试卷不相上下，两位房考官争论不休，各不相让。莫奈何时，另一位房官出了个馊主意，建议说："这两生具如此美才，哪怕不登高第？就暂屈一科，也是不妨，不若放过，另取一卷罢！"于是，鹬蚌相争，原本都有资格中解元的曾氏兄弟就在这样的劝解中双双落榜，而愚钝不堪的"拙书生"吕文栋却因此渔翁得利，捡了个乡试第一名。这类考官阅卷相争的例子在历史上屡见不鲜，崇祯七年（1634）会试，考官文震孟看中一份试卷，猜想是陈际泰的卷子，极力推荐为会元。而另一位考官项煌想推荐自己手中的一份可能是杨廷枢的试卷为会元，双方相持不下，最终双输，花落别家。

乡、会试出现的考官为本房试卷争抢第一名的现象，在殿试中是不可能发生的，因为前十名是由皇帝钦定的。《儿女英雄传》第三十六回，在升殿传胪的头一天，阅卷大臣将初拟的前十名的试卷进呈给皇帝，恭候御笔钦点状元、榜眼、探花与二甲第一名的传胪，以及后六名的次序。安骥的试卷就是在这十本之内，最后被钦点为探花。

上面讲的大多是一些还算称职的考官在阅卷时的表现，明清小说还反映了很多昏庸、贪腐的考官在阅卷场上的丑态。《二刻醒世恒言》第二回，会试同考官吕颐浩是一个妒忌心很强的人，见不得别人有才华，因此他的阅卷标准是拔劣黜优。当他看见杨

邦义和胡安国的试卷非常精彩时，妒火中烧，竟想将两人的试卷
毁掉。《西湖二集》第四卷，考官汪玉山帮助朋友舞弊，约定在
文中使用三个"古"字为记号。汪考官阅卷时看到一份使用三个
"古"字的试卷，暗暗得意，不论好歹，便评为很高的等级，设
法让其取中。没想到这份试卷不是他朋友的，原来这位朋友忽然
患病，没有进场。这个秘密被一位女鬼告诉了积德行善的赵雄，
让赵雄捡了个漏，阴差阳错成了阅卷舞弊的受益者。该小说第二
十卷通过妓女曹妙哥之口骂道：

　　如今试官，若像周丞相取那黄崇嘏做状元，这样的眼睛没
了。那《牡丹亭记》上道："苗舜钦做试官，那眼睛是碧绿琉璃
做的眼睛，若是见了明珠异宝，便就眼中出火，若是见了文章，
眼里从来没有，怎生能辨得真假？"所以一味胡涂，七颠八倒，
昏头昏脑，好的看作不好，不好的反看作好。临安谣言道："有
钱进士，没眼试官。"这是真话。

　　黄崇嘏是五代时期前蜀国的一位才女，相传她女扮男装，骗
过考官的眼睛，居然考中状元。小说在此痛骂考官昏庸无能，颠
倒黑白，见钱眼开，贪腐鄙陋。

（四） 庆贺

　　阅卷之后，确定录取名额与名次，考试程序已近尾声，但后续还有一系列的庆贺活动，也是科举文化的重要组成部分。这些活动包括放榜、报录、唱名、传胪、赴宴、簪花游街等，都在明清小说中有非常精彩的展示。

　　乡、会试放榜非常隆重。清代乡试一般在九月放榜，多选寅、辰日，因辰属龙，寅属虎，以取龙虎榜之意。范进中举的广东贡院附近有一条小巷名叫"龙虎墙"，就是当年贡院放榜的地方。放榜时值九月，桂花盛开，所以又叫"桂榜"。今天的广州市德政中路还有一处叫"拾桂坊"的地方。在龙虎墙与拾桂坊之间有一条里巷叫"龙腾里"，取龙腾虎跃之意，这些地名都与贡院放榜有关。

　　《儿女英雄传》第三十五回，顺天府乡试放榜定在九月初十。放榜之前要填榜。九月初九辰时（上午七点至九点），贡院关上大门，预先在至公堂的正中央摆好主考官的桌椅，左右摆了二位监临的桌椅，东西对面排列着内外监试与十八位房官的座次。大厅里还摆了两张办公长桌，一张在试卷拆封后用来填写中签，另一张是超过一丈的长桌，用来填榜。大堂两旁堆着许多装有试卷的箱子。书吏、差役等人挤在四周，走廊与台阶上也站满了人，踮脚翘首看热闹。贡院外面游走一批报喜的人，叫作报子，报子早就花钱买通考务工作人员，到填榜时，每揭晓一个名字，就立即飞奔赶去向举子报喜，多讨得一些赏钱。

一切都准备齐当之后，击鼓升堂。正副主考官、监临、房官、提调、监试等齐聚至公堂，大家揖手参见完毕，监试领了内帘值班的官吏，把取中的卷子摆到办公桌上，先把前五名，即"五魁"的试卷摆好，然后把第六名及以下被录取的卷子依次整齐排好，最后把那些备中的卷子另外放在一堆。按照规矩，拆开一本试卷，核实考生的姓名、籍贯、作答等情况，交给书吏唱一个名字，再在榜上填好。先从第六名填起，按名次填完末名，然后倒填前五名。

方大主考坐定后，把前五魁的魁卷挪到一边，伸手先把第六名的拿起来，按照号码找到原来的墨卷，拆开弥封，卷面上的名字叫马代功，此卷恰好是娄考官推荐、方大主考官取中的。这时，负责填写中签的两个外帘官早已磨好浓墨，毛笔蘸饱了墨汁，等待核实考生情况后，便可挥笔在长条纸上写好被录取者的姓名与籍贯，也就是中签。突然，监临大人看着那本卷子嚷了起来："慢来！慢来！为啥了？他这首诗不曾押着官韵呀！"原来他发现这位考生的试帖诗没有按照命题要求押韵。方主考官觉得十分诧异，说："不信有这等事！想是誊录誊错了，对读官不曾对得出，也不可知。"方主考官急忙把墨卷取过来，又亲自仔细核对一番，但情况确实如此。方主考官惊呆了，惶恐不安了好一阵子，冥思苦想如何补救。开榜第一人马虎不得，不好将就。如果依次递补的话，要把名次一个个往上推，卷面上的名次都要一一改动，牵一发而动全身，更加不好交代。于是，方大主考官建议从备卷中抽取一本来替补。众位考官正在为出现这种差错不知所措，一下子找不到比方大考官更好的解决办法，只得表示同意。

方主考官为了避免事先安排的暗箱操作之嫌疑，向天空祈祷了一番，态度非常虔诚，动作相当慎重，先用右手把几本备卷搅散打乱，还嫌不够，又用左手掀腾了一阵，再随机摸出一本试卷，打开一看，正是娄考官力争不退的那一卷。方主考官连忙叫了座号，调来墨卷，拆开弥封核对，只见那卷面上写的名字正是"安骥"两个字。拆封的书吏便送到填写中签的外帘官跟前，他在大约一尺长、一寸宽的纸条上恭敬地写上了安骥的姓名与籍贯。负责唱名的书吏双手高举中签，站在大厅中央，高声唱道："第六名安骥，正黄旗汉军旗籍庠生。"唱完后，他又从正主考座前起，一直绕到十八位房官座前，转了一圈向大家公示了一遍，然后才交到监督填榜的外帘官手里，负责填榜的书吏用碗口大的字照签誊写在榜上。填榜由第六名写起，写完最末一名后再写前五名，由第五名倒写至第一名，叫作"五经魁"。如果是在晚上，至公堂上下会点起红花巨烛，经魁出于哪位房官，就将一对红烛或者一束香摆在该房官的桌上，叫作"龙门烛""龙门香"，以示表彰。唱名经魁时声音特高，叫作"闹五魁"。填写完五经魁后再填写副榜。

报子是登第喜讯的最早传递者，常常活跃在明清小说当中。报子们都争先去报喜，报在前面的赏钱就多些。事先买通的线人隔着门在里面打了个暗号,便从门缝中递出一张报条来,打开一看,是"第六名安骥"五个字。其中有个报子,正是当年安老爷中进士的时候去报过喜的,他知道安府的具体位置,连忙把安骥的姓名写在报单上,一路上一个接一个的传着飞跑。轻车熟路,不到个把时辰,报子就出了西直门,过了蓝靛厂,直奔西山双凤村而来。随后报子们蜂拥而至,轰地拥进安府大门,嚷成一片,说的尽是吉利话,目的在于多讨些赏钱。有人嚷的是:"'秀才宰相之苗'。老爷今年中了举,过年再中了进士,将来要封公拜相的,转年四月里报喜的还来呢!求老爷多赏几百吊罢!"不等安府赏赐,报子自己就主动开口要求多给几百吊赏钱。主人一高兴,也就慷慨大方,大把银子在所不惜了。《续红楼梦新编》第二十一回,贾芝中举,爷爷贾政大喜过望,一扫当年贾宝玉中举后出家的哀伤,赏了报子们一顿酒饭,再加五十两银子,报子心花怒放,千恩万谢。

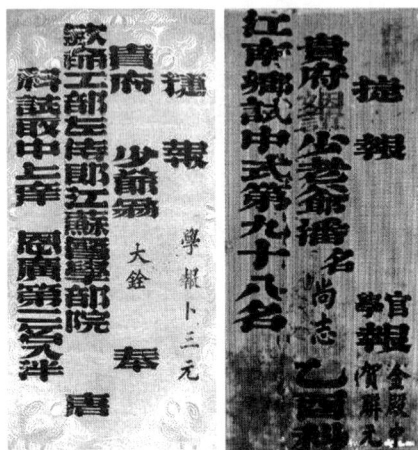

报帖

《鼓掌绝尘》第九回说那些报子们巴不得抢个头报，指望要赚一把大大的赏钱，乒乒乓乓直打进举子的寓所来。《快心编》第四回，凌驾山听见外边一片高声乱喊，有好几十个人蜂拥而入，闹将进来，阵容庞大，异口同声地高声喊报"凌相公高中第二名经魁"，原来全是报子。凌驾山留报子们吃了酒饭。没一会儿，二报又来，午后再来一批报子。《儒林外史》第三回，第一批报子给范进报喜，大家簇拥着要喜钱。正在吵闹，又有几匹马飞驰而来，二报、三报到了。挤了一屋的人，茅草棚的地下都坐满了。一拨接一拨，讨赏的实在太多，是一笔很大的开支，让许多登第者喜后发愁，甚至苦不堪言。《初刻拍案惊奇》十六卷，灿若听得外面叫喊连天，报他中了第三名经魁，锣声不绝，扯住讨赏，有不给钱就不走的意思。《儒林外史》第十七回，两个报子给匡超人报喜，贫病交加的匡太公几乎倾家所有招待他们吃了顿饭，打发二百文钱，报子嫌少，太公求情说他家遭了火灾，已是赤贫，只能敬点茶钱。潘老爹又帮忙求情说了一番，最后添了一百文才了事。匡超人还只是中个秀才，其他中举中进士或被授官的就更难对付了。《雪月梅》第三十回，报子嫌新举人岑公子给的八两赏银太少，说："府上是个大家，这点东西如何拿得出手？"话带讥讽，不依不饶，一直磨到十六两银子才肯散去。《醒世姻缘传》第一回，报子乱嚷街坊，敲打门扇，索要三百两银子，闹成一片，像是敲诈勒索。《风流悟》第五回，张同人中了解元，报子开口就要三千两赏银，同人写了一千两的银票，报子嫌少了，居然扯碎了要求再写，同人只得写了张两千两的。明末清初著名小说家李渔曾收到江宁（今属南京）学官张玉甲的一封告示，其中描述了一些报子的恶劣行径："江南报子，多系积棍蠹役，串倩营兵，飞骑快船，持械雄行，无异大盗。放榜之后，纸条入手，打入中式之家，不论贫富，勒索之数累百盈千；稍不遂意，碎门毁户，家资什物，立成齑粉。领数十人蚕食其家，不饱其欲不去。寒酸之士，势必称贷以应之。"①

举子中榜，报录时除了报子讨要赏金，还有一种非常奇特的

① （清）张玉甲：《禁报卒》，《李渔全集》第十七卷，杭州：浙江古籍出版社1991年版，第226页。

风气，报信的人用棍棒将中榜举子家的厅堂窗户都打烂，工匠跟在后面，立即给修缮一新，叫作"改换门庭"。在《情梦柝》第四十回，吴子刚中举，报子到河南遂平县没找到他人，居然寻访到他寄居的胡楚卿府上。楚卿忽见前厅闯进五六个人，手拿棒头棍子一顿乱打，尽管吴子刚喊道："不要打！"但大厅里已经打碎了几件家具。

举子中榜，家人及其举子的神态也十分有趣。报子赶来报喜之前，安府的人其实一直在惴惴不安之中焦急地等待。安老爷故作轻松，其实心里非常紧张，也做好了安骥落榜的心理准备。为了安慰儿子，他劝说安骥外出参加活动，调节一下心情，转移一下注意力。此时，门外一阵人语嘈杂，才回头要问，只见仆人张进宝跑进来，两个人左右架着他的肩膀，他跑得上气不接下气，还有一大帮人跟在后面。只见张进宝等不及到窗前，便气喘吁吁地高声叫道："老爷、太太天喜！奴才大爷高中了！"安老爷听了报喜，也等不得张进宝跑到跟前，"啊"了一声站了起来，拔腿就往院子里跑，一直迎到张进宝跟前，问道："中在第几名？"那张进宝是喘得说不出话来，老爷便从张进宝手里抢过报子送来的那副大报单来，打开一看，见上面写着："捷报贵府安老爷，榜名骥，取中顺天乡试第六名举人。"下面还写着报喜人的名字，叫作"连中三元"。安老爷看了，乐得先说了一句："谢天地！不料我安学海今日竟会盼到我的儿子中了！"手里拿着张报单，回头就往屋里跑，急着想去告诉安太太。安老爷刚好碰见太太赶忙出来，便凑到太太面前道："太太，你看这小子，他中也罢了，亏得怎么还会中的这样高！太太，你且看这个报单。"太太乐得双手来接，那双手却摸着根烟袋，一个忘了神，便递给安老爷。妙在老爷也乐得忘了神，就接过那根烟袋，一时连太太本是个认得字的也忘了，便拿着那根烟袋，指着报单上的字，一长一短念给太太听。安府全家沉浸在狂喜之中，大家乐得连笑也笑不及了。安骥一得知喜讯，怔了半天，一个人站在屋里，脸是漆青，手是冰凉，心是乱跳，两泪直流地在那里哭呢！小说特意解释道："你道他哭的又是甚么？人到乐极了，兜的上心来，都有这番伤感。及至问他伤感的是甚么？他自己也说不出来。何况安公子伦常处得与人不同，境遇历得与人不同，功名来得与人不同，他的性情又与人不同，此时自然应该有这副眼泪。"

安骥的失态其实还算温和，举子因中榜而乐极发狂的事情并不少见。《儒林外史》第三回，乡试发榜那天，范进家里早已无米下锅。老母亲饿得两眼发花，只得吩咐范进拿一只生蛋的母鸡去卖，换几升米来救急。范进慌忙抱鸡去了集市。报子赶来报喜，老太太招待不了，只好央求邻居去把范进找回来。邻居好不容易找到范进，告诉范进说："范相公，快些回去！你恭喜中了举人，报喜人挤了一屋里。"范进以为别人哄骗他，装作没听见，只是低头往前走。邻居见范进不理，走上来就要夺他手里的鸡，硬把他拉了回去。报录人见了道："好了，新贵人回来了！"正要簇拥着向他道喜。范进三步并作两步地走进屋里，看见报帖已经升挂起来，上面写道："捷报贵府老爷范讳进，高中广东乡试第七名亚元。京报连登黄甲。"范进看了一遍又念一遍，突然两手拍了一下，笑了一声道："噫！好了！我中了！"说着往后跌倒，咬紧牙关，不省人事。老太太慌了，连忙将几口开水灌了进去。他爬了起来，又拍着手大笑道："噫！好！我中了！"笑着，不由分说就往门外飞跑，把报子和邻居都吓了一跳。范进走出大门不远，一脚跌在塘里，挣扎着爬了起来，头发都散乱了，两手沾满黄泥，一身浸透了泥水。众人拉不住，范进拍着笑着一直跑到集上。大家大眼盯小眼，好一会儿才明白过来，原来新举人欢喜得疯了。在老太太与范进娘子的哭声中，众人商议，让范进最惧怕的胡屠户来把他打回原形。但胡屠户表示很为难，说打了天上的文曲星，怕被阎王罚到十八层地狱永不得翻身。大家调笑了一番，胡屠户推脱不过，只得连斟两碗酒喝，壮一壮胆，将平日的凶恶样子摆了出来，去找发疯的范进。来到集上，范进正站在庙门口，头发散乱，满脸污泥，鞋都跑掉了一只，兀自拍掌，口里叫道："中了！中了！"胡屠户凶神似的走到跟前，骂道："该死的畜生！你中了什么？"一个耳光扫过去，范进被打得晕倒在地。大家连忙上前给他抹胸口、捶背心，弄了半日，范进渐渐喘息着苏醒过来，说道："我怎么坐在这里？"又道："我这半日，昏昏沉沉如在梦里一般。"邻居道："老爷，恭喜高中了。适才欢喜的有些引动了痰，方才吐出几口痰来，好了。快请回家去打发报录人！"范进说道："是了，我也记得是中的第七名。"他一面自绾了头发，一面借了一盆水来洗脸，一个邻居早把那只鞋找来替他穿上。众人笑着簇拥了范进回家。到了家门，屠户高声叫道："老爷回府了！"老太太迎了出来，见儿子不疯，喜从天降。众人问报子哪去了，原来家里已把胡屠户送来的五千钱打发他们走了。范进拜谢了人家，正待坐下，一个衣着体面的管家拿着一个大红全帖，飞跑了进来道："张老爷来拜新中的范老爷。"原来是举人出身、做过一任知县的张乡绅前来贺喜，带来了五十两银子，还送了一套房子。自此以后，有许多人来奉承他，送田产的，送店送房的，还有人来投身为仆的。范进很快有了奴仆、丫鬟、房子、钱、米，这些是不消说了。范进搬到张乡绅的新房子里，一连好几天唱戏、摆酒、请客，庆贺中举。《儒林外史》将中举报喜，举子狂喜发疯的场面描绘得极为生动、细致，堪称经典。

考中的消息还要通过官方张榜公布来最终确认。《儿女英雄传》第三十五回，安老爷面对安骥的拜谢，说道："且慢。你听我说，这喜信断不得差，但是恪遵功令，自然仍以明日发榜为准。"再讲场中那天填完了榜，将榜文加盖顺天府尹或本省督抚印章，次日五鼓，饰以黄绸彩缎，在鼓乐仪仗队的护卫下，送到顺天府尹衙门或各省布政使司、巡抚衙门前张挂。有些张榜还要放炮示意，《龙凤配再生缘》第二十四回，康若山三人听见大炮连声，知道是贡院出榜了。第二十七回说到了放榜之日，大炮三声，挂出榜来。《快心编》第四回，凌驾山在乡试后静候佳音。

"到十一月初一日五更，忽闻大炮三声，晓得贡院前挂榜"。《续红楼梦新编》第二十一回，到了张榜那天，闵师爷约了贾琏、薛尚义等人，半夜里赶去看榜。五鼓后到了榜亭，正碰上仪仗队奏乐，监临赶开闲人，把榜张挂起来。看榜的人多拥挤，贾琏挤上去，便看见："第二名贾芝，江南江宁府上元县附贡生，习《书经》。"心中大喜，挤出来告诉众人，叫仆人焙茗回府，飞马报喜。

乡试发榜如此隆重，会试发榜与殿试传胪的场面就更加盛大了。《金兰筏》第十一回：

光阴迅速，瞬息毕了三场，会试榜发，田中桂高高中了第二，欢喜异常，遂差人回家报喜，静候天子殿试。至三月吉日，礼部仪制司唱名，名单数者从左掖门入，双数者从右掖门入。田月生乃第二双名，当下从右掖门入，至殿前，行扬尘舞蹈的礼。内院官预置黄桌于丹墀，抬下丹墀，礼部散题纸，众进士跪受了，又各扬尘舞蹈，各就坐位对策。对卷官乃大学士、吏部侍郎、左都御史、礼部侍郎、户部侍郎、刑部侍郎。田月生及诸进士，次日宿鸿胪，五鼓入朝。至午门，候传胪至殿前，跪丹墀下，听三唱。第一甲第一名，某人，唱毕，鼓乐良久。传制官又唱，第一甲第二名，田中桂。唱毕，又鼓乐良久。传制官又唱，第一甲第三名，某人，唱名毕，行山呼万岁的礼，随礼部捧黄榜放龙亭内，鼓乐张挂，府尹府丞迎三鼎甲至厂内，簪花酌酒，又用仪从迎去赴宴，用教坊乐，彻席，望阙谢恩，府尹府丞亲送回寓。

　　中国第一历史档案馆还保存有清代的殿试金榜，这是十分珍贵的科举文化实物，在联合国教科文组织世界记忆工程国际咨询委员会第七次会议上入选《世界记忆遗产名录》。金榜是用墨笔书写于黄色手工纸上，故又称"黄榜"。金榜分大金榜和小金榜。金榜前十名由皇帝钦定。读卷大臣在评阅殿试试卷之后，列前十卷进呈御览。皇帝钦点甲等名次之后，读卷大臣便将原卷捧至红本房，前三卷填写一甲一至三名，后七卷则列入二甲。随后，内阁将其余各卷依次书写，拆弥封交填榜官填榜。一般由内阁中书四人写小金榜，四人写大金榜。小金榜交奏事处进呈，便于宣读备案，大金榜则由内阁学士捧至乾清门钤盖"皇帝之宝"的国玺大印，以至高无上的皇帝名义于传胪之日唱名后张榜公布①。

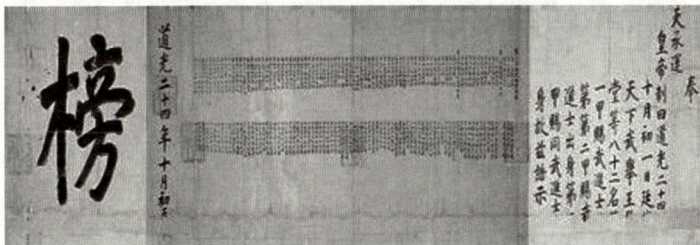

清代金榜

---

　　①　其中的繁文缛节可以参见商衍鎏：《清代科举考试述录及有关著作》，天津：百花文艺出版社 2004 年版，第 148 – 154 页。

在明清小说中，举子看榜经常是作者着力表现的典型场景，如《西游补》第四回，孙悟空在宝镜中见到了一群举子看榜：

> 顷刻间，便有千万人，挤挤拥拥，叫叫呼呼，齐来看榜。初时但有喧闹之声，继之以哭泣之声，继之以怒骂之声；须臾，一簇人儿各自走散：也有呆坐石上的，也有丢碎鸳鸯瓦砚；也有首发如蓬，被父母师长打赶；也有开了亲身匣，取出玉琴焚之，痛哭一场；也有拔床头剑自杀，被一女子夺住；也有低头呆想，把自家廷对文字三回而读；也有大笑拍案叫"命，命，命"；也有垂头吐红血；也有几个长者费些买春钱，替一人解闷；也有独自吟诗，忽然吟一句，把脚乱踢石头；也有不许僮仆报榜上无名者；也有外假气闷，内露笑容，若曰应得者；也有真悲真愤，强作喜容笑面。独有一班榜上有名之人：或换新衣新履；或强作不笑之面；或壁上题诗；或看自家试文，读一千遍，袖之而出；或替人悼叹；或故意说试官不济；或强他人看刊榜，他人心虽不欲，勉强看完；或高谈阔论，话今年一榜大公；或自陈除夜梦谶；或云这番文字不得意。

连用十三个以"也有"开头的排比句，写尽榜下落第士子的群相众态，尤其是把醉心八股举业的士人姿态刻画得淋漓尽致。再连用十个以"或"开头的排比句，描绘中榜者的得意、掩饰、炫耀等种种情态，入木三分，鞭辟入里，富有思想内涵。可见，作者对科举放榜时举子各种情态心理，有着非同寻常的细致观察与真切体验。

看榜

正式张榜后，中榜的举子要去拜谢录取自己的主考官与房考官，称他们为座师或座主。安骥第一个到娄考官门下拜见，娄考官连忙给安骥铺好拜毡，安骥递过礼物贽仪，跪拜下去，娄考官也半礼相还。《欢喜冤家》第十七回，申考官录取的七个举人一起来拜谢他，同年一一相认，非常热闹。同一次考试被录取的称为同年，与座师一样，这在科举社会中是非同一般的"圈子"，关系密切，大家以后在官场上同声相应，同气相求，相互帮衬提携，自然就结成了党羽联盟。此时，巡按御史让差役来催请各位举子赴鹿鸣宴。①举人进士是如此光鲜荣耀，中秀才也是十分神气了得。《儒林外史》第二回，顾公子中了秀才，头戴方巾，身披大红绸，骑着老爷棚里的大马，跟着一伙人敲锣打鼓吹唢呐，许多人争着拦街递酒。宴请进士的叫琼林宴，宴会过后还有簪花游街的庆典。如

---

① 鹿鸣宴起于唐代，传到明清时期，于乡试放榜次日，宴请新科举人和内外帘官等，宴会上歌唱《诗经》中的《鹿鸣》篇，所以叫"鹿鸣宴"。九十名新科举人拔靴上马，一个个在大街上扬眉吐气，最后被迎到布政司衙门赴鹿鸣宴。

《锦香亭》第三回《琼林宴遍觅状元郎》：

来到琼林宴上，只见点起满堂灯烛，照耀如同白日。众人听见："状元到了！"一声吹打，两边官妓各役，一字儿跪着，陪宴官与诸进士都降阶迎接上堂。早有伺候官捧着纱帽、红袍、皂靴、银带与景期穿戴。望阙谢恩过了，然后与各官相见。高力士和陈元礼自别了景期与诸进士，回去复旨。这里宴上奏乐定席，景期巍然上坐，见官妓二人，拿着两朵金花，走到面前叩了一头，起来将花与景期戴了。以下一齐簪花已毕，众官托盏。说不尽琼林宴上的豪华气概。但见：

香烟袅翠，烛影摇红。香烟袅翠，笼罩着锦帐重重；烛影摇红，照耀的宫花簇簇。紫檀几上，列着海错山珍；白玉杯中，泛着醍醐醽醁。戏傀儡，跳魁星，舞狮蛮，耍鲍老，来来往往，几番上下趋跄；拨琵琶，吹笙管，挝花鼓，击金铙，细细粗粗，一派声音嘹亮。

掌礼是鸿胪鸣赞，监厨有光禄专司。堂上回放，无非是蛾眉螓首、妙舞清歌、妖妖娆娆的教坊妓女；阶前伺候，尽是些虎体猿腰、扬威耀武、凶凶浪浪的禁卫官军。正是：

锦衣叨着君恩重，琼宴新开御馔鲜。

少顷散席，各官上马归去。惟有状元、榜眼、探花三个，钦赐游街。景期坐在紫金鞍上，三檐伞下，马前一对金瓜，前面通是彩旗，与那绛纱灯，一队一队的间着走。粗乐在前，细乐在后，闹嚷嚷打从御街游过。那看的人山人海，都道："好个新奇状元，我们京中人，出娘肚皮从没有吃过夜饭，方才看迎状元的。"那景期游过几条花街柳巷，就吩咐："回寓。"众役各散……

举子们终于在科举征程中突出重围，登上云端。他们历尽艰辛，倾其所有，殚精竭虑，最终敲开了功名的大门。"昔日龌龊不足夸，今朝放荡思无涯"，付出的是努力，得到的是荣耀，酸甜苦辣，自尝自知。"春风得意马蹄疾，一日看尽长安花"，再盛大的庆典最终也会在繁华中谢幕。科举制度废除后，举子们焚膏继晷的苦读，风檐寸晷的应试，还有金榜题名的荣耀都早已烟消云散，但留在明清小说中的那一幕幕生动、鲜活的场景，永恒地定格在历史的记忆当中，不可磨灭！

三 古代小说中的科举名物

　　科举文化丰富多彩、博大精深。前面主要从制度层面来展示科举考试的程序规则，接下来我们从器物层面来分析附着其上的思想文化。为了保证科举考试的顺利进行，无论是民间还是官府，都制作、建造了很多为考试服务的器具设施，如考篮、贡院、题名录、考辅资料等。随着科举考试的废除，这些原本十分常见的器物淡出了人们的视线，永远退出了历史舞台，与我们渐行渐远，存世日益稀少，甚至在许多博物馆里也难觅其踪。在此，让我们翻开古代小说，向这些曾经风光无限的科举器物行一个注目礼，重温它们昔日的荣光，以及凝结在其中的科举岁月。

（一）考篮

　　明清时期的乡、会试都要考三场，每场都要提前进入考场，考试后一天才能出场，每场都是三天两夜，三场前后共计九天。就连童试也是清早点名入场，傍晚收卷，也要费时近一整个白天。考生如此长时间地待在贡院作文、睡觉与吃喝拉撒，除了要带笔墨纸砚等文房用具，还要带一些必要的食物与生活用品。怎

样才能方便快捷地将这些物品
带进带出呢？这时，考篮应运
而生。考篮是古代读书人参加
科举考试，用来盛放考具、食
物与生活用品以方便进出考场
的一种容器。它是考生应考时
允许携带的重要装载工具，是
考场上主要的后勤物质保障装
备。考篮一般做成日常生活中
的篮子造型，有圆口与方口两
种。一般用木头或竹块做框架，
再用竹篾、藤条或荆条编织而
成。考场内人手一只的考篮，

考篮

不仅为考生提供后勤保障，而且陪伴他们进退浮沉，见证了科举
制度的兴衰荣辱，铭刻了一个时代的生动记忆。但官修的各类涉
及科举的史书要么只字不提，要么只是蜻蜓点水，在只言片语中
看不到考篮的真容。清代最后一科探花、著名的文史学者商衍鎏
先生根据自身经历撰写的《清代科举考试述录》，对于考篮的记
载同样十分简略，难以窥见它的全貌。相对于史书的阙如或简
略，明清小说对考篮的描述却非常详细、精彩。下面我们主要以
《儿女英雄传》《续红楼梦新编》等小说为例，展现一只考篮进出
考场的具体历程，分析它的特点与作用，尤其是附着其上的科举

风俗与蕴含其中的情感体验、文化精神。就像恩格斯在评论巴尔扎克的小说《人间喜剧》时所说："巴尔扎克汇集了法国社会的全部历史。我从这里，甚至在经济细节方面所学到的东西，也要比从当时所有职业的历史学家、经济学家和统计学家那里学到的全部东西还要多。"① 从明清小说可以看出，考篮具有以下特点与功能：

1. 实用方便，为考试提供充足的后勤保障

考篮作为盛放考试与生活用品的重要装载工具，要满足考生在考场内数天的考试与生活需要，实用方便是首要考虑的属性。这包含两个因素，其一是装载的物品要尽可能地多，其二是要结构精巧，布置合理，善于安排和利用空间。

首先，考篮装载的物品众多。乡、会试期间，考生在设施简陋的考场内奋战数个昼夜，需要用考篮带进足够的物品以备急用。装入考篮的物品大致可以分为以下六类：

（1）笔墨纸砚等文具。科举考试分为文举和武举，但武举被严重边缘化，文举占据绝对的主导地位。文举作为一种文官选拔考试，规定以文章作为录取的唯一标准，文章历来就是最主要的考试内容。写文章必须使用笔墨纸砚，因此，这些文具是考篮内

---

① ［德］恩格斯：《致哈克纳斯的信》，《马克思恩格斯选集》第四卷，北京：人民出版社 1997 年版，第 462 页。

最重要的物品。如《儿女英雄传》第一回，在安老爷准备考篮参加会试的前夕，安骥也参与帮忙，"忙着拣笔墨，洗砚台，包草稿纸"。笔、墨、纸、砚都要准备齐当。第三十四回，轮到安骥参加乡试了，在准备考篮时，安老爷特别叮嘱说"还有你自己使的纸笔墨砚"。自己常使用的笔墨纸砚会更熟悉，用起来更顺手。笔墨纸砚除了自备，还有亲友赠送的，如《续红楼梦新编》第二十一回，贾芝的考篮装有苏又卿送的笔与墨。

（2）卷袋。卷袋是考生在领卷（答卷）之后、交卷之前暂时保存试卷的口袋，也用于保存需要带出考场的文章草稿。卷袋由考生自备，一般是布制的，配有长长的带子，也可以挂在脖子上。每次考试不只一场，尤其是乡、会试都有三场，每场都有好几道题目，数份试卷，需要写作好几篇文章。由于号舍狭小，考生带进去的杂物较多，为了避免把试卷丢失、搞混或弄脏，把已经写好或等待写作的试卷装进卷袋保存好，就显得十分必要。这与今天用于密封和保存试卷、统一制作并需要上交的纸袋大不一样。如《儿女英雄传》第三十四回，安骥在考场领卷（答卷）时，"他几个也领了卷，彼此看了看，竟没有一个同号的，各各的收在卷袋里"，领了试卷，翻看了一下就马上装进卷袋，放在考篮里，人多手杂，以免在去自己号舍的路上丢失。做完试卷后，安骥"点起灯来，自己又低低的吟哦了一遍，随即把卷子收好，把稿子也掖在卷袋里"，做好一门试卷及时收进卷袋，可以避免与其他试卷混淆在一起。出场后，程师爷要看安骥的文稿，

"从卷袋里把草稿取出来",卷袋确实提供了不少方便。《续红楼梦新编》第二十一回,贾芝领了卷子,看一看之后,"用蓝布包好,装在卷袋"。贾芝在草稿纸上写好三篇八股文与一首五言八韵诗后,把它们誊抄在试卷上,"虑油污卷,将卷装在袋内,挂在墙上"。因为试卷沾了油渍或墨汁,就会被判为违规舞弊,而且没有机会补救。《儒林外史》第四十二回,严秀才掀翻了砚台,墨汁把卷子染黑了一大块。他知道考试没有希望了,于是冒着大雨提前交卷出场,卧床三天,大病一场。《续红楼梦新编》中,贾芝在定稿后,"把诗文又仔细看了一遍,装在卷袋",就可以安心等待交卷了。贾芝在会试中也同样用到了卷袋,他做完后,"将卷子读一遍,一字不错,用卷袋装上",然后收拾带来的各种杂物,做了饭,吃饱了,又将剩余的一些东西送给差役。这一过程手忙脚乱,各种物品乱七八糟,但考试当中最重要的东西——试卷自始至终躺在卷袋里,安全无虞。卷袋不仅保护试卷避免被食品油污等沾染,而且让试卷不会与其他物品混杂而遗失。最后,贾芝"装好考篮……交了卷,领签出龙门。接场的人接了篮子去,上车各回家去。取出稿子,各家亲友看了,无不赞好"。贾芝带回家的八股文与五言八韵试帖诗草稿都装在卷袋内,放在考篮里。可见,卷袋在考试之前、当中与过后都不离身,对保护试卷或草稿发挥了重要作用。

(3)食品和食料。在此,食品是指加工制作好了可以直接食用的食物成品。食料是指用于加工制作食品的食物原料。《儒林外史》第四十二回，汤由、汤实兄弟去南京参加乡试，考篮装有月饼、蜜橙糕、圆眼肉、人参等食品，另有莲米、炒米、酱瓜、生姜、板鸭等食料。"民以食为天"，尤其是考生长时间在考场内鏖战，及时进食补充能量十分重要。于是，食品食料占据了考篮的很大一部分空间。《孽海花》第四回，公坊的三屉楠考篮里，"中层是些精巧的细点、可口的小肴；上层都是米盐、酱醋、鸡蛋等食料"，一层装满了熟食，另一层装满了食料，还不包括餐具与炊具等，食品食料就占了三分之二的空间。《负曝闲谈》第十一回，殷必佑参加乡试，"到了初八一早抽身而起。隔夜由东家那里借来的小厮将吃食买办齐备，殷必佑一样一样放入考篮，还对别人说：'这是功名大事，不可草率。'"准备考篮，唯独强调吃食，态度十分慎重，可见食品食料在考篮中的重要位置。汤由、汤实兄弟的考篮里也主要是食品食料，管家足足料理了一天才备齐。汤氏兄弟又亲自仔细检查了一遍，嘱咐道："功名事大，不可草草。"

由于号舍狭小，煮饭烧菜不大方便，加上时间与精力有限，食用熟食点心最为快捷省事。《儿女英雄传》第三十四回，安骥的考篮里，米与饽饽菜等属于食材，他在号舍旁熬粥做饭需要用到它们。但煮食很是麻烦，"天生的世家公子哥儿，会拿甜饽饽解饿，又吃了些杏仁干粮油糕之类，也就饱了"，安骥"闲暇无事，取出白枣儿、桂元肉、炒糖、果脯这些零星东西，大嚼一阵"，他需要留出更多的时间来写文章或休息。再说这些举子平

时很少下厨房，对做饭做菜很生疏，因此更不耐烦。食物最丰富
者当属《续红楼梦新编》第二十一回，贾芝比起父亲贾宝玉当年
参加乡试风光多了，他的考篮里装备齐全，像个百宝箱，除了众
多工具外，"薛姨太太送吃食之物最多。闵师爷送了茶腿二只、
板鸭四个、细茶食四斤、顶好八宝菜二罐。周侯爷、梅夫人处皆
送食物……及别样点心数匣、火腿二只。周巧姑爷送了香碧稻米
二包、各样小菜二盒。其余亲友皆有馈送。王夫人备了人参二大
枝，用荷包装了，替芝哥儿带上。又备了龙眼膏一块。凡食用之
物，无不备具篮内"。小说写到贾芝在考场里吃参品茶，精力充
沛，下笔有神。在会试中，小说对贾芝考篮的描写尽管不如前次
详尽，但还是强调"彼此互送些下场食物"。贾芝同样做饭、煮
粥、喝茶、吃参，"用油纸将各样小菜、火腿、板鸭、风鸡、笋
干、鹅蛋、鲞鱼等物摆好"，还吩咐号军差役去请友人来同享。
大家在贡院内"各把菜蔬拿来，间坐吃粥吃饭，直到二更以后，
方各归号稍歇"。

（4）炊具与餐具。考生带进贡院去的食料需要加工，即便是
熟食也需要加热，因为乡试所在的八月、会试所在的三月，正值
秋、春季，北京早晚时候的温度比较低。干冷的食料食品都需要
加工加热，这就少不了炊具与餐具。汤由、汤实兄弟的考篮里，
装有铜铫、火炉等炊具。安骥的考篮里，装有铜锅、铫子、风炉
儿等炊具，以及碗筷杯盘等餐具。贾芝的考篮里还有董姑爷送的
八斤银炭，可以用来生火。贾芝显然比安骥要勤快得多，对饮食

比较讲究。安骥在考场里就囫囵吃些现成的食品，贾芝则多次动手做饭煮粥，花样不少，不仅自己吃得好，还请朋友来享受，这在压力山大、条件简陋的贡院里，实属难得。贾芝的炊具当中有一样叫作铜铫的，安骥的考篮里也都装有，它也经常出现在明清小说中。这是一种带柄有嘴的小锅，常用于烧开水熬东西，便于携带，又叫铫盏、铫子、铫铛等。

（5）衣被、号帘等御寒挡雨物品及有关的安装、维修工具。考场号舍非常简陋，一般没有号门，挡不了风雨和寒气，这就需要考生自备衣被、号帘等御寒挡雨物品及有关的安装、维修工具。它们也是考篮内的重要物品。《儿女英雄传》第三十四回，安太太揭开考篮盖儿，首先看到的是号顶、号围、号帘等，还有安装、维修的工具如钉子、锤子之类。她还吩咐"把那个新絮的小马褥子、包袱、褐衫、雨伞这些东西都拿来"。安骥依靠这些物品在号舍内营造一个相对舒适、安稳的环境。安骥进入号舍后，"一样的也把那号帷、号帘钉起来，号板支起来，衣帽铺盖、碗盏家具、吃食柴炭一切归着起来"。休息时，"便放下号帘，靠了包袱待睡……就靠着那包袱歇到次日天明"。《续红楼梦新编》第二十一回，贾芝的考篮内有号帘、油绵的雨帘、高丽油纸用来遮顶，这些是防雨的良品。小毛狼皮褥、细绒薄毡是御寒之物。还有小棕帚、铁锤、铁钳、大小钉子等工具。他在领卷归号后，"叫号军打扫号房，挂油顶，钉号帘，一切齐备"，为考试做好了充分准备。

在这些物品中，号帘是必不可少的。即使是《花柳深情传》第五回中那个糊涂的"鸦片鬼"隐仁，他那非常简单的考篮里也少不了号帘、号帏。它不仅能遮风挡雨，而且能在拥挤、嘈杂的贡院里为考生隔出一方相对安静的个人空间。在容易出现"梦扰不宁听鼻息，夜深假寐数更筹"的号舍中，这种"安静"十分重要。如《九尾龟》第一百八十三回，秋谷在休息时，"便下了号帘，静悄悄地睡了一夜"，睡眠充足，第二天的考试才会精力充沛，可见号帘的作用确实不小。

（6）药品、钱与其他杂物。考生可以根据自己的需要选择其他必要的生活物品。《儿女英雄传》第三十四回，安老爷叮嘱安骥带上药与香。考篮备药，以防考生在环境恶劣的号舍中生病。如果遇到靠近厕所的"底号""溷号"，香就能派上用场了。《花柳深情传》第五回，隐仁担心身体承受不了，"买了卫生丸养了，丸许多丸药"，塞进考篮，居然还带了鸦片土膏，以备毒瘾发作、精神萎靡时可以吞云吐雾、提神解瘾。如果考生的经济条件许可的话，考篮里有必要备些钱来打点号军，让他们尽心尽力地帮助干些杂务，这样可以减轻自己的劳累，从而节省时间与精力，以更好地调整应考状态。如答哈苏要替安骥代付雇工的费用，安骥忙拦道："不劳破费！这考篮里有钱，等我取出来。"安骥后来加赏号军一个五钱重的小银锞儿，"乐得他不住问茶问水的殷勤"，服务更加周到细致，让考生不被杂务干扰，可以心无旁骛，更加专注考试。《续红楼梦新编》第二十一回，贾芝在贡院门口接过考篮，"看篮上拴二百京钱，重叫焙茗系紧"，以免丢失，因为这些钱大有用处，到时赏给帮忙打扫号房、挂油顶、钉号帘，让"一切齐备"的号军差役。此外，乡、会试要在贡院里待上六个夜晚，夜以继日，挑灯夜战，需要焚膏继晷，照明工具必不可少。所以，汤由、汤实兄弟的考篮里装有蜡烛、烛台、烛剪①。贾芝的考篮里带了蜡袋、蜡台、壁灯，还有四斤柏油烛，准备更加充分。安骥也带了蜡、蜡签儿、蜡剪儿等照明物品与工具。

其次，考篮结构精巧，布置合理，便于安排和利用空间。乡、会试的考期太长，需要带进去的物品太多，但考篮的容量毕竟有限。为了充分利用每一寸空间，考篮结构要设计得

三层圆形考篮，结构精巧

十分精巧，布置力求合理，不可轻易浪费一寸空间。为了把空间的利用率做得最高，考篮一般做成分层的格架。根据用途，物以类聚，集中放在一个层格区域，这样既节省空间，又便于寻找，而且整洁卫生。《孽海花》第四回，公坊的考篮有三屉橱，每一层都分工明确。下层是笔墨、稿纸、挖补刀、糨糊等文具；中层

---

① 烛剪就是剪除烛花的剪刀。当烛光变暗时，需要及时剪除烛芯，让烛光重新变亮。

是些精巧的细点、可口的小肴等熟食；上层是米盐、酱醋、鸡蛋等食料。另配附一个藤箱，装有鸡鸣炉、号帘、墙围、被褥、枕垫、钉锤等衣被御寒物、工具与书籍。整整有条，布置精巧。《儿女英雄传》第三十四回，安骥的考篮里，号顶、号围、号帘与口袋等织物放在一块；饭碗、茶盅、匙箸筒儿等餐具，铜锅、风炉儿等炊具，钉子、锤子、铫子、蜡签儿、蜡剪儿等工具放在一块；还有纸笔墨砚文具，以及擦脸漱口等个人洗漱用品放在一块，有条不紊，井然有序。

提着考篮与坐在考篮上的考生

这些考篮主要是以竹、木为框架，用竹、藤或荆条编织而成，轻便而又坚固耐用。考篮一般配有篮盖，盖上后又可当作凳子。《儿女英雄传》第三十四回，安骥入场排队领卷，队伍很长，等候太久，感到很累，看到很多人"都在墙脚下把考篮聚在一处，坐在上面闲谈。他也凑了大家去，把考篮放下"，坐在考篮上休息片刻，恢复体力，也舒缓一下紧张、焦虑的心情。《花柳深情传》第五回，疲惫不堪的隐仁"好容易挣到点名台底，将考具坐在身下"，这个考具指的就是考篮。

2. 陪伴考生进退浮沉，见证兴衰荣辱

《续红楼梦新编》第二十一回，贾芝提着考篮，于初八那天黎明时分跨进贡院，开始了其辉煌的考试征程。此后的搜检、领卷、归号、安顿、赏钱、煮食、就餐、誊稿、收稿等，考篮都在其中时隐时现，忠实地陪伴着它的主人，不可忽视。考篮从一开始就陪伴贾芝踏出了艰难的考试征程，又见证了他最后的华丽、圆满谢幕。贾芝高中解元、会元，随后殿试荣膺状元，考篮的贡献不可磨灭。

考篮见证了少数成功者的光鲜荣耀，但更多的是亲历了大多数失败者的屈辱与痛苦。《花柳深情传》第五回，隐仁是个瘾君子，身体孱弱。在获得乡试资格的遗才考试之前，他花了两天的时间来收拾考篮考具，但精神萎靡，无精打采，丢三落四，很多必需品没有准备齐全。但隐仁的考篮里带了很多鸦片土膏与丸药。入场搜检后，隐仁提着考篮，"气喘得了不得，随将丸药拼命咽嚼，满口苦水"。考试中，隐仁烟瘾发作，"左思右想，只得吞膏，却忘记带茶壶，又无热茶过口，心中难过万分"，这位瘾君子念念不忘他的鸦片，却连茶壶这类基本的生活必需品都没有带来。"过了一时，眼中火冒鼻内烟生，吞得多了，舌上便觉起了壳一般……已觉人来不得，两足如踏棉花一般，身体渐渐发起热来"。这种状态很糟糕。考官很快就催交卷，隐仁却早已精疲力竭，不能动弹。

（隐仁）收拾考具出至廊下，浑身似汗，自知身体虚弱恐要脱瘾，急急挨到二门口，见人尿满地，臭气难闻，有许多人在尿地中摆开盘过瘾。隐仁说："妙极！"也顾不得尿不尿，亦将考篮内烟盘摆开，用书卷遮着风。正要烧烟，不料一失手，一大缸大土膏翻得干干净净，并将烟缸打破。隐仁着急，只得用指头刮起用鼻一闻，大半皆作尿臭，于是隐仁全身倒在尿中即烧了一口，正如饿鬼抢斋，不辨香臭。到第二口觉得全是尿气不能入口，便登时作恶心。先前不觉如此之难过，如今更难过万分了。正在寸步难移，又放三牌，只得唉声喘气挤出门来。家人接着，见其面色，早换了一个人……

到了乡试，隐仁又吩咐家人收拾考篮准备参考。入闱点名，隐仁"好容易挣到点名台底，将考具坐在身下。不一时点名接卷，再将考具提及，重有千斤。隐仁又未曾吃过这苦，又好容易将考具提到二门内，人多拥挤不开，篮内什物便挤破倒了一地，踏得粉碎"。尽管考篮不离不弃，忠诚地陪伴着隐仁这位萎靡不振、迂腐不堪的落魄举子，但最终被挤破，考具洒了满地，又被抢着入场的考生踏得粉碎。这一情景象征着考篮主人的举业蹭蹬与命运坎坷，更是折射出八股取士对读书人的身心折磨，也预示了科举制度到了清末，就像隐仁的考篮一样将是被摔烂踩碎的必然结局。

3. 蕴含科举精神

考篮不只是一件实用的物品，而且蕴含了深厚的科举精神，其中最主要的是严防作弊，追求公平公正。例如，我们在前面所谈《儿女英雄传》《孽海花》《续红楼梦新编》中的考篮都是用竹篾、藤条或荆条所制，这种材料除了轻便耐用外，还能编成格眼，所装的物品难以隐藏，一目了然，便于搜检。而整块实木容易做成空心夹层，能藏匿考试资料等作弊工具，且密封遮蔽，不易搜查。历代的科场条例一直在关注这个问题，据《钦定科场条例》卷三十《士子搜检》记载，乾隆九年（1744）规定：

士子服式，帽用单层毡，大小衫袍褂，俱用单层。皮衣去面，毡衣去里，裈裤绸布皮毡听用，止许单层。袜用单毡，鞋用薄底，坐具用毡片。其马褥厚褥，概不许带入。至士子考具，卷袋不许装里，砚台不许过厚，笔管镂空，水注用瓷。木炭止许长二寸，蜡台用锡，止许单盘，柱必空心通底。糕饼、饽饽各要切开。此外字圈、风炉、茶铫等物，在所必需，无可疑者，俱准带入。至考篮一项，如京闱用柳筐，柄粗体实，每易藏奸，今议或竹或柳应照南式考篮，编成玲珑格眼，底面如一，以便搜检。①

---

① 礼部纂辑：《钦定科场条例》卷三十《士子搜检》，台北：文海出版社1989年版，第2227－2228页。

条例允许带进考场的这些物品大都能从安骥、贾芝的考篮里找到。它对考生衣被的规定让我们理解《续红楼梦新编》的第二十一回，贾芝所带的几件被褥为什么如此独特，如小毛皮褥是没面的，毡是细绒薄质的，因为厚实的衣服被褥容易夹藏舞弊资料，难以搜查，所以不允许带进考场。就连板凳也是雕空折腿的。贾芝入闱接受搜检时，"放下篮子，有两个外班的人，便从头搜了一遍，又将篮内看完，坐褥也搜了。就扶着芝哥儿说：'搜检过。'"《儿女英雄传》第三十四回，负责搜检的差役要求考生："站住！搁下筐子，把衣裳解开。"此处的筐子就是考篮，严格搜查，合格的考篮才能进入，杜绝舞弊歪风，严肃考场纪律。《花柳深情传》第五回，学道对监生入场搜检非常严格，就连片纸只字都不许带，但隐仁毫不担心，因为他不想舞弊，考篮里很清白。科场条例对考篮的相关规定如此严苛，结合明清小说对考篮的具体描述，考生们严守考场规则，维护的是考试公正与权威。

4. 传承家族使命

在科举时代，科举功名不仅关系个人的荣华富贵，而且影响家族的繁荣昌盛。作为考生随身携带的重要器具，考篮坚固耐用，可以代代相传，常常被视为传承家族使命的载体。《儿女英雄传》第三十四回，安老爷对即将入场的儿子安骥传授应试经验，高谈阔论所谓"神""气"等精神修养与心理素质，突然话锋一转，说："我这里还给你留着件东西，待我亲自取来给你。"
安骥以为是奖赏金银玉器，但拿来的是老父亲当年使用过的考
篮，这只荆条编织的考篮历经三十余年的雨打风吹，烟熏火燎，
显得黑黄黯淡，几乎看不出它原来的面目。小说感慨道：

> 列公，你道安老夫妻既指望儿子读书，下场怎的连考具都不
> 肯给他置一份？原来依安太太的意思，从老早就张罗要给儿子精
> 精致致从头置份考具，无奈老爷执意不许，说必得用这一份，才
> 合着"弓冶箕裘"的大义。逼着太太收拾出来，还要亲自作一番
> 交代，因此才亲自去拿。便挎了出来，满脸堆欢的向公子道：
> "此我三十年前故态也。便是里头这几件东西，也都是我的青毡
> 故物。如今就把这分衣钵亲传给你，也算我家一个'十六字心
> 传'了。"

"弓冶箕裘"是指善于冶金、做弓的工匠常常会把手艺传给
后代，比喻子弟由于耳濡目染，往往继承父辈的技艺与职业。后
来就以"箕裘"比喻祖传的事业。显然，安老爷通过亲授一只曾
伴随自己金榜题名的老旧考篮，来让儿子明白科举是家族的事业
与使命，必须薪火相传。安老爷又把程朱理学中的"十六字心
传"来做比，可见这只考篮所承载的殷切期盼与重大使命。小说
又写道："列公，你看，有是父必有是子。那公子见父亲赏了这
份东西，说了这段话，真个比得了件珍宝他还心喜。连忙跪下，

双手接过来，放在桌儿上。"

5. 传承优良家风

考篮能反映出一个家庭或家族的传统作风与风尚。《儿女英雄传》第三十四回，安老爷交给安骥的那只老旧考篮，除了寄托重大的家族使命，还包含了传承优良家风的良苦用心。安老爷"天性本就恬淡"，为人正直忠厚，一生光明磊落，修身养性上也颇有心得，这从他给安骥传授的"慎起居，节饮食"、敛神、静坐、养气等法就可略见一斑。他坚决不许安太太去"精精致致从头置份考具"，就连旧衣物、老被褥也要儿子带进考场继续使用。这不是吝啬小气，而是希望安骥继承节俭崇实的家风美德。他还嘱咐安骥说："你进场这天，不必过于打扮的花鹁鸽儿似的……"本想"进场这天打扮上花哨花哨"的安骥愿望落空，安太太想通融一下，但安老爷坚决不允。

安老爷道："不然。太太只问玉格，我上次进场出场，他都看见的，是怎的个样子？"回头又问着公子道："便是那年场门首的那班世家恶少，我也都指给你看了。一个个不管自己肚子里是一团粪草，只顾外面打扮得美服华冠，可不像个'金漆马桶'？你再看他满口里那等狂妄，举步间那等轻佻，可是个有家教的？学他则甚！"太太同金、玉姊妹听了这话，才觉得老爷有深意存焉。公子益发觉得这番严训，正说中了他一年前的病，更不敢再萌此想。

安老爷希望儿子以自己为榜样，对老旧考篮依然珍爱，照样使用，勤俭节约，黜华崇实。安老爷又以那些世家恶少、纨绔子弟为反面教材，将他们贬斥为"肚子里是一团粪草"与"金漆马桶"，警告儿子切勿追求美服华冠，虚有其表，而要注重品德修养与学识积累。在八旗子弟日益腐化沉沦的清代中后期，这是极具教育意义的，弥足珍贵。安老爷以准备考篮为契机，给儿子上了一堂生动、深刻的家风家教课，"深意存焉"，用心良苦。以考篮为"教具"，以家风家学为内容，以言传身教为方式，直观形象，有破有立，正导反诫，润物无声，所以教学效果非常显著。安骥恪遵父命与家风家教，没有穿上新近才磨着母亲给做的簇新洋蓝绉绸三朵菊的薄棉袄儿等华丽服饰入场。小说又借了鬟长姐儿的疑惑不解，又进一步阐释说："咳！这妮子哪里晓得，他那个大爷投着这等义方的严父、仁厚的慈母、内助的贤妻，也不知修了几生才修得到此，便挎着筐儿、扛顶纬帽何伤？"确实如此，安骥的这个考篮凝结了极为丰富的精神内涵，拥有它是一个很大的福气、好运与财富。虽然外表老旧，但不失面子。

6. 传递真情挚爱

科举考试是一个家庭或家族的大事，牵动着所有亲友的心。于是，一只考篮就传递并满载浓浓的真情挚爱。《儿女英雄传》第一回，安老爷准备应试，安太太细心置办考篮，儿子也主动帮忙，充满亲情关爱，其乐融融，温馨感人。十年后，安老大如为

儿子准备考篮，又将这份亲情挚爱传递。还是那只考篮，"那布
带子还是当日太太亲自缠的缝的，依然完好"，布带依然完好，
爱心更加浓厚。安太太把考篮里的东西一件一件拿出来交付给安
骥，妻子金凤、玉凤姊妹也帮着收拾，赞叹婆婆想得周到，场面
温馨。亲友也赶来送场，还带来了状元糕、太史饼、枣儿、桂圆
等物品与祝福。入场后，同乡热心帮忙提考篮，还抢付搬运考篮
的雇工费。每次下场，亲友接过考篮，家人送来下一场需要的食
物与换洗的衣物，关爱之情深寓其中。《续红楼梦新编》第二十
一回，贾芝的考篮里，物品丰富，琳琅满目，这离不开众多亲友
的慷慨馈赠，每一件都凝聚了一片心意。《孽海花》第四回，公
坊的考篮十分齐备，井井有条，最为用心。雯青不觉诧异道：
"这是谁给你弄的？"公坊道："除了蔱云，还有谁呢？他今儿个
累了整一天，点心和菜都是他在这里亲手做的。雯兄，你看他不
是无事忙吗？只怕白操心，弄得还是不对罢！"雯青道："罪过！
罪过！照这样抠心挖胆地待你，不想出在堂名中人。我想迦陵的
紫云、灵岩的桂官，算有此香艳，决无此亲切。我倒羡你这无双
艳幅！便回回落第，也是情愿。"考篮是蔱云费了一整天的辛劳
与心思料理的，点心和菜肴都是他亲手所做，可见这个考篮确实
寄托了他"抠心挖胆"的深情与痴爱。难怪雯青说有了如此真
爱，什么科举功名都不足一提，就是每次都落榜，只要看到这个
考篮就心满意足，也人生无憾了。

（二）贡院

贡院是古代科举乡试、会试的考场。"贡"是指各地向皇帝进贡人才，召集举子来此应试，就像是向皇帝贡奉名优特产一样。《儒林外史》第三回，范进说："自古无场外的举人。"要想中举就必须参加考试，这个考场就是贡院。贡院又叫棘闱、棘院等，这得名于贡院墙头布满

中国古代最大的科举考场——江南贡院

了刺人的荆棘，以防有人翻墙或传递作弊。《儿女英雄传》第三十五回《何老人示棘闱异兆　安公子占桂苑先声》，还有著名的"聊斋体"小说《夜谭随录》中有《棘闱志异八则》，讲的就是贡院里的考试故事。一般认为，科举制度开始于隋炀帝大业元年（605），在科举考试的初期，还没有专门用于考试的场地。唐玄宗开元二十四年（736），在主管科举、教育事务的礼部南院设立

贡院是一个重大创举，不过依然没有独立的建筑群来设立考场。北宋后期各地贡院开始兴建。到了南宋，各地普遍设立贡院。到了明清时期，贡院不仅形制成熟规范，而且规模庞大、气势恢宏，在京城是仅次于皇宫的建筑群，在各省会城市甚至超过官府建筑，成为最醒目的城市地标与文化象征。美国传教士丁韪良在1896年出版的《中国环行记》中谈到福建贡院时说：

　　俯瞰全城，并没有什么特别值得称道的建筑，但目光所及之处倒是有一座建筑反映了中国文明中最好的一面。这就是举行科举考试的贡院。那一排排低矮的小屋足以容纳一万名考生，还有考官们住的大房子，以及高耸的、用以监考的多层瞭望塔——所有这一切都被高墙团团围住，墙上还长满了刺人的荆棘。每个城市，无论大小，都有一个类似的贡院。

　　贡院确实是一座城市最引人瞩目的建筑，它吸引了外国传教士的目光，并认为它反映了中国文明最好的一面。但随着1905年科举废除以后，贡院这种专门用于科举考试的建筑设施也退出了历史舞台，逐渐被废弃，有些被拆毁，有些则被挪作他用，逐渐在改建、重建中变得面目全非。如今，全国各地遗存下来的贡院建筑已经寥寥无几。一千多年来，贡院是无数士子梦牵魂绕、爱恨交加的地方，下面就让我们从明清小说的视角，来打量贡院逐渐模糊的面容。我们主要以《儿女英雄传》与《儒林外史》为例，前者反映了北京顺天贡院，即"北闱"的情况，它既是顺天乡试的所在地，也是全国会试的考场；后者反映了中国古代最大的贡院——南京江南贡院，即"南闱"的情况。根据明清贡院的空间布局与功能分区，本书将贡院分为候考区、考试区与办公区三个区域来予以展现。

1. 候考区

这一区域主要有入口牌坊、大门、仪门、龙门等建筑设施。《儿女英雄传》第三十四回，安骥参加顺天府乡试，"大家催齐车马，便都跟着公子径奔举场东门而来"。这里的举场就是顺天贡院。安骥来到大门口，首先看到的应该是入口处的牌坊。牌坊是一种门洞式的建筑物，贡院的入口牌坊是门柱突出楼顶的冲天式形状。顺天贡院位于北京崇文门内东南角，始建于明成祖永乐十三年（1415），是在元代礼部旧址上改建的，后来又在天顺七年（1463）、正德十六年（1521）、万历二年（1574）经过数次维修扩建。入口牌楼中间的三道门上有横匾题词，中门上端题"天下文明"，东门上端题"虞门"，取《尚书·虞书》中舜帝"辟四门"以招揽贤良俊才之义。西门上端题"周俊"，也是广招天下俊才之意。到了清代，中门题匾改为"天开文运"，东门改为"明经取士"，西门改为"为国求贤"。安骥看到的就是清代改后的题词。牌坊上饰有祥云，雕花精致，非常气派，它是贡院大门前的标志性建筑，也是考生开始排队等候点名与第一次搜检的地方。贡院开门点名之前要举行仪式，一般会放炮，三声为一组。《云钟雁三闹太平庄全传》第四十二回，五更时候，举子们云集顺天贡院等待点名入场，听见三声炮响之后，一声吆喝，开了头门，入场开始，直到中午时候点完了名，又放炮三声，然后封门。《儒林外史》第四十二回，汤由描述江南贡院入场时，贡院前先放三炮，打开栅栏；又放三炮，打开大门；再放三炮，打开龙门。仪式过后，考生开始入场。

清代广东贡院的龙门

安骥通过了顺天贡院大门也就是小说所讲的"外砖门"的第一道搜检，来到第二道门——仪门，也就是小说所讲的"内砖门"。仪门是一种礼仪性建筑，与前面的大门及后面的龙门都位于贡院的中轴线上。仪门一般有东、西、中三扇门，中门等级最高，通常在主考官进入贡院时才开启，考生则是从左右两扇小门进入。一般来说，每道门都要进行一次搜检，一次比一次严格。如果在后面的搜检中查出舞弊的证据，就要惩罚前面负责搜检的官吏。安骥在仪门排的队伍更长，忽然在人群中看见友人梅公子站在高处，手里拿着两支照入签，得意扬扬地高声叫安骥过去。梅公子说："你来的正好，咱们不用候点名了。我方才见点名的那个都老爷是个熟人，我先合他要了两支签，你我先进去罢，省得回来人多了挤不动，又免得内砖门多一次搜检。"照入签相当于通行证，不用再排队久等。但安骥谨记父亲的教训，决定严守考场规则，婉言谢绝了梅公子给予的方便。安骥随着队伍鱼贯而行，来到仪门搜检处。负责的几个侍卫不是钦点的，只是侍卫处照例派了几个人来此当差，责任心不强，比较懒散，正在谈论东口儿胡同外头新开的羊肉馆与馅饼，还有一个侍卫嘴里叼着烟杆，双手忙着搓烟丝，另有两个侍卫在享受鼻烟，连打了一串喷嚏。也难怪梅公子能轻易弄到两支照入签。安骥终于轮到搜检了，他放下考篮，正要解开衣裳，一位不修边幅、干瘦孱弱的侍卫似乎看他恭谦文雅的举止很顺眼，也许还看到他刚才拒绝了梅公子的照入签，相信他不会挟带，说道："罢了，不必解衣裳了。这道门的搜检，不过是奉行公令的一桩事，到了贡院门还得搜检一次呢。一定是这等处处的苛求起来，殊非朝廷养士求贤之意。趁着人松动，顺着走罢。"安骥于是通过了仪门搜检。从贡院大门到仪门的两侧，安骥还会看到供搜检官、巡绰官办公与生活起居的官舍。

云南贡院的明经取士坊门

过了仪门，安骥来到了龙门，"一路上留心看那座贡院时，但见龙门绰楔，棘院深沉"。龙门取鲤鱼跳龙门之意，这是贡院的第三道门，也是最后一道门，最后一道关口，搜检得最为严格。安骥看见的是九门提督衙门的士兵与顺天府的差役在执行龙门的搜检任务。九门提督衙门是执掌京师的卫戍、警备和治安保卫的军事机构，关系着皇帝的安全和政局的稳定。这些士兵在搜检时，个个揎拳掳袖，大呼小叫，态度凶恶，动作粗暴，情势和气氛与前面的搜检已经大不一样了。被搜检的那些考生有些解开衣裳，敞胸露怀，还有一些被那班士兵伸手乱掏。即使搜完了也不让人收拾妥当，就高喊一声"搜过"，便催快走。考生们一个个手忙脚乱，衣裳不整，狼狈不堪。幸好有位叫乌克斋的搜检官实在看不过去，教训了士兵几句，士兵收敛了嚣张气焰，态度缓和了一些。

2. 考试区

经过了龙门的搜检，安骥进入了考试区。他先到对面用杉木围搭的发放试卷处领卷（答卷），那里也是挤成一团，吵得天昏地暗。一位差役坐在那里，一手拿红笔，一手点花名册，

清末江南贡院号舍区

叫一个人名，发一本试卷。安骥好不容易领到试卷，上面写有"成字六号"，这是安骥的号舍编号。号舍是明清乡会试考生作答的小房间，一人一间。由于明清的乡试和会试都有三场，每场均为三天。考生一般要在考场内待上九天六夜，需要一定的个人空间，以防互相干扰或者作弊。于是，号舍成了明清贡院特有的产物，也是其最主要的组成部分。明初，顺天贡院的号舍不多，在万历三年（1575）扩建后，已有四千八百多间。后来随着考生的持续增加而不断扩建，到了清代乾隆元年（1736），顺天贡院有了一万多间号舍。光绪年间，顺天贡院的号舍数量达到了一万五

千间。但它还不是中国最大的贡院。《儒林外史》多次写到的南京江南贡院才是排名第一的"巨无霸"。同治十二年（1873），江南贡院号舍达到二万零六百四十四间。江南贡院是江苏和安徽两省合闱的贡院，到清末成了全国唯一的两省合闱的贡院。加上两省科举非常发达，考生最多，清代在江南贡院中举之后赴京考中状元者共有五十八名，占全国状元总数的一半以上，科举盛况由此可见一斑。周进中举的山东贡院在光绪年间，号舍有一万四千五百多间。范进中举的广东贡院在道光年间的号舍有七千六百多间，后来经过数次损毁与扩建，前后合计共有号舍一万一千七百零八间。有时，贡院的号舍不够用，还得临时搭建一些简易号舍来应急。

广东贡院里根据《千字文》排序编号的号巷

如此众多的号舍必须编号才便于管理与查找。于是根据《千字文》中的排序，先用汉字来命名由一排排的号舍围成的号巷（又叫号筒），其中除天、玄、帝、皇，以及圣人名讳、数目文字和凶煞诸字不能使用外，其余都可用来编号。不过，有些贡院并不讲究这些避讳，如《儒林外史》第二回，周进是在山东贡院的"天"字号号巷里哭晕的。编号时，第一个字编在东边的号巷，第二个字就编在西边的号巷，依次类

推。江南贡院最多时有二百九十五排号巷，也就按照《千字文》
中的排序，使用了二百九十五个汉字来命名。每一排号巷中，号
舍多的超过百间，少的也有十来间，再编上数字，于是形成了号
舍号码，相当于今天的准考证号或座位号。安骥的号舍编号是
"成字六号"，"成"字是《千字文》中的第二十七个汉字，他的
号舍是"成"字号巷的第六间。在清末，顺天贡院共有号巷一百
五十四排，官生号房六十一间。但即便如此编号，在规模庞大的
贡院内想很快找到自己的那一间号舍也很不容易。国家图书馆藏
有清代光绪初年江南贡院的点名告示，即《为科场点名排定起数
时刻以免拥挤告示》，说本科考试江南贡院的考生有二万零六百
余之多，为了避免延误点名，对以前众多的规章做了一定的调整
变通。告示后面公布了"三路点名定式""通场座号全单"等，
而且详细标明了东文场、西文场以及"东龙头鳃""西龙头鳃"
等江南贡院各处号舍的具体位置。还特别对后来扩建的、难以寻
找的号舍注明了详细路线，如平江府南段座号（由平江府南总门
进）、平江府中段座号（平江府南北总门皆可进）、姚家巷南段座
号（由平江府北总门直入姚家巷南路门进）、西瞭楼座号（由状
元新号总门进）、状元新号座号（由状元新号总门进至西瞭楼北
首砖门内）等。这份告示为考生提供了江南贡院入场路线图，能
帮助他们在规模庞大的江南贡院轻易找到自己的号舍位置。虽然
安骥没有这样的贡院号舍查找指南，但顺天府派来一群佐杂官吏
不断地来回喊道："老爷们，东边归东边，西边的归西边。"提醒

考生不要走错方向。安骥在号舍区大门口交了照人签，有位吴大人提醒安骥说："这号在东边极北呢。"并吩咐一位叫做答哈苏的下属将他送过号舍栅栏。安公子经过无数的号舍，只见一所号舍的墙壁上有白石灰写的"成字号"三个大字。安骥终于找到了自己的号巷。每排号巷的门口装有栅栏。号巷在开考封闭之前，允许考生抽开当中的那根木头，俯身钻进钻出。封号之后就不允许自由出入，直到交卷时才能打开。一位负责"成字号"的号军伸手从栅栏上把考篮接了过去。安骥低头弯腰钻过栅栏，进了"成"字号巷：

> 看了看，南是墙面，北作栖身，那个院落南北相去外也不过三尺，东西下里排列得蜂房一般，倒有百十间号舍。那号舍，立起来直不得腰，卧下去伸不开腿。吃喝拉撒睡，纸笔墨砚镫，都在这块地方。假如不是这块地方出产举人、进士这两桩宝货，大约天下读书人那个也不肯无端的万水千山跑来尝恁般滋味！

"成"字号巷由两排相对的号舍组成，中间的过道不到三尺。号舍排得密密麻麻，就像蜂房一样拥挤。进入号舍里面，站不能直腰，卧不能伸腿，可见十分逼仄、狭窄。《九尾龟》第一百八十二回，章秋谷去南京江南贡院参加乡试，对号舍也有详细描述：

　　且说我们中国乡试的号舍，原是最逼狭的地方。那间号舍的
地位，前后左右方圆不到三尺，刚刚只容得一个人的坐处，连晚
上睡觉的地方都没有。要睡起来，只好和狗一般的，就在那间号
舍里头圈着，那里还有什么地方安放对象？那班乡试的人都把一
个铁叉插在号舍对面的墙缝里头，铁叉上有个圈儿，把个小小的
炉灶就放在圈儿里面，烧菜煮饭都在这付炉灶上头。如今这个宝
贝也把这个炉子如法炮制的放在墙上，慢慢的把那只鸭子煮起
来。无奈他这付炉灶也不知从那里定制来的，果然的硕大无朋。
那号舍里头的过弄只有一尺多宽，给他这样的一来，差不多就占
了一半地位，来往的人已经都要侧着身子过去。更兼炉灶上面加
上一个绝大的瓦罐，煮得热气腾腾的。那班来往的人到了这个地
方，没奈何只得低着头，斜着身体过去。

　　号舍里面非常狭窄，除了写作与睡觉，做饭吃喝都集中在号
舍门口的过道。但江南贡院的号巷过道比顺天贡院的更窄，只有
一尺多宽。有人居然在过道里宰鸭做菜，来往的人只好低着脑
袋、侧着身子，小心翼翼地过去。如果碰倒了别人煮菜的瓦罐，
必引起一场纠纷。号舍简陋至极，三面是墙，没有窗户，一面有
门但没有门板，考生只得自带号帘挂上。号舍刚好只能容纳一个
人坐下，晚上睡觉就要像狗一般蜷缩起来。坐与躺都是在木板
上，也就是号板。号板有两块，可以自行装卸。一块嵌在位置较
高的墙上，成为写作时用的桌子，另一块号板嵌在位置较低的地

号板与号舍内景

方成为坐凳。《儒林外史》第二回，王举人对周进讲述他在贡院考试时，一下子想不出来如何写下去，就伏在号板上打盹。第四十二回，汤由讲严秀才在号舍里做好了试卷，突然看见一个女鬼向他嬉笑，严秀才急了，把号板一拍，没想到将砚台震得翻过来，墨汁倒在卷子上，染黑了一大块。《儿女英雄传》第三十四回，安骥进了自己的"成字六号"号舍，歇息片刻，就把号帘钉在门额上，把号板装架起来。当他刚安顿妥当，大批涌进来的考生就迫不及待地争抢号板，乱成一团。号板是号舍里的标配，是官方提供的最重要的甚至是唯一的号舍物品，考生对号板具有非常深刻的印象与复杂的感情，憧憬、眷恋与绝望纠缠在一起，真是爱恨交加。《儒林外史》第二回，屡试不第的周进强烈要求去贡院看看，当他一进号舍，看见两块摆得整整齐齐的号板，不觉一阵强烈的酸楚，长叹一声，一头撞在号板上，直僵僵地不省人事，晕了过去。当大家把他救醒后，他一看到号板，又是一头撞了过去，趴在号板上号啕大哭，怎么劝也劝不住。一号哭过，周进又哭到二号、三号，满地打滚，哭了又哭，十分凄惨。可见，号板勾起了周进内心最痛苦的那根神经。大半辈子屡试不第，穷困潦倒，多少的期盼、痛苦与屈辱在刹那间交集翻滚，又如火山一般喷涌而出，都借号板发泄出来。

号舍确实极为简陋，条件十分艰苦，还有一些更让人难受的号舍，如"屎号"，又叫"底号"，是靠近公用厕所的号舍，这里臭气刺鼻，让人呕泄昏饨，所以安骥在考篮里带了香料，以备万一分到屎号。安骥幸好没有被分到屎号。其在自己的号舍入睡后，那些号军偷空坐在那个屎号跟前打盹儿。后来，梅公子给大家讲号舍里的报应故事，有位八股文名家进了贡院，闹着要拆屎号的后墙，号军好不容易拦住他，但其接着又拿锯子把号板锯了一块。

另有一类"蓆号"，由于考生人数激增，只得用木板、草席或竹席临时搭建一些号舍。蓆号难以遮风挡雨，碰到雨雪天气，考生苦不堪言。最可怕的是蓆号极其容易着火，引发火灾。贡院是个容易发生火灾的地方，因为人多物杂，做饭点灯都要用火，管理不严，容易失火。加上号舍密集，火势容易迅速蔓延。明清小说写到贡院号舍火灾的也不少，如《快心编》第四回《焚贡院天庇奇才　猎上林君嘉神箭》中，凌驾山和魏义、褚愚、周贵四人赴京参加顺天府乡试，但错过了纳监与报考的时间。考试开始

后的一个晚上，忽然刮起了西风，风势越来越大，毫不停息。半
夜时候，顺天贡院失火，火光照亮了京城的夜空：

　　只见空中有火块，或大或小，从西边飞将来。也有落在庭心
里，象似纸张式样。褚愚道："你看么，离了偌多路远，尚有火
块飞来，这场火烧得利害了。"驾山道："必然是烧着了文卷房
了，不然那有这许多纸张火块？"少顷天明，火犹未熄……那火
乘着风势，只管打起旋窝儿来，把火散了一贡院，处处烧着。满
场士子，有点名早的，进了号房，也有假寐的，也有真睡的，候
着出题。今被火四路乱烧，不知东南西北。乱跑乱撞，都有走入
火中自寻死路，满场号哭之声，呼天抢地。初先院里号呼，外面
来救火的官役兵丁，还指望内里人多，自行扑灭；后来火势愈
炽，见得不好了，只得打开头门，救火的直拥进去，里头避火的
又乱拥出来。此时官不成官，士不成士，人声鼎沸，有如山崩地
塌，海愁潮涌之声，直闹至天明，火尚未熄。火块飞出贡院墙
垣，延烧居民房屋，救火的也无处下手，惟有乱窜呐喊。直到晌
午时候，风色息了，火也萎了，方好检点查看。只见一个贡院，
前半段竟为灰烬，后半段也只好十存二三；场内士子与执事人员
役等，共烧死数百。此时凌驾山与褚愚等，也到火场外面观看，
离了里许，犹有火气薰腾，只好远望。烧死举子的亲戚家人，望
场号哭，声震天地。御史等官，飞章启奏。天子大惊，查不出因
何起火，在城官员，凡有干系的，无不分别议处；又着令府尹查

察被烧举子，每名给银五两，与他亲人家僮等招魂归葬——其尸骸是无从寻觅的了；有旨谕工部官员即行建造贡院。限九月内完工，改十月内举行乡试。上谕一下，工部立刻遵行，星夜扫除火场，那些骨殖一总载出城，埋在一处。后人有吊被火士子，题诗于上曰：

回禄如何也忌才？秋风散作棘闱灾。碧桃难向天门种，丹桂翻从火里开。

豪气满场争吐焰，壮心一夜变成灰。曲江胜事今何在？白骨棱棱漫作堆。

这次贡院大火损失惨重，烧死数百人，烧毁大量号舍，还迫使考试改期举行，凌驾山等人因祸得福，有了报考的补救机会。其实，这个

当年的顺天贡院号舍外摆了很多水缸用于消防

贡院火灾情节是根据史实改编的。历史上贡院失火的事故屡见不鲜，明代尤其严重。明英宗正统三年（1438）顺天府乡试，首场刚考完，大火烧毁了试卷与部分号舍，所幸没有人员伤亡。天顺

四年（1460）会试，顺天贡院发生大火，大门紧锁，考生来不及逃离，被烧死者数十人。天顺七年（1463）会试更惨，顺天贡院的大火烧死了九十六位考生，伤者不计其数。明英宗亲自撰写祭文，赐罹难者进士出身。会试改期至八月，殿试延至第二年三月。最后收敛死者尸骸，分成六个大坟埋葬在北京朝阳门外，题曰"天下英才之墓"。《快心编》所录的那首七言律诗其实来自明代陆容的《菽园杂记》，他是天顺七年（1463）会试贡院火灾的亲历者。正是因为顺天贡院有着如此不堪回首的黑色记忆与极其惨痛的火灾教训，《儿女英雄传》第三十四回，安骥在号舍中熟睡，老号军半夜起来小便，回头远远看见安骥的号舍房檐上挂着一盏碗大的红灯，大吃一惊，说道："这位老爷是不曾进过场的，守着那油纸号帘点上盏灯，一时睡着了，刮起风来，可是玩得的？"老号军以为安骥忘记熄灯，刮风就容易失火，酿成火灾，所以连忙跑过来，想要叫醒安骥。不过跑近时发现是幻觉。老号军对火灾的警惕性很高。由此可见，防火对号舍安全的重要性。所以，贡院号舍旁边常常摆有水缸，储水用于消防。

还有一类"小号"，比一般的号舍更加狭小，考生窝在里面，一抬头伸脚就出了号舍。顺天贡院在清末有小号巷四十排。蒲松龄在《聊斋志异·王子安》中描写道："秀才入闱，有七似焉：初入时，白足提篮，似丐。唱名时，官呵隶骂，似囚。其归号舍也，孔孔伸头，房房露脚，似秋末之冷蜂。其出闱场也，神情惝怳，天地异色，似出笼之病鸟……"

有些号舍的条件过于恶劣，就连最高统治者都于心不忍。乾隆九年（1744）十月，乡试结束不久，乾隆皇帝驾临顺天贡院，查看举子的考试环境。当他看到那一排排低矮简陋、难遮风雨的号舍时，不禁感慨万分，当即谕令修缮号舍，并题诗四首于贡院墙上。其中一首为："翰苑琼筵酌令辰，棘闱来阅凤城闉，百年士气经培养，寸晷檐风实苦辛。自古曾闻观国彦，从今不薄读书人。白驹翙羽传周雅，佐我休明四海春。"平心而论，政府耗费大量财力物力，把贡院建成仅次于紫禁城、远超官府的庞大建筑，力求为每一位考生准备一间独立的号舍，还有"百年士气经培养""从今不薄读书人"的斯文观念，实属不易。

贡院的考试区域除了号舍这一主要部分以外，还有一座重要建筑——明远楼。明远楼顾名思义就是登高望远之楼。安骥进入贡院的号舍区域时，很远就看到明远

江南贡院的明远楼

楼上四角高挂的四面彩旗，被风吹得招展飘扬，喇喇作响。小说前面所说的"中央的危楼千寻高耸"就是指明远楼。《儒林外史》中多次讲到江南贡院，明远楼题有一副对联："矩令若霜严，看多士俯伏低徊，群嚣尽息；襟期同月朗，喜此地江山人物，一览

无余。"此联相传为明末清初著名小说家李渔所制，成为江南贡院明远楼的标志性楹联，而且被不少贡院采用，生动阐释了明远楼的功能与特点。

明远楼是贡院中最高、最为醒目的建筑物，居高临下，对贡院内外情况一览无余，成为考试时发号施令的塔台和监临、监试、巡察等官员登楼值班的瞭望所，可以稽查考生是否离开号舍、私相往来，以及考务工作人员是否坚守岗位，有无徇私舞弊行为等。《儿女英雄传》第三十四回，监临大人看见附近号舍中的考生随意进出，于是登上明远楼查看贡院整体状况，发现闹得实在不像话，于是和查号的御史命令关上号巷门口的栅栏，贴上封条，再也没人敢随意进出了。《九尾龟》第一百八十二回，章秋谷听见三声大炮，明远楼上鼓角齐鸣，便知道贡院已经封门，不许考生来往走动了。关于明远楼四角还有贡院四角所插的旗帜，还附会了许多鬼神传说。如《夜谭随录·棘闱志异八则》说，举子入场的前一天傍晚，主事的官员会在贡院里举行召集鬼神的仪式，用红旗请神，用蓝旗招举子家人的灵魂，黑旗招引恩怨鬼，边招边呼喊："有冤者报冤，有仇者报仇。"仪式完后，把这三色旗插于明远楼四角。《儒林外史》第四十三回，汤氏兄弟谈论江南贡院祭神，也提到红旗底下蹲着恩鬼，黑旗底下蹲着怨鬼。书办在旁边喊道："恩鬼进，怨鬼进。"

3. 办公区

贡院的办公区可
以分为外帘办公区与
内帘办公区。外帘办
公区主要有至公堂，
监临、外提调、外监
试官厅，收掌所，弥
封所，誊录所等。其
中最重要的就是至公

云南贡院至公堂

堂。《儿女英雄传》第三十四回，安骥站在顺天贡院号舍区的中
央甬道，正对面便是那座气象森严、无偏无倚的至公堂。后来收
卷的命令也是至公堂里发出来的。至公堂取最公正、极公平之
意，是监临、外提调、外监试等官员办公的正堂。至公堂的等级
在贡院中居于首位，多为七开间，也有五间和九间者。以至公堂
为中心，两边分设监临、外提调、监试的公署，对读所，收掌
所，弥封所，誊录所等。《续红楼梦新编》第二十一回，贾芝到
至公堂左首的收掌所交卷，随后贾芝的试卷就在弥封所进行密
封，在誊录所进行誊抄，在对读所进行对读，查验无误后就被送
到内帘办公区进行评阅。

外帘办公区是监临、外提调、外监试、外收掌、弥封、誊录
等管理服务人员的办公场所。内帘办公区是主考官、房考官、内

监试、内收掌等人员的办公场所。两者用帘隔开，人员不能相互往来，有公事在内帘门口接洽，以防相互勾结、密谋舞弊。内帘办公区主要包括衡鉴堂、考官居所、刻字印刷处等。衡鉴堂又叫聚奎堂、衡文堂、抡才堂等，为考官评卷之地，是内帘办公区等级最高的建筑，一般为七开间，中间三间是正考官办公的大堂，左右各二间是其居住的地方。衡鉴堂东西两侧是房考官办公、居住的地方。关于科举考试的阅卷情况，本书第二部分已有详细描述，兹不赘言。衡鉴堂后一般挖有水池，池上架桥。有些贡院，如江南贡院建有飞虹堂，堂左右两侧均有房屋，是厨房、浴室等供应辅助用房。

以上我们简要展示了贡院的大致情况。令人感慨的是全国没有一座贡院完整地保存下来，绝大部分早已拆毁，就是残存的建筑也多已面目全非。我们来看看顺天、江南、河南和广东四大贡院的命运。

早已化为烟云的顺天贡院

1900 年，八国联军入侵北京，对顺天贡院大肆劫掠。绝大部分号舍被拆毁，至公堂、监临堂也遭到破坏，以致当年的顺天府乡试与光绪二十七年（1901）辛丑科会试无法在北京举行，只得延期后借用一千五百里外的河南贡院进行。民国时期，顺天贡院改为官用，后随着时间的推移，逐渐变为民用。1927年，张作霖将顺天贡院的残存建筑拆除，拍卖物料，明清时期最重要的科举考场从此荡然无存。如今，顺天贡院原址上建立起中国社会科学院大楼等多座大楼，早已想象不出当年的原貌。

江南贡院在1908年11月开始变卖器物设施，1918年开始拆除大部分号舍，被辟为市场。昔日肃穆庄严的帝国考场沦为叫卖喧嚣的商贩场所。但毕竟是人文渊薮之地，经过数年多次的争论、协商，1920年3月，江苏省议会决定划出明远楼、至公堂、飞虹堂、衡鉴堂四处留为古迹，修葺后供游人观赏、休闲。1927年，贡院地址改为南京市政府办公场所，以明远楼为大门。1928年10月，南京市政府被迁出，贡院房屋划拨给新成立的国民政府考试院，总算恢复了一些斯文气息。抗日战争时期，南京沦陷，江南贡院成为汪伪政府司法院和行政法院的办公地。1949年以后，江南贡院不再作为古迹保护，除明远楼、碑刻等外，其他逐渐被拆毁。原有"设字号""席字号"的号舍被原样移置南京大学内，但在"文化大革命"中又被损毁。这个中国古代最大的贡院最终没能留下一间号舍。

河南贡院位于开封，在道光年间有号舍一万一千八百六十六间，因黄河决口损坏而多次整修，面貌较新。因顺天贡院在"庚于国变"中遭到损毁，中国科举史上最后的两科会试都在河南贡

重修河南贡院碑

院举行。1905 年科举制度废除后，这里留下了一千三百年科举考试的最后记忆。辛亥革命后，河南贡院改为河南省参议会会堂，后来又成为国民党河南省党部所在地。之后，河南大学医学院、河南师范学院先后在此办学，现为河南大学校园。

广东贡院明远楼

广东贡院在道光年间的号舍已有八千多间，但在咸丰七年（1857）第二次鸦片战争中沦为一片废墟，唯有明远楼幸存。后经过重建、扩建，到同治六年（1867），广东贡院的号舍达到一万一千七百零八间，规模之大位列"清末四大贡院"之一。1904 年，广东贡院改设两广速成师范传习馆和两广小学管理员练习所。1905 年，贡院设立两广初级简易师范科学馆。1906 年，贡院设立两广师范学堂，除了明远楼以外，其余建筑大多被拆除。1908 年，贡院设立两广优级师范学堂。民国初年学制改革，两广优级师范学堂改为国立广东高等师范学校，于衡甫在描述从广东贡院到"高师"的变化时写道："昔年曾此猎科名，清代罗才网特宏。明远楼前排号舍，至公堂上秉文衡。棘闱今作高师校，金榜谁倚举子棚？一葛三千黉秀士，不堪回首问鹏程。"①充满了历史变幻与世道沧桑之感。这里后来成为中山大学校园。抗日战争期间，校园内的多数建筑被炸毁，而明远楼独存。1959年，广东贡院旧址又建起了广东省博物馆，其中东堂改建为广东省博物馆的展示厅，西堂在20世纪80年代拆建为中山图书馆。

早已灰飞烟灭的山东贡院

①　曹腾騑：《谈广东贡院旧址与广东省博物馆筹建》，《广州文史》第76辑，广州：广东人民出版社2011年版，第68页。

值得一提的还有山东贡院，这座位于孔孟故乡的贡院在光绪年间的号舍有一万四千五百多间。科举废除后，贡院废弃，原址挪为他用。南面建有提学司署，后改为济南道尹公署和山东实业厅，1928 年后改为山东省教育厅，1949 年后改为山东省机关事务管理局，今属于省府大院。其他区域几经转手，现今绝大部分划入省政府大院或者大明湖景区。斯文已逝，曾经规模宏大的山东贡院今天已经看不到丝毫痕迹了。

（三）八股文选本

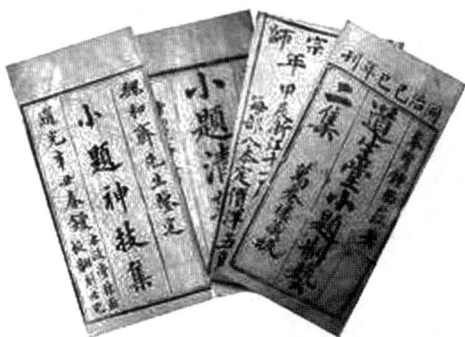

名目繁多的八股文选本

八股文选本是指按照一定的标准选择、取舍优秀八股文后编辑而成的书，类似于今天的高考优秀作文集。选本的影响很大，流传很广，鲁迅先生在《集外集·选本》一文中说："凡选本，往往能比所选各家的全集或选家自己的文集更流行，更有作用。"① 明清以八股取士，八股文是最重

---

① 鲁迅：《集外集·选本》，《鲁迅全集》第七卷，北京：人民文学出版社1981 年版，第 136 页。

要、最关键的考试内容。八股文选本是当时非常重要的教材与辅导资料，也许越是流行的东西，后来消失得越快。科举废除以后，八股文选本迅速消失。清代最后一科探花商衍鎏先生在《清代科举考试述录》中感叹说："自明至清，八股之选本、稿本，记不胜记，而流传者绝少。"不过，八股文选本依然活跃在明清小说当中。通过许多生动鲜活的故事情节，我们可以略窥其庐山真面目。

1. 八股文选家人数多，名气大，呈现出职业化特点

明清小说中涌现了大批八股文选家，尤其是《儒林外史》描述了一个庞大的选家群体，有马纯上、蘧駚夫、匡超人、卫体善、随岑庵、诸葛天申、萧金铉、季恬逸等人，其中不乏职业选家。如马纯上马二先生，在第十三回他的首次出场亮相是由一张八股文选本的广告引起的：

（蘧公孙）那日打从街上走过，见一个新书店里贴着一张整红纸的报帖，上写道："本坊敦请处州马纯上先生，精选三科乡会墨程。凡有同门录，及朱卷赐顾者，幸认嘉兴府大街文海楼书坊不误。"公孙心里想道："这原来是个选家，何不来拜他一拜？"急到家换了衣服，写个"同学教弟"的帖子，来到书坊。

蘧公孙丰姿雅韵，风度翩翩，对八股取士兴趣不大，是个有

名的贤公子，他的祖父是南昌太守蘧祐，父亲蘧景玉颇有文名，算得上是中上品的人物。就连蘧公孙这等人物都想急切地拜见八股文选家，可见这是一个引人注目、受人尊敬的身份。蘧公孙见到马纯上后，恭维说："先生来操选政，乃文章山斗。小弟仰慕，晋谒已迟。"所谓"操选政"就是选编八股文，马纯上已有二十四年的廪生经历，考过六七个案首，虽未中举，但考场经历丰富，具备成为职业选家的良好素质与丰富经验。选编八股文的报酬成了马纯上的主要经济来源。他在嘉兴给文海楼书坊编辑八股文选本《历科程墨持运》，自称"在此选书，东家包我几个月"，"我的束修，其实只得一百两银子"，包吃包住，另有一百多两银子的报酬。后来，洪憨仙恭维马纯上说："先生久享大名，书坊敦请不歇，今日因甚闲暇，到这祠里来求签?"马纯上解释道："如今来到此处，虽住在书坊里，却没有甚么文章选。寓处盘费已尽，心里纳闷，出来闲走走。"可见，他确实是个主要靠选编八股文为生的职业编辑。马纯上的职业编辑身份影响很大，得到了社会的高度认可，以致洪憨仙想利用马的身份作为金字招牌来招摇撞骗，洪憨仙向人介绍马纯上道："这是舍弟，各书坊所贴'处州马纯上先生选《三科程墨》'的便是。"一向傲慢的胡三公子顿时肃然起敬，改容相接，施礼请坐，可见八股文选家的身份很是受用。胡三公子看到洪憨仙派头十足，"又有选家马先生是至戚，欢喜放心之极"，很大部分出于对八股文选家身份的认可与尊敬，于是放松了警惕，被骗上钩。只是洪憨仙突然病逝才没最终得逞。马纯上确实很有选家的模样，在回拜胡府时送了一部新编的八股文选本，颇有请人雅正之意。

得到过马纯上救济与指点的匡超人也一度以编选八股文为生。正当匡超人穷困潦倒时，书店请他编了两部八股文选本，送了几两银了作为报酬。他还拿了几十本八股文选本样书，卖了些将就度日，再加上潘三的资助，日子越来越滋润，穿戴也越来越光鲜。第二十回，匡超人与冯琢庵初次见面，自我介绍时刚提到自己的姓名，冯琢庵马上就说："先生是浙江选家。尊选有好几部，弟都是见过的。"冯琢庵已到中年，是进京参加会试的举人，很有派头，居然尊称这位二十来岁的八股文选家为先生，称其选本为尊选。匡超人也当仁不让，有些洋洋自得地说道：

　　我的文名也够了。自从那年到杭州，至今五六年，考卷、墨卷、房书、行书、名家的稿子，还有《四书讲书》《五经讲书》《古文选本》，家里有个帐，共是九十五本。弟选的文章，每一回出，书店定要卖掉一万部，山东、山西、河南、陕西、北直的客人都争着买，只愁买不到手。还有个拙稿，是前年刻的，而今已经翻刻过三副板。不瞒二位先生说，此五省读书的人，家家隆重的是小弟，都在书案上，香火蜡烛供着"先儒匡子之神位"。

考卷、墨卷、房书、行书、名家的稿子都是八股文选本的不同类型。匡超人自称山东、山西、陕西等五省的读书人广泛受益于他的八股文选本，因而将他奉若神明，在书桌上点了香火蜡烛供着他的神位。匡超人的牛皮吹上了天，不能相信，但从举人冯琢庵对他的敬意可以看出，八股文选家的确名声在外，尽管很多是浪得虚名。此外，还有举人卫体善、贡生随岑庵两位，据严贡生介绍，"二位先生是浙江二十年的老选家，选的文章，衣被海内的"，在浙江这个科举胜地干了二十年的八股文编选工作，可见也是两位职业八股文选家。

2. 八股文选本市场广，需求旺，利润高

《文料触机》

在以八股取士的明清时期，八股文选本具有十分广阔的市场，需求非常旺盛。《文明小史》第十七回，书店主人怀念在八股文盛行的时代，《文料触机》一年卖到五万本，《广文料触机》一年销掉七八万部。对于翻译书籍，店主却说："我就问他们应得翻些什么书籍，可以供大小试场所用。"即使废除了八股取士，书商还是十

分怀念八股文选本的黄金时代，依然停留在八股文选本的销售思
维。《儒林外史》第十八回中，文瀚楼的老板请匡超人快速选编
一部考卷选本时说："我如今扣着日子，好发与山东、河南客人
带去卖。若出的迟，山东、河南客人起了身，就误了一觉睡。"
可见，杭州文瀚楼刊印的八股文选本确实远销山东、河南等地。
这也可以在《巫梦缘》第一回中得到进一步验证，主人公王嵩是
山东东昌人，其塾师施先生建议家长去买一部南方刻的八股文选
本，杭州、苏州等地刊印的应该就是其中的名牌产品。《儒林外
史》第四十二回，汤由、汤实兄弟参加乡试，在去贡院的路上，
"那赶抢摊的摆着红红绿绿的封面，都是萧金铉、诸葛天申、季
恬逸、匡超人、马纯上、蘧駪夫选的时文"。可见，这些八股文
选本十分畅销，市场需求非常旺盛，大受考生的追捧，占了他们
书架的重要位置。

　　八股文选本有如此旺盛的市场需求，带来的利润当然十分可
观。《闹花丛》第九回，天表为了发泄被学道开除的怨愤，花了
八钱银子，选取一些考场作的八股文交给书坊刊印，两三天就成
了，可见刊印方便、快捷，成本较低。从《儒林外史》中匡超人
的行径也可以看出，选批八股文可以贪多求快，"一日搭半夜，
总批得七八十篇"，效率提高，利润就更加丰厚。清代王应奎的
《柳南随笔·续笔》说："本朝时文选家，惟天盖楼本子风行海
内，远而且久，尝以发卖坊间，其价一兑至四千两，可云不胫而

走矣。"① 八股文名家吕留良选编的本子以"天盖楼"名义发行，
蜚声海内，价格不菲。《文明小史》第三十四回，秀才买书应考，
以《大题三万选》为参考，在三两银子的基础上反复讨价还价，
最终以一两八钱银子成交。可见这类八股文选本大有议价的空
间，店主可以根据考生的承受能力尽可能地提高价格，增加
利润。

3. 书坊多，竞争大

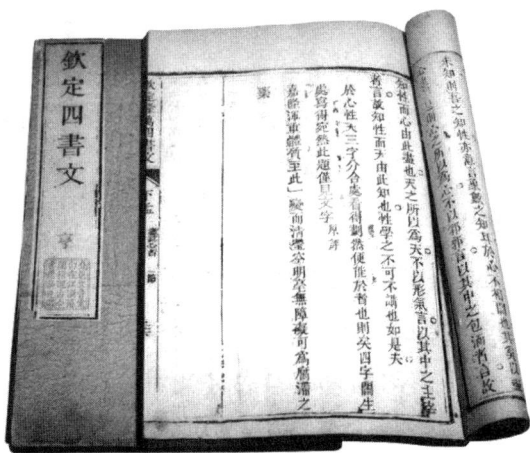

《钦定四书文》是乾隆皇帝敕令大文豪
方苞编纂的一部八股文选本

---

① （清）王应奎：《柳南随笔·续笔》卷二《时文选家》，北京：中华书局
1983 年版，第 163 页。

　　庞大的市场与可观的利润使得刊刻、贩卖八股文选本的书坊争相跟进，竞争激烈。《儒林外史》中，经营八股文选本的书坊有嘉兴文海楼、杭州文瀚楼、南京状元境等多处。此外，苏州还有很多以"金阊"为号的叶氏书坊。书坊越多，竞争就越激烈。如何才能在竞争者立于不败之地，书坊主们主要在三个方面下功夫：

　　（1）在内容上不断翻新或推出新产品。《文明小史》第十七回，书店主人称其八股文选本《文料触机》一年卖到五万本，"后来人家见小店里生意好了，家家翻刻"。在没有版权意识与维权制度的时代，见自家产品被盗版翻刻也无可奈何的。要在激烈的竞争中胜出，需要不断推出新选本。幸好有位时老先生带着三位帮手，花了半年工夫给其又编了一部《广文料触机》，也卖了十七八万部。后来人家又翻刻了，时老先生气不过，又替其编了一部《文料大成》，形成了"文料"系列产品，可惜才销掉二万部，朝廷已经改革科举，不准专用八股文，于是店主担心这部《文料大成》的销售前景。他听两位留洋学生说翻译书的前景不错，就问他们翻译些什么书籍，可以供考试所用。

　　（2）采用新技术，在印刷与装帧形式上力求美观。《孽海花》第二回，唐卿说："上海印书叫做什么石印，前天见过得本直省闱墨，真印得纸墨鲜明，文章就分外觉得好看，所以书本总要讲究版本。印工好，纸张好，款式好，便是书里面差一点，看着总觉豁目爽心。"唐卿所说的闱墨是指选编及第者的考场文章而成的选本。石印是德国人 A. 逊纳菲尔德于 1798 年发明的一种现代印刷方法，其利用化学药品与方法，能将字画按原样印在纸上，笔画清晰，精美快捷。石印技术传进中国后，很快就被书商用于印刷八股文选本，尤其是上海的书商精于此道。前面提到的几种八股文选本大多被上海的书商争相出版过石印本，如上海的同文书局、点石斋等出版过《小题文府》《大题文府》石印本，积山书局出版过《大题十万选》《大题文鹄》和《小题五万选》等石印本，还有上海著易堂的《小题正鹄》、鸿宝斋的《小题三万选》等都是印刷精美的石印八股文选本，形式美观能让买书者"豁目爽心"，一定程度上弥补了内容上的不足。

（3）加强广告宣传与品牌保护意识。在《儒林外史》中，有多地多家书坊贴出售卖马纯上选编作品的广告。第十四回，在杭州，马纯上看见几家崭新的书店都贴有广告："处州马纯上先生精选《三科程墨持运》于此发卖。"第三十三回，在南京，杜少卿与迟衡山来到状元境，"只见书店里帖了多少新封面，内有一个写道：'《历科程墨持运》，处州马纯上、嘉兴蘧駪夫同选。'"他们都是被醒目的广告吸引才走进书店，可见这些八股文选本广告宣传的显著作用。第十三回，在嘉兴，蘧公孙看见一家新开的书店贴有一整张大红纸，上面赫然写有："本坊敦请处州马纯上先生，精选三科乡会墨程。凡有同门录，及朱卷赐顾者，幸认嘉兴府大街文海楼书坊不误。"从"敦请""精选""幸认""不误"等用词不难看出商家的广告意味，还含有加强品牌保护的意识。

4. 禁毁效果差

明清时期，朝廷曾多次禁毁书坊刻印的八股文选本。如明代弘治十二年（1499），许天锡在给皇帝的奏折中猛烈抨击八股文选本的巨大危害，称它们"损德荡心，蠹文害道"，请求将建阳书坊中的八股文选本等科举用书"悉皆断绝根本，不许似前混杂刊行"。① 但禁毁效果并不理想，正德十年（1515），徐文溥上奏说"近时时文流布四方，书肆资之以贾利，士子假之以侥幸，宜加痛革"，请求将八股文选本全部烧毁，严禁贩卖、收藏与背诵应试，如果有考生违反，就革除他的科举功名。这类禁毁八股文选本的请求与命令在明末及清代屡见不鲜。三令五申，反反复复，说明禁毁的效果并不如意。在明清小说中，大凡涉及八股取士，八股文选本就如影随形，成为考生的必备利器。在整个学习、备考与应试过程中，师长、考生与书坊主对朝廷的禁毁命令置若罔闻、毫无顾忌。可见有关八股文选本的禁毁效果确实很差。

如此，八股文选本对学风与士风产生了巨大的负面影响。《儒林外史》中的八股文选家马纯上，算得上是一个古道热肠、助人为乐的好人君子，但在用八股文选本为科举"弘法布道"的

---

① （明）胡广等：《明实录·孝宗实录》卷一五七，台北：台湾中研院历史语言研究所 1962 年版，第 2816 – 2817 页。

路上，背道而驰地将一个年轻人原本纯朴的品行给异化了。马纯上与匡超人结缘于他的八股文选本《三科程墨持运》。两人初次碰面时，穷困落魄的匡超人正在苦读《三科程墨持运》，这让马纯上在失落中找到了自我价值的存在。马纯上开始不遗余力地帮助这位心地善良、勤奋孝顺的年轻人，"将文章按在桌上，拿笔点着，从头至尾，讲了许多虚实、反正、吞吐、含蓄之法与他"。这里的文章是指马纯上所编八股文选本中的八股文，他还进一步苦口婆心地教导道：

古语道得好："书中自有黄金屋，书中自有千钟粟，书中自有颜如玉。"而今什么是书？就是我们的文章选本了。贤弟，你回去奉养父母，总以做举业为主。就是生意不好，奉养不周，也不必介意，总以做文章为主。那害病的父亲睡在床上，没有东西吃，果然听见你念文章的声气，他心花开了，分明难过也好过，分明那里疼也不疼了。这便是曾子的"养志"……

马纯上认为八股文选本就是世上最好的书，它能带来荣华富贵，做任何事情都要以它为中心，就连侍奉父母也离不开它。病重的老父亲躺在床上挨饿，当看到儿子勤读八股文的劲儿，也会感到欣慰、开心。马纯上甚至将读八股文与儒家先贤曾子的孝道联系起来。可见，他已经沉湎于八股举业而不能自拔，而且还在虔诚地扩散这种毒害。与匡超人离别时，马纯上不仅赠银送衣，

而且再次不忘用八股文选本进行
布道宣教，"又到自己书架上，
细细检了几部文章，塞在他棉袄
里卷着。说道：'这都是好的，
你拿去读下。'"这几部文章就是
他选编的几部八股文选本。后
来，匡超人果然不负马纯上所
望，苦读他送的八股文选本，遵
照他的谆谆教诲，考中秀才，题
了优贡，又考选了内廷教习。但
在"显亲扬名"的同时，匡超人

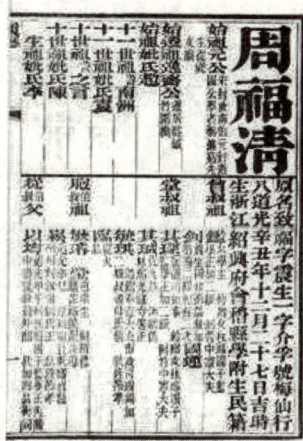

鲁迅的爷爷周福清的朱卷

的品性也发生了根本的腐化，变得忘恩负义、虚伪狡诈。著名的
八股文选本《钦定四书文》的选编者方苞也说："余尝谓害教化
败人材者，无过于科举，而制艺则又甚焉。盖自科举兴，而出入
于其间者，非汲汲于利，则汲汲于名者也。"①《儒林外史》中的
八股文选家就是最为生动的阐释。

5. 八股文选本虽类型丰富，但质量良莠不齐

八股文选本绝大部分是书坊刻印的。关于坊刻八股文选本的

————

① （清）方苞：《何景桓遗文序》，《方苞集·集外文》卷四，上海：上海古
籍出版社 1983 年版，第 609 页。

类型，顾炎武的《日知录》认为有程墨、行卷、房稿、社稿这四种。这种说法得到了普遍认可，影响很大。其实，坊刻八股文选本远不止这四类，而至少可以分为以下八类：

（1）程墨，即乡、会试考官所写的程式范文和考中者的文章。这类选本颇具权威性，一定程度上成了评卷的风向标，很受考生的关注与热捧。《儒林外史》中马纯上评选的《历科程墨持运》《精选三科乡会墨程》等就属于程墨。但程墨具有很强的时效性，时间越近，参考价值就越大，也更能引起考生的关注和兴趣。《儒林外史》第十四回，马纯上询问《三科程墨持运》的销路如何，店家回答说："墨卷只行得一时，哪里比得古书？"说的就是这个道理。所以，在《熙朝快史》第二回中，先生教导济时用的是"那些近月墨卷，精选了一二百篇"。《轰天雷》第二回，北山模拟的也是"近科的时样闱墨"。

（2）行卷，又叫行书，指入选举人的八股文作品的选本。《儒林外史》第二十回，匡超人对冯琢庵说他编过行书这类八股文选本。《鸳鸯针》第三卷第一回，卜亨的书架上赫然摆有行卷。明清小说中的行卷较少，因为程墨具有很高的权威性，举人的八股文相形见绌，这类选本在质量与数量上都相对次之。

（3）房稿，又叫房书，是指编选进士的八股文作品。匡超人编的八股文选本中有一类就是房稿，卜亨的书架上也摆有这类选本。《茶余客话》卷六，老儒任香谷花了六十年时间编的八大箱八股文选本，编号为艮、兑的两箱中也有房稿。

（4）社稿，指生员参加文社用于切磋交流，还有平时在学校考课的八股文作品。文社是指志趣相投的文人为了切磋文章而结成的团体。明清时期的文社大多是为了研习八股文，实为八股取士的产物。《孽海花》第三回，雯青、唐卿、珏斋、公坊等人成立了一个文社，叫作"含英社"，逐月定期聚会，专门切磋八股文，盛名卓著，震动京师，以至"一艺甫就，四处传抄"，龚和甫怂恿社友把社稿刊布，"从此，含英社稿不胫而走，风行天下"，知名社稿有《不息斋稿》《五丁阁稿》等。

（5）朱（硃）卷。朱卷即乡、会试考中者以自己的考场作文为主编选而成，自行刻印，以馈赠亲友、同年的一类选本。为了防止串通舞弊，明清科举严格实行弥封誊录制度，考生的原卷（即墨卷）必须弥封糊名，由誊录人统一用朱（红）笔誊写一遍，送交考官批阅，故有朱卷之称。此处所说的朱卷，作为私刻的选本，不是考生在贡院上交的原卷或誊录人誊写的卷子，大多是考生在考后回忆所录或是从贡院带回来的草稿。《花柳深情传》第六回，先生考完刚进家门，顾不上关心儿子的病情，却首先急切追问："我的行李挑回来放在哪里？考篮内有三场文稿不可遗失，中了是要刻朱卷的。"刻朱卷在明清科举社会中已形成一种浓烈的风气。《闹花丛》第十回，文英高中后，"心中快乐异常，取出闱牍速刻朱卷，写下许多拜帖，以待朱卷完工，便可往拜亲友并诸同年……文英拜完同年，那回拜送朱卷的纷纷到来，文英应接不暇"。可见，送朱卷成了一项重要的礼交联谊活动。于是，朱卷选本在交游圈内外迅速流传，范围较广。《儒林外史》第二回中，周进对原无交往的王举人说："老先生的朱卷，是晚生熟读过的；后面两大股文章，尤其精妙。"

（6）窗稿，一般指学生在私塾或学校中的平时习作，多指八股文。《赛花铃》第十回，红生考完出场，感觉良好，就将试卷和平时的窗稿去刻印，送遍朝中官员。《聊斋志异·陆判》中，朱尔旦把自己的窗稿呈给陆判官，陆判官拿起红笔批改一番，都说不好。于是，陆判官趁朱尔旦在睡梦中给他换了一颗文思敏捷的心。过了一段时间，朱尔旦再拿自己的窗稿给陆判官看，得到赞赏，后来中了解元。

（7）名稿，即历史上八股文名家的范文。《儒林外史》第十一回，鲁小姐十一二岁时把一部王守溪的八股文选本读得滚瓜烂熟。王守溪是明成化十年（1474）的乡试解元，第二年中会元与探花，是一位八股文名家。《红楼梦》第一一八回，平时厌恶八股文的贾宝玉在考试前，也不能不找一堆八股文名稿来揣摩。《鸳鸯针》第三卷第一回，在卜亨的书架上堆了很多八股文名稿，其中的《韩求仲文》指的是明代万历三十八年（1610）状元韩敬（字求仲）的八股文选本。

（8）试录，汇集乡、会试录取的举子姓名、籍贯、名次及其文章刊刻成册，叫作试录。其中收入了考中者在考场上的优秀文章。试录一般由官方刊刻，如《平山冷燕》第二十回，天子命令燕白颔、平如衡跪平身，叫近侍将会试录递与二人看。也有民间书坊刊刻的，如《英云梦传》第十一回，梦云在护云庵中惦记王云是否考中，于是叫慧空买了一本会试录来查看。

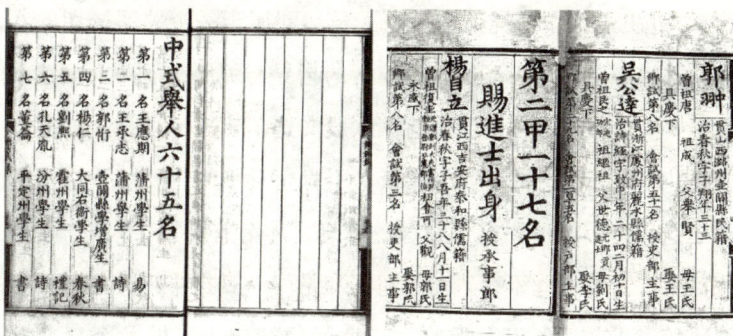

乡、会试录

上述几类一般属于大题八股文选本，还有一类小题八股文选本值得关注。八股文的大题是从"四书五经"当中选取语意相对完整的一句或几句话、一节或几节、一章或几章作为标题，多用于乡、会试。但"四书五经"的文字毕竟有限，经过多年多次命题，题目重复在所难免。于是考官刻意割裂、组合经文，出了一些语意不全、题意难明的怪题和偏题，有的甚至前言不搭后语，意思稀奇古怪，让人莫名其妙，这类题目被称为小题，具体有截搭题、枯窘题、窄瘪题等多种类别，常常用于童试。周进老是过不了童试，应该与其写不好小题八股文有关。为了有针对性地加强训练，一些小题八股文选本受到考生的重视，如《小题正鹄》

《小题文府》等。《巫梦缘》中，施先生给王嵩买的就是一部小题八股文选本。

八股文选本类型如此丰富，但质量良莠不齐，鱼龙混杂。《儒林外史》中，马纯上与匡超人虽然同属于一个关系密切的八股文选家圈子，后者还得到过前者的指导与关照，但两人的选本质量却有天壤之别。马纯上将编八股文选本当作一项神圣的事业来做，"时常一个批语要做半夜，不肯苟且下笔，要那读文章的读了这一篇，就悟想出十几篇的道理，才为有益"，态度非常严谨认真，可谓一丝不苟。而匡超人却是"一日搭半夜，总批得七八十篇""就把在胡家听的这一席话敷衍起来，做了个序文在上"。显然，匡超人只是将编八股文选本作为赚钱糊口的工具而已，常常敷衍了事，粗制滥造。如此，两人编的八股文选本质量的差别就可想而知了。但别有意味的是在圈内人的眼中，马纯上的呕心沥血之作却远不如匡超人的敷衍了事之选。卫体善贬斥马纯上说："正是他把个选事坏了！他在嘉兴蘧坦庵太守家走动，终日讲的是些杂学。听见他杂览倒是好的，于文章的理法，他全然不知，一味乱闹，好墨卷也被他批坏了！所以我看见他的选本，叫子弟把他的批语涂掉了读。"八股文编选的理念与态度不同，加上同行是冤家，恶性竞争就容易互相诋毁。高翰林也说："那马纯上讲的举业，只算得些门面话，其实，此中的奥妙他全然不知"，"那马先生讲了半生，讲的都是些不中的举业"。文瀚楼主人对匡超人说道："向日马二先生在家兄文海楼，三百篇文章要批两个月，催着还要发怒，不想先生批的恁快！我拿给人看，说又快又细。这是极好的了！先生住着，将来各书坊里都要来请先生，生意多哩！"文瀚楼主人也是唯利是图，不辨良莠，对认真严谨的作品不以为意，而对粗制滥造的东西却青睐有加。最终，马纯上的境况极不如意，而匡超人却风生水起，这是典型的反达尔文主义的"优汰劣胜"与"劣币驱除良币"现象。

6. 八股文选本的作用

明清时期，八股文选本如日中天，红极一时，那么它究竟具体拿来做什么呢？据笔者看来，八股文的作用体现在以下五个方面：

（1）八股文选本在极为功利化的八股文应试教育中，无疑是最受教师欢迎的教材。《歧路灯》第八回，塾师侯冠玉要求谭绍闻将以前所读之书全部丢弃，他亲自到书店为学生购了两部八股文选本，并教训谭绍闻说如果以前早点学习八股文选本，去年就能中秀才了，"背了'五经'，到底不曾中用，你心中也就明白，时文有益，'五经'不紧要了……你只把我新购这两部时文，千遍熟读，学套，不愁不得功名"。显然，这种唯八股文选本为尊的做法实际上是误人子弟。《巫梦缘》第一回，施先生也是买了一部八股文选本作为重要教材，让学生王嵩读背，又细致给他讲解。作为教材，八股文选本被广泛用于教学当中，承担了以下两种基本职能：

其一，将学生学习八股文选本的情况作为衡量教学效果的重要标准。《歧路灯》第十一回，侯冠玉向学生家长汇报学习成绩时说："令郎资禀过人，三个月读了三本儿《八股快心集》，自是'中人以上，可以语上'的。"

其二，教师运用八股文选本的教学情况被作为衡量教师优劣的标准之一。《巫梦缘》第一回，塾师施先生自己认为，能精选精讲选本中的八股文是"明师"的重要标志。《醒世姻缘传》第三十五回在比较北方塾师与南方塾师的优劣时，高度赞扬南方塾师会亲自写一篇八股文，与学生写的八股文进行比较修改，再在八股文选本中找一篇优秀范文进行印证，让学生的写作水平有大幅提高。相比之下，很多塾师不称职之处也表现在此，《娱目醒心编》卷十一提到，有些塾师很不称职，学生买了一部八股文选本请他选择精讲，他选不出好的作品，反而把些陈腐浅近的选来教学生读。

（2）学生拿来揣摩、拟题与套用学写八股文，对优秀八股文的写作方法、行文结构、语言、理法进行揣度、研究、玩味，然后进行模拟仿写，这是一个行之有效的方法。《儒林外史》第四十九回，高翰林深谙其中的奥妙："'揣摩'二字，就是这举业的金针了。"金针就是秘法、诀窍的意思。考生选什么样的八股文来揣摩，如何揣摩，这就需要指点迷津与有本所依，于是八股文选本被委以重任。《儿女英雄传》第三十三回，中过进士的安老爷对安公子说："读的文章，有我给你选的那三十篇启、祯，二十篇近科闱墨，简练揣摩足够了，不必贪多。"可见，揣摩要细致深入，求深求精，不能贪多。《官场现形记》第二回，赵温拿着一本新科闱墨在灯下揣摩，"嘴里还是念个不了"。举子们如此醉心于揣摩八股文选本，因为他们普遍认为这是一条体悟八股文写作奥秘的重要途径。《轰天雷》第二回，北山足不出户，用心揣摩了一年的八股文选本后，果然金榜题名。揣摩的较高层次是拟题。拟题就是应试举子揣度命题，也就是猜题。猜题后就在选本中挑选优秀作品记诵，期望在考场中碰上考前准备过的题目。拟题在应考前十分流行，反映了科举考生的侥幸心理。《初刻拍案惊奇》卷四十，何举人偶然得到十四个八股文题目，与安书生每题各做一篇，然后参照八股文选本中的优秀范文来修改，取长补短，质量大有提高。两人后来入场果然碰到拟作的现题。

（3）考生用于舞弊抄袭。八股文选本还有一大用途就是直接带进考场抄袭舞弊。《负曝闲谈》第十一回，殷必佑在考场作文时，先把挟带进去的《大题汇海》细细翻了一遍，没有

袖珍版石印本《大题文府》

发现合适的内容可以抄袭，又去查找《文料大成》《文料触机》等。这类被带进考场舞弊的选本，一般是袖珍型的，可以装进用来放头巾的小箱子里，称作"巾箱本"。它们字体纤细，体积很小，便于挟带。《二十年目睹之怪现状》第二十二回说："谁知那买书的人，也同书贾一样，只有甚么《多宝塔》《珍珠船》《大题文府》之类，是他晓得的；还有那石印能做夹带的，销场最厉害。"石印技术能将字体大幅缩小且保持字迹高度清晰，将《大题文府》之类的八股文选本做成手掌大小，便于带进考场。

（4）成为博取名声与金钱的工具。在八股取士的时代，八股文选本成了一张名片，被赋予了很多名利色彩，成为许多人博取名声与金钱的工具。《赛花铃》第十回，红生在会试后刻印了自己的八股文，广送朝廷官员与名士，以提高声誉，扩大影响。果然，项工部慕名来访，开口就赞扬："承惠尊稿，句句清新，篇篇珠玉……"《儒林外史》中，在文名和利润的强烈诱惑下，丝毫不懂编选工作的盱眙县秀才诸葛天申也跑到南京来追名逐利。更有甚者，有士子为了沽名钓誉，不择手段，采取造假、剽窃方式将别人的选本据为己有。《五色石》卷六，宗山明照抄了何嗣薪编选的许多八股文，说是自己选的，另行刻印，封面上大书"宗山明先生评选"。《鸳鸯针·双剑雪》卷三、卷四中，假名士卜亨将别人的八股文刻成自己署名的选本《偶存稿》《南雍试草》与《乡试朱卷》，大肆招摇撞骗。"卜亨先前将社内会文，拣那圈点多的，尽数抄了。又将开笔时先生改定的，及进学时央人代做的，共也有四五十篇，拢将来到做一部文稿……刻成了，印了千余本，叫书脚收管，逢人便送，就像那布施经本的一般。"卜亨就是利用这些八股文选本去沽名钓誉以获取利益的。

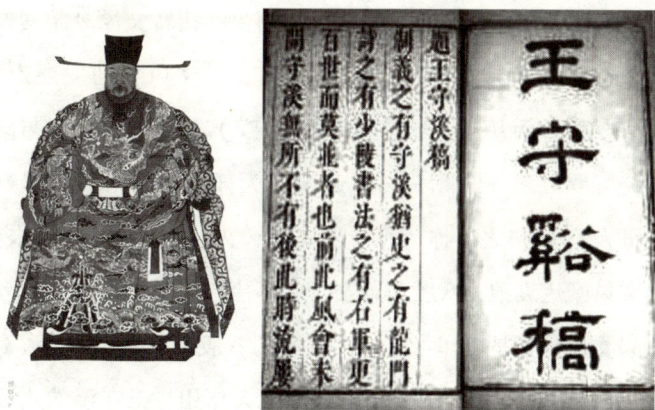

八股文名家王鏊与他的《工守溪稿》

（5）引领潮流，扭转文风。鲁迅先生说过："凡选本，往往能比所选各家的全集或选家自己的文集更流行，更有作用。""评选的本子，影响于后来文章的力量是不小的，恐怕还远在名家的专集之上。"朱光潜先生也说道："一部好的选本应该能反映一种特殊的趣味，代表一个特殊的倾向。"① 确实，选本对于当时与后

---

① 朱光潜：《谈文学选本》，《朱光潜全集》第九卷，合肥：安徽教育出版社 1993 年版，第 217 页。

世的创作和文风影响很大，八股文选本也不例外。《儒林外史》第十三回，蘧公孙对马纯上说："先生来操选政，乃文章山斗。"第十五回，马纯上对匡超人说："而今什么是书？就是我们的文章选本了。"在这些迂腐吹捧的背后，我们还是可以看出八股文选本对八股文写作的影响，可谓引领潮流，扭转文风。尤其是那些声望甚高的八股文名家，深刻影响了时文风气的发展走向。《明史》载："万历末，场屋文腐烂，（艾）南英深疾之，与同郡章世纯、罗万藻、陈际泰以兴起斯文为任，乃刻四人所作行之世。世人翕然归之，称为章、罗、陈、艾。"在明代万历末年，八股文风靡烂衰败，八股文名家艾南英痛心疾首，与三位同乡决定振兴文风，于是刻印了这四大名家的八股文选本。"世人翕然归之"，说明对扭转八股文风起到了巨大作用。王守溪的八股文是明代成化、弘治间的经典名作。王守溪（1450—1524），名鏊，号守溪，明成化十年（1474）乡试中解元。翌年会试中会元，殿试为探花，一时名震海内。《明史》称他自幼善作八股文，后来多次主持科举考试，"程文魁一代。取士尚经术，险诡者一切屏去。弘、正间，文体为一变"。商衍鎏先生转引著名的八股文选家俞长城的话说："前此风会未开，守溪无所不有；后此时流屡变，守溪无所不包；理至守溪而实，气至守溪而舒，神至守溪而

完，法至守溪而备，称为时文正宗。"① 被誉为"时文正宗"，
"文体为一变"，可见王守溪的八股文地位之高。流风所及，影响
深远，明代成化年间的八股文名家影响了清代吴敬梓在小说中涉
及的衡文标准，就连鲁小姐这种闺阁女子也将其奉若神明。又如
《孽海花》第三回，雯青与唐卿、珏斋、公坊等人结成含英社，
其社稿影响了当时的八股文风："哪里晓得正当大乱之后，文风
凋敝，被这几个优秀青年，各逞才华，大放光彩，忽然震动了京
师。一艺甫就，四处传抄，含英社的声誉一天高似一天。公车士
子人人模仿，差不多成了一时风尚……含英社稿不胫而走，风行
天下，和柳屯田的词一般。有井水处，没个不朗诵含英社稿的课
艺，没个不知曹公坊的名字。"在1900年"庚子国变"之后，科
举衰败，文风凋敝，含英社的社稿横空出世，给八股文带来了一
针强心剂。含英社的这些八股文选木顿时洛阳纸贵，广受热捧，
像柳永的词一样被人传诵，风行天下，让考生争相模仿，引领一
时风气。

① 商衍鎏：《清代科举考试述录及有关著作》，天津：百花文艺出版社2004年版，第253页。

四 小说梦幻与科举社会的价值追求

中国的科举制度实施了一千三百年，深刻影响了科举社会中士子的人生观与价值观，乃至整个社会的心理与风俗文化。宋代著名小说家洪迈在《容斋随笔》中记载了社会流行的"人生四喜"："久旱逢甘雨，他乡见故知。洞房花烛夜，金榜题名时。"①与之相对应的"人生四悲"则是："寡妇携儿泣，将军被敌擒。失恩宫女面，落榜举子心。"科举成了人生大喜大悲的重要因素，强烈冲击了士子的现实生活、情感世界与价值取向。这些在小说中都有淋漓尽致的展现。本书第二、三部分主要从科举考试制度和实物方面来展示，下面就从科举士子的思想观念及社会心理来谈谈小说中的科举世界。

（一）金榜题名与状元情结

金榜题名是科举士子魂牵梦萦的热切追求，是其寒窗苦读的终极目标，这种炽热的期盼与梦想凝结成古代小说的状元情结。

---

① （宋）洪迈：《容斋随笔》卷八，北京：中华书局2005年版，第78页。

状元是中国古代进士科举殿试所取一甲第一名的俗称，还有"榜元""榜首""状头""殿元"等多种习惯称呼。后来武科殿试第一称为武状元。从唐高祖武德五年（622）的第一位状元孙伏伽，到清光绪三十年（1904）最后一位状元刘春霖，共产生了591名状元①（一说504人），加上其他政权考选的状元以及历代的武状元，中国历史上可考的文武状元总计约为777人。作为科举考试金字塔尖的明珠，状元历来身份尊贵、备受荣宠。《儒林外史》中杜少卿的爷爷就是状元，小说特别提到杜府花园有一座杜老状元的赐书楼，十分气

状元牌匾

派。楼前一个大院落，一座牡丹台，一座芍药台。还有两棵很大的桂花树，正开得繁茂。桂花树取蟾宫折桂、高中金榜之意。中状元称为"大魁天下"，是士子的最高荣誉。高高地站在科举功名的金字塔尖，状元备受瞩目，在通俗文学以及民间文化中影响极大，尤其是古代小说表现出非常浓厚的状元情结，具体表现如下：

---

① 萧源锦：《状元史话》，重庆：重庆出版社2004年版，第51页。

1. 热衷于状元题材

古代小说尤其是明清小说津津乐道状元故事，对状元题材兴趣浓厚。这种现象又可以分为四种情况：

（1）以状元为主人公的小说题材众多。据我们统计，至少有306 部（篇）明清小说以状元为主人公，包括《醒世恒言》第二十五卷《独孤生归途闹梦》、《拍案惊奇》第二十八卷《金光洞主谈旧变　玉虚尊者悟前身》、《龙图公案》第七十五则《屈杀英才》，以及《唐钟馗全传》《平山冷燕》《红楼幻梦》《续红楼梦新编》《红楼圆梦》《雷峰塔奇传》《孽海花》等，囊括历史演义、公案、英雄传奇、世情、神怪、才子佳人、艳情、谴责与狭邪小说等，涉及中国古代小说所有流派与类型。

（2）对关于非小说主要人物的有关状元的故事情节也津津乐道。即使要塑造的主要人物形象不是状元，小说家也会突发兴致，暂停主要人物的故事发展，把焦点移至状元身上，尽情渲染一番，以至于喧宾夺主。如《混唐后传》第十七回、十八回用了大量篇幅来叙述状元秦国桢在殿试之后因离奇艳遇而缺席传胪大典，引起满城搜寻状元的闹剧。《儿女英雄传》第三十六回突然杀出个江苏状元，其荣光反而盖过仅中探花的主人公安骥。另如《品花宝鉴》中的田春航、《洪秀全演义》中的刘继盛、《海公大红袍》中的严嵩、《绣戈袍全传》中的毛天海等，尽管他们都不是作品主人公，但当小说讲到这些状元时，顿时笔下生花，文采灿然。即使是严嵩这个千夫所指、作品着力鞭笞的大奸臣，在荣膺状元时也暂时获得了作者的"赦免"，在故事中大放了一回异彩。

（3）在改编题材中改换或加入状元形象。一些原本不是状元的神话形象和历史人物到了小说中摇身一变成了状元，如钟馗与黄巢。钟馗之名早在《周礼·考工记》与《礼记·玉藻》中就已出现，但早期的钟馗故事十分简略。到了北宋，沈括的《梦溪笔谈·补笔谈》是现存最早的有关钟馗降鬼故事的完整记载，钟馗向皇帝奏称："臣钟馗氏，即武举不捷之士也。"① 到了明代万历年间，陈耀文的《天中记》中，钟馗自我介绍说："臣终南进士钟馗也。因武德中应举不捷，羞归故里，触阶而死。"《梦溪笔谈·补笔谈》所载为武举，《天中记》说是文举，且明确是进士。同样是万历年间刻印的《唐钟馗全传》中，钟馗已被改成状元，但皇帝嫌其长得太丑，黜落不用。此后，钟馗与状元结下了不解之缘。康熙时的《斩鬼传》和乾隆时的《平鬼传》等小说都沿用钟馗的状元头衔。从最早时一无所有的草民，到宋代落第的武举考生，再到明代《天中记》中的文举进士，最终到《唐钟馗全传》《斩鬼传》《平鬼传》中的状元，钟馗步步高升，直达科举功名的巅峰，甚至生前与状元无缘，死后也得到追封。可见古代小说浓厚

---

① （宋）沈括：《梦溪笔谈·补笔谈》附卷三《杂志·钟馗》，南京：江苏古籍出版社 1999 年版，第 40 页。

的状元情结。

黄巢也是如此。《旧唐书》与《新唐书》都说黄巢只是一个好武的盐贩，与科举搭不上边。但司马光的《资治通鉴》称黄巢"屡举进士不第"①。到了明代的历史演义小说《残唐五代史演义传》，黄巢变得"博览经史，精熟武艺""入场试毕，果中武举状元"。从史书所载的盐贩变成"博览经史"的武举状元，小说家鲜明的状元情结又可一见。又如冯梦龙的《醒世恒言》第二十五卷《独孤生归途闹梦》，改编自唐代薛渔思的《河东记·独孤遐叔》。在原著中，独孤遐叔只是进士，到了明代的小说中便成了"御笔亲题状元及第"。另如《浓情快史》中的狄仁杰，《海公大红袍》中的严嵩，历史上的真实人物都不是状元，但在小说家的笔下都摇身一变成了状元。

（4）小说续书喜好添加状元形象与状元题材。许多小说原著并无状元形象与状元题材，但后来的续书却钟情状元形象，津津乐道状元故事。如《红楼梦》本无状元，贾宝玉与贾兰都只是举人。《红楼梦》的续书系列却是状元层出不穷。《后红楼梦》的姜景星、《续红楼梦》的贾芝、《绮楼重梦》的贾兰和贾小钰、《红楼圆梦》的甄潇雨、《红楼幻梦》的林琼玉等人，都是状元。其中，贾芝、贾小钰、林琼玉都是"三元"（解元、会元、状元）。

① （宋）司马光：《资治通鉴》卷二五二《僖宗乾符二年》，北京：中华书局2007年版，第8180页。

这些续书被写成了一部部"状元列传"与状元成长史。

2. 浓墨重彩地夸饰状元尊荣，尽情抒发作者的赞叹与艳羡

渲染状元荣宠是作者的着力点与作品的重要卖点，特别是在艺术上乏善可陈、叙述上过于粗糙的小说中，对状元的描绘成了极为难得的亮点。《锦香亭》第三回《琼林宴遍觅状元郎》极力夸饰"说不尽琼林宴上的豪华气概"，铺陈钦赐状元游街的无上荣耀。场面描写细致，正面描写与侧面烘托相互照应，一扫前文散漫、粗糙的弊病，是作者最为用力的部分，可谓全篇的高潮与点睛之笔。另如《绣屏缘》第十四回《折宫花文才一种　夺春魁锦绣千行》，用夸饰之笔渲染迎看状元的盛况，通过众人的言行细节来侧面烘托状元尊荣，尤其是牵出一段富贵姻缘，作者的艳羡之情更是溢于言表。随后的第十五回叙述了状元喜报传回赵云客的家乡后，家人、乡人与仇家的种种反应，又牵出一串故事，让读者顿感酣畅淋漓、扬眉吐气。浓墨重彩的字里行间洋溢出小说家浓厚的状元情结。

古代小说的状元情结除了表现为热衷渲染状元尊荣以外，还用游戏笔墨虚构出另类殿试传胪与"状元"尊荣，如《镜花缘》《绮楼重梦》《女开科传》等开女子科举，尤其是《女开科传》是最典型的一部"游戏科举"之作。小说的主要内容之一是讲述余丽卿等人模仿科举取士，在妓院举行考试的故事。第四回写道：

却说女状元倚妆，同了一班儿女进士轩轩昂昂，各骑着金鞍
白马，张了一把黄罗凉伞，都到宴上来。只见上头坐的是大总
裁、两房考，照席陪的是监临御史，两旁是一十七名新进士。中
间高结起一座五彩百花楼，楼下搭起一条仙桥。歌诗奏乐，大吹
大擂，好不热闹齐整。只这一席的大宴，不知哄动了多多少少的
百姓，老老小小，男男女女，都来玩耍观看。正是：不道宾兴能
骇俗，却传花案是新文。

作者的游戏之笔一方面是在讽刺现实中科举考试的种种黑
幕，另一方面也是对一群才貌双全、心志高洁的青楼女子的赞美
与敬佩。

3. 小说状元形象的超常化

浓厚的状元情结让小说家为塑造完美的状元形象而煞费苦
心，极尽所能展开奇思妙想。于是，状元形象远远超出明清状元
的史实与常态，造成强烈的反差：

（1）魁龄少年化。魁龄就是状元夺魁时的年龄。关于明清状
元的魁龄，据周腊生先生的《明代状元奇谈·明代状元谱》统
计①，在已知魁龄的 81 名明代状元（占明代状元总数的

---

① 周腊生：《明代状元奇谈·明代状元谱》，北京：紫禁城出版社 2004 年
版，第 183 – 187 页。

91.01％）当中：20—29 岁的 25 人，占总数的 30.86％；30—39 岁的 39 人，占 48.15％（其中 38 岁的 8 人）；40—49 岁的 13 人，占 16.05％；50—59 岁的 4 人，占 4.94％。明代最年轻的状元是费宏，20 岁。最老的状元是唐皋，58 岁。81 人的平均魁龄为 34.49 岁。魁龄以 30—39 岁的居多，约占一半。据《清代状元奇谈·清代状元谱》统计①，在已知魁龄的 75 名清代状元当中：20—29 岁的 18 人，占总数的 24％；30—40 岁的 43 人，占 57.33％；40 岁以上的 12 人，占 18.67％。清代最年轻的状元是于敏中、戴衢亨与潘世恩，都是 24 岁。最老的状元是王式丹，59 岁。75 人的平均魁龄为 34.25 岁。魁龄以 30—40 岁的居多，超过一半。状元作为科举功名的顶点，需要过五关、斩万将才能企及。漫长的备考，残酷的竞争，三年一次的等候，岁月催人老是科场常景。明代正德九年（1514）状元唐皋曾经屡试不第，乡人打趣他说："徽州好个唐皋哥，一气秋闱走十科。经魁解元荷包里，争奈京城剪柳多。"唐皋最后在 58 岁才夺魁，成为明代最老的状元。崇祯七年（1634）状元刘理顺，20 来岁中举，此后十一次参加会试，30 余年屡战屡败，夺魁时已经熬到 53 岁。

明清小说中的状元却呈现出超常的少年化。李百川的《绿野仙踪》第一回说："人若过了二十，中状元便索然了。"我们对明

---

① 周腊生：《清代状元奇谈·清代状元谱》，北京：紫禁城出版社 2004 年版，第 237–238 页。

清通俗小说中有明确魁龄的 50 位状元予以统计分析，18 岁的有 22 位，16 岁的有 8 位，两者占总数的 60%。超过 20 岁的仅有 7 位，只占 14%。这 50 位状元形象的平均魁龄为 18.16 岁，低于明清状元的平均魁龄约 17 岁。如果以古代男子二十岁举行冠礼，视为成年的话，那么小说中的状元绝大部分是未成年的少年。其中魁龄最大的是《海公大红袍》中的严嵩，"三十余岁"，但历史上的严嵩并未中过状元。《欢喜冤家》续第六回中的王华，二十四五岁，还不到明清状元最大魁龄的一半。而历史上的王华（1446—1522）在成化十七年（1481）中状元，时年 35 岁，到了小说中就年轻了 10 岁。至于魁龄最小的竟然仅有 13 岁（《如意君传》中的田文泉、《青楼梦》中的金吟梅），只有清代状元最小魁龄的一半左右。如果进行共时比较，就会造成小说中的状元与历史上的状元不是同一代或同一辈的人的感觉，存在着十分明显的差距。这种强烈的反差表现了明清小说家视"少年英才"为状元形象的重要条件。从状元魁龄的超常化，也深刻反映了明清小说的状元情结。

（2）才华超人化。与小说中的状元魁龄少年化形成鲜明对比的是他们的才华超人化。才华与年龄形成倒挂，超乎常规。明清殿试主要考策论，在此前的各级考试主要考八股文。如果排除其他非考试因素，明清状元首先要具备的是写作八股文与策论之才。衡量诸多因素，状元作为殿试第一，并不等于才华第一和以后的成就卓越。明清确实有一些才华横溢的状元，如商辂、谢迁、于敏中、王杰等人。但平庸者也大有人在，如韩敬、魏藻德、张之万等。在《明史》中有传的状元仅 38 人，不到总数的一半。在《清史稿》中有传的状元也仅有 31 人，不到十分之三。很多状元本身才能平庸，即使有很高的起点与较大的平台，但依然无所作为，碌碌一生。可见，状元与才华之间不能画等号。但在明清小说中，状元无不学富五车，才华横溢。很多人上知天文，下通地理，文学、经济、武艺甚至法术，无所不精，近乎神仙，让常人望尘莫及。《浓情快史》中的狄仁杰"学富五车，胸藏二酉"；《凤凰池》中的云剑"聪敏不凡，过目成诵"；《五色石》第六卷中的何嗣薪"幼为神童，当今第一名士"；《龙图公案·屈杀英才》中的孙彻"无所不精，无所不通"；《平鬼传》中的钟馗"学富五车，才高八斗"；《蕉叶帕》中的龙骧"学富五车，才雄七步"等。《如意君传》中的田文泉更是学得文武全才，安邦定国，功勋盖世。古代小说将大部分状元塑造成定乾坤、保国家、除奸佞、安民心的救世主。状元成了无所不能的超人与神仙。在这种才华符号与标志的背后，反映了古代小说浓厚的状元情结。

（3）境遇悲惨化。《孟子》曰："故天将降大任于是人也，必先苦其心志，劳其筋骨，饿其体肤，空乏其身，行拂乱其所为，所以动心忍性，曾益其所不能。"孟子之说深刻影响了古人的成才观与人生价值观，也影响了古代小说的状元塑造。要塑造超常、完美的状元形象，魁龄少年化与才华超人化是正面手法，而境遇悲惨化则是反面衬托。境遇悲惨化不仅能博得世人的深切同情，还能反衬出状元所获成就的不易与不凡。正所谓"沧海横流方显英雄本色"。这种境遇悲惨化又有以下两种情况：

首先，出身孤苦化。据笔者对明清状元家庭情况的不完全统计，只有明代的秦鸣雷幼时父母双亡。他们在夺魁时的双亲存世情况与其他进士并没有什么区别。但在小说中，孤儿出身的状元非常普遍。甚至在原作中本不是孤儿的，在小说中夺魁之前，大多要失去父母。冯梦龙《醒世恒言》第二十五卷中的状元独孤遐叔，在原作《河东记·独孤遐叔》中仅是进士，也没有交代独孤遐叔的父母情况。到了冯梦龙笔下变成状元的同时，其父母早已双亡。《海公大红袍》中的严嵩，在摇身变成状元之前也失去了父母。据笔者对明清小说中明确指出夺魁时双亲存世情况的 77 位状元的统计分析，其中父母双亡的有 20 人，占 26.0%；只丧父者 26 人，占 33.8%；仅丧母者 2 人，占 0.03%；父母双全者仅有 29 人，占 37.7%。小说中居然有近三分之二的状元出身孤苦，在失慈失怙中度过自己的苦难童年或青少年。尤其是丧父者有 46 人，占总数的 59.7%。即使是有些没有丧父的状元，也没能得到父亲的慈爱与庇护。如《鼓掌绝尘》"风集"中的舒萼，"幼丧母，父弃之"。《雷峰塔奇传》中的许梦蛟，父亲许仙早在他刚出生时就已出家为僧。父亲是家庭的顶梁柱，自幼缺乏父亲的保护与教导，孤儿寡母相依为命，这就是小说家要锤炼状元，反衬状元成就来之不易的第一步。

　　其次，经历波折化。古代小说常常将状元置于逆境，让他们在艰难困苦、九死一生中数逢绝境而后生，让他们去演绎"苦难是一笔财富"的人生真谛。状元们几乎没有一帆风顺夺魁的，从童试开始，总是伴随着小人拨乱、贪官陷害以及各种意外事故。即使在高中状元后，还屡屡遭遇奸臣逼婚、被贬等波折。如《二度梅》中的梅璧，父亲被奸臣卢杞诬陷杀害，自己又被锦衣卫追杀，四处逃亡。无奈之下，梅璧逃往岳父的任所仪征。不想岳父见利忘义，把书童错当作梅璧押解京师请赏，书童自杀。梅璧逃亡扬州，走投无路，意欲自尽，幸得僧人相救，进入陈尚书府。后又经历意中人被奸臣奏请与番王和亲，又随陈尚书被捕入狱。经过数度波折，最终考中状元，在帮助探花抗拒逼婚中斗倒奸臣，全家得以昭雪。这种状元受难情节在才子佳人小说中成为一种顺手拈来、屡试不爽的模式。

　　（4）爱情婚姻理想化。在中国历史上，唯一成为驸马的状元是唐武宗会昌二年（842）的状元郑颢。明清没有状元成为宰辅、大学士或军机大臣的乘龙快婿的记载。公主或宰相之女往往年幼时就许配给了勋臣世族之子，并在十六岁左右成婚。而明清状元的平均魁龄超过三十四岁，很多人熬到四五十岁才中状元。大多数状元已经结婚一二十年了，早已儿女成群，和待嫁公主或相女的年龄相差太大，基本上无联姻的可能。但小说中的状元婚姻状况却呈现出鲜明的理想化。其主要表现在两个方面：

　　首先，主要联姻对象是宰相、尚书等朝廷重臣之女。据笔者

唯一成为驸马的状元郑颢

统计，在明清通俗小说中明确指出联姻对象的 85 位状元当中，姻亲为宰相、太师、太仆、司空、尚书、翰林与巡抚等显宦者有 62 位，占 72.9%①。妻族地位最低的是《金石缘》中的金玉，岳父是位行医者。其次是《雷峰塔奇传》中的许梦蛟，岳父是个县衙捕快，但这是表兄妹指腹为婚。即使那些曾经被迫沦落风尘的状元夫人，原本也都有高贵的血统。

其次，自由恋爱而结婚。古代婚姻讲究"父母之命，媒妁之言"，极少能够自由恋爱成婚。尤其是在程朱理学盛行的明清时期，世家大族中的少年男女极少能有随意见面的机会，更别提进一步自由恋爱成婚了。但小说中，状元们总能在出游或赴考中寻访、邂逅与追求情投意合的佳人，在逾墙幽会与诗词唱和中立下山盟海誓、私订终身。这是一种极为理想化的爱情婚姻。而这种在现实生活中不可能存在的"优待"正体现了明清小说的状元情结。

---

① 胡海义：《逆反与顺应：明清通俗小说中的科举状元书写》，载《明清小说研究》2012 年第 3 期。

浓厚的状元情结造成了古代小说中的状元形象与历史事实大相径庭的反差现象。其实，状元的史实又直接影响了古代小说中的状元形象。除了逆反，还有顺应的一面。这主要表现在以下几点：

（1）明代状元录取注重外貌与明清小说状元形象的女性化。唐代不看重状元的外貌，如唐代宗大历十二年（777）的状元黎逢"气貌山野"，长得很土气也能中状元。宋代甚至有残疾人考中状元，如淳祐十年（1250）的状元方梦魁，右脚跛，左眼瞎。元代至正二年（1342）的状元陈祖仁，身材矮小，一目失明，相貌丑陋。但到了明代，状元注重以貌取人。状元似乎成了帝国的形象代言人，要对得起王朝的面子，颜值极其重要。别说是残疾人，就连相貌平平的也有可能被英俊潇洒者取代。这早在明代洪武四年（1371）首次殿试就开了先例。原拟为状元的郭翀因为貌丑被降为榜眼，英俊的吴宗伯被拔为状元。① 此类情况后来屡有发生。建文二年（1400），胡广以十足的帅气取代了初拟为状元的王艮，王艮因为外貌不够秀美而被降为榜眼。外貌取代才学成为状元最重要的录取标准。此事并不是偶发的个案。明英宗正统元年（1436），居然闹出了以貌误取状元的笑话。据《明清巍科姓氏录》卷上载，周旋位列一甲前三名，主考官、大学士杨士奇

① （明）查继佐：《科举志》，《续修四库全书》第321册，上海：上海古籍出版社2002年版，第525页。

想事先确认周旋的外貌来决定状元人选，再向皇帝推荐。由于永嘉周旋与淳安周瑄的名字读音相近，浙江人误听为是询问周瑄，于是回答说外貌白皙魁伟。这个误解让杨士奇把周旋列在第一，进呈皇帝。传胪之日，见面才知周旋的外貌十分丑陋，但已无法更改，于是"舆情怅然"。可见，把外貌作为录取状元的重要标准已经成为一种风气，时人习以为常，以至于误取状元时，大家都觉得十分遗憾。正统四年（1439），殿试初拟张和为状元，但为了避免正统元年误取貌丑状元的事再度重演，明英宗吸取教训，不再相信主考官的判断，而是特派贴身太监去张和的住所查看，发现张和眼睛生翳、昏花，便将其降为二甲一名，另将英武俊朗的施槃拔为状元。景泰五年（1454）殿试，丘濬初拟为状元，但最终因为貌丑同样被降为二甲第一。成化十四年（1478），误取貌丑状元之事还是再度重演了。首辅万安将相貌平平的曾彦误认为"秀伟尤异"而拟为状元，传胪后才发现看走了眼，后悔莫及①。弘治十二年（1499）殿试，丰熙的策论极佳，被初拟为状元，但他跛脚，仪容不佳，孝宗皇帝于是遗憾地把他降为榜眼，将原本位居第四，但长得"头大貌伟、洁白凝重"的伦文叙点为状元。明代朱国桢的《涌幢小品》说："先朝策士，凡鼎甲，圣上多密访而后定。"状元之貌就是圣上密访的重要内容。

----

① （明）陆粲：《庚巳编》卷九《曾状元》，北京：中华书局 1985 年版，第 187 页。

明代状元录取注重外貌的风气，造成小说中的状元形象普遍长得俊秀靓丽，呈现出鲜明的女性化特征。而唐宋时期的小说家并不注重状元形象的外表。如宋代话本《吕相青云得路》《王魁负心》等没有渲染状元之貌，对状元是否貌美并不在意。到了明清时期，受现实中状元录取注重外貌的风气影响，女性化状元形象十分流行。如《鼓掌绝尘》"风集"中的舒尊"目秀眉清，丰姿俊雅"；《平山冷燕》中的燕白颔"凝眸山水皆添秀，倚笑花枝不敢妍"；《幻中真》中的吉梦龙"美貌异常"；《浓情快史》中的狄仁杰"丰姿俊秀"；《红楼圆梦》中的林琼玉"丰姿俊美，性格温和"；《绣球缘》中的黄贵宝"秀气逼人"；《莹窗清玩花柳佳谈·碧玉箫》中的李素云"美才色，性爱花"。就连《龙凤配再生缘》中的武状元皇甫少华也是"貌美""秀眼"，《跻春台·双金钏》中的武状元常怀德"容貌俊秀"，缺乏英武之相与阳刚之气。最过者当属《锦香亭》中的钟景期，"生得人物俊雅，好像粉团成玉琢就一般"，小说使用"粉面""朱唇""十指纤纤"等词语，仿佛是在描绘一个美女形象。这些美貌状元在殿试中极具杀伤力，让他们的才学锦上添花，获得皇帝的青睐。外貌成为高中状元的重要条件。如《龙凤配再生缘》中，"成宗见郦君玉眉目清秀，超出众人，早存特拔之心，梁相知明堂稳点状元"。《闺门秘术》中，"天子见他三人皆在二十岁左右，真是少年秀俊，才品超群，心中大喜"，于是点为状元等。可见，女性化的秀美外貌成为状元夺魁最具竞争力的武器，美貌在很多时候成为状元录取的充分必要条件，与状元录取之间已经存在着某种因果关系。如果貌丑，即使才学再高也会被黜落。明清小说在改编旧故事时将原著中状元被黜的原因归咎为貌丑，如有关钟馗的小说。沈括《梦溪笔谈·补笔谈》与据唐代卢肇《唐逸史》辑录的陈耀文《天中记》都没有提到钟馗屡试不第的原因。到了《唐钟馗全传》中，钟馗的科举功名不仅被改成头名状元，而且说其被黜是因为皇帝嫌其貌丑。后来的《斩鬼传》《平鬼传》都是如此。再如《残唐五代史演义传》将黄巢由史书中的盐商拔为状元的同时，也说其随后被黜的原因是貌丑。在第三回《赤墙村黄巢出身》中：

　　帝问："那个是状元？"令孜奏曰："此人是状元。"僖宗一见黄巢，身长一丈，膀阔三停，面如金纸，眉横一字，牙排二齿，鼻生三窍，唬得魂不护体，半晌方定。僖宗大怒，将黄巢革退不用。当驾官说："朝廷嫌你丑貌，故不肯用。"黄巢退出朝门之外，默然叹曰："明诏上只说选文章武艺，不曾说拣面貌，早知昏君以面貌取人，我也不来。"

　　在小说中，因貌丑黜落状元最终导致黄巢起义，加速了唐朝的灭亡。

　　（2）状元录取的姓名忌讳造成小说中的状元姓名讲究吉祥如意。古代科举场上，迷信十分盛行，考官与皇帝最重吉祥词语，忌讳很多，对于大魁天下的状元姓名尤其看重。宋代就有皇帝为状元改名的先例。淳祐十年（1250）的残疾人状元方梦魁被赐名逢辰。绍兴五年（1135）的状元汪洋，赐改名应辰。如果说唐宋状元没有因为姓名犯忌而影响夺魁，甚至还可得到皇帝赐名的荣宠，那么在明清时期，状元的姓名已经成为录取的考虑因素。永乐二十二年（1424）殿试，明成祖初拟孙曰恭为状元，但由于他的名字竖排书写时正好合一"暴"字，犯了成祖的忌讳①。明成祖朱棣初为燕王，发动"靖难之变"夺下侄子建文帝朱允炆的皇位，并大肆屠杀报复。方孝孺、齐泰、黄子澄等均遭杀害，株连处死数万人。以暴政夺天下者最忌讳"暴"字。明成祖看中了邢宽的名字，"邢"与"刑"谐音，刑宽即仁政，是儒家歌颂的理想。这正中明成祖之下怀。又如嘉靖二十三年（1544）殿试，据《明清巍科姓氏录》卷上载，初拟为状元的吴情因谐音"无情"而触犯了世宗的忌讳，由状元降为探花。秦鸣雷则因姓氏巧合宫殿幡旗上的"雷"字，由一甲以外的进士擢为状元。这种以个人对姓名的好恶来决定状元的录取与黜落，在清代也发生过。光绪三十年（1904）殿试，传说读卷大臣进呈十本，朱汝珍名列第一。慈禧太后刚杀害珍妃，深忌"珍"字，又见朱为广东人，便想起洪秀全、康有为、梁启超、孙中山均广东人，大为震怒，即把第一名"朱汝珍"降为第二。又见刘春霖姓名中有一"霖"

---

① （清）李调元：《制义科琐记》卷一，北京：中华书局1985年版，第30页。

字，含有"霖雨苍生"之意，当年正值大旱，举国上下盼雨心切，遂钦定刘春霖为状元。①

受此风气的影响，除了据历史人物以外，明清小说中的状元姓名都颇为讲究。如《幻中真》中的吉梦龙、《雷峰塔奇传》中的许梦蛟、《绣球缘》中的黄贵宝、《跻春台·双金钏》中的常怀德、《孝感天》中的李天赐、《红楼圆梦》中的林琼玉、《闹花丛》中的庞文英、《定情人》中的双星、《金石缘》中的金玉、《听月楼》中的宣登鳌、《云中雁三闹太平庄全传》中的钟山玉等，用字选词大多注重吉祥如意。本应高中状元，因名字犯忌而遭黜落者在明清小说中也有。如《镜花缘》第六十七回中，唐闺臣被初拟为状元，但因武则天不喜欢他的名字而临时更换人选，本已到手的状元就因为姓名不合武则天的心意而丢掉了。

末科状元刘春霖

① 萧源锦：《状元史话》，重庆：重庆出版社 2004 年版，第 197 页。

（3）武状元不显，文尊武卑现象突出。与文举相比，武举不受重视。明代武举的正式开设实际上是在弘治六年（1493），比明代第一科文举晚了一百三十余年。至于明代第一科武举殿试直至崇祯四年（1631）才举行①，明代第一个武状元的诞生时间比文状元整整晚了二百六十年，一个在王朝之始，一个已经到了王朝末年。武状元的仕途也远不如文状元。明代武状元仅有少数人做到高官，与五分之一的文状元入阁拜相相比，差距相当大。武状元的名气普遍不大。时人对武举的记录很少，就连武殿试有多少榜现在也很难确切地知道了。

清代赐予武举人的牌匾

---

① （清）稽璜：《选举考·武举》，《文津阁四库全书》第208册，北京：商务印书馆2005年版，第326－327页。

现实中状元文尊武卑的现象十分突出，这也深刻影响了明清小说中武状元的形象塑造。首先，小说中武状元的数量远少于文状元。据笔者统计，明清通俗小说中共塑造了93位主人公状元形象，其中文状元有81位，武状元只有9位，身兼文武状元的有3位。即使加上身兼文武状元者，武状元也只有12位。其次，小说中武状元的形象远不如文状元的生动、丰满。文状元大多形象生动饱满，光彩照人，倾注了作者不少的心血。武状元的形象则粗糙简单，比文状元大为逊色。即使在同一作品中，后者也不如前者生动、丰满。如《龙凤配再生缘》中，武状元皇甫少华就不如文状元郦君玉那样血肉饱满、栩栩如生。再次，武状元需要以文才为自己增光添彩。小说在塑造武状元形象时总是不忘强调他们的文才，先谈文韬，再讲武略。如《跻春台·双金钏》中的武状元常怀德，"习文兼能习武，半日讲书作文，半日跑马射箭，举镫提刀"。把文才排在武艺之前，诸多描写显然是针对文状元的笔法。再如《残唐五代史演义传》，首先描写黄巢"博览经史，精熟武艺"，而"身长一丈，膀阔三停"等优秀的武士素质则认为是与文质彬彬绝不相类的缺点，显然是不符合文状元的审美标准而遭黜落。可见，小说家总是站在文状元的角度去审视武状元。最后，文状元的功劳总是高于武状元，后者居于附庸地位。这在那些同时出现文武状元的小说中最为明显。如《龙凤配再生缘》中武状元皇甫少华跨海出征，冲锋陷阵，战功累累，但与文状元郦君玉比较就相形见绌了。郦君玉官拜丞相，处一人之下、万人之上，并且主试衡文，在皇甫少华中武状元过程中起了关键作用，是皇甫少华的座师。郦君玉在战争中运筹帷幄，主持大局，这是一位只是执行战术任务的将军所不可比拟的。

（4）明清状元的家世与小说中状元的出身。周腊生先生在《明代状元奇谈·明代状元谱》中考察明代状元的家世后得出："明代状元中，家道殷实的是大多数，有的是世代官宦，有的是当地望族。"据周腊生先生统计，清代 114 位状元中，夺魁时其祖辈、父辈或兄长担任过或正在担任县令以上官职的，至少有 35 位，约占总数的十分之三。出身于殷实大户的至少有 28 位，约占状元总数的四分之一。清代状元出身寒门的也不多。明清通俗小说中的状元出身也较高，在明确指出家世的 88 位状元中，有王侯将相、尚书侍郎、翰林御史等显宦背景的有 42 位，占47.7%；标明父亲是进士，但没有言及官职的有 11 位，占12.5%；父亲为刺史、给事中、司封、功曹等中低级官员的有 16 位，占 18.2%。这三类共有 69 位，占总数的 78.4%。

（5）明清状元的地理分布与小说状元的籍贯。明清时期的状元主要来自江浙地区。明代 89 位状元，来自南直隶的有 24 位，占总数的 26.97%；浙江 20 位，占 22.47%，两地合计约占总数的一半。清代 114 位状元，来自江苏的有 49 位，占总数的42.98%；浙江 20 位，占 17.54%，两地合占总数的 60.53%。在盛产状元的江浙地区，又以苏州、杭州两地最为繁盛。明代苏州出了 8 位状元，占全国的 8.99%。清代产生状元 114 位，其中苏

州 29 位（含太仓州 5 位），占清代总数的 25.44%。由解元、会
元到状元连中三元者，明代仅有商辂 1 人，为浙江淳安人；清代
仅 2 人，苏州人钱棨就是其一。清代杭州也有 5 位状元，也是居
于前列。

明清通俗小说中的状元籍贯同样集中于江浙地区。据笔者统
计，在小说里明确指出籍贯的 76 位状元中，江苏籍有 23 位，占
30.3%；浙江籍有 17 位，占 22.4%；两地共有状元 40 位，超过
总数的一半。《儿女英雄传》是一部着力歌颂京城旗人的小说，
对主人公汉军旗人安骥钟爱有加，但写他参加殿试时也不好意思
将他冠以状元，只让他中了探花，而状元则是江苏人奚振钟，榜
眼是浙江人童海晏。明清通俗小说中的苏州状元有 11 位，占总
数的 14.5%。杭州状元有 9 位，比例也高达 11.8%。可见，受明
清状元的地理分布的影响，明清通俗小说中的状元籍贯也集中于
江浙地区。

（6）清代殿试注重书法与小说中状元的书法禀赋。清代状元
之选，除策论外还兼重书法。这与清代的几位皇帝，如顺治、康
熙和乾隆等人爱好书法密切相关。据清代王士禛的《分甘余话》
记载，"本朝状元必选书法之优者"。顺治皇帝喜欢欧阳询的书
法，邹忠倚、孙承恩等状元就是因为精于欧体而被点中的。康熙
皇帝喜欢王羲之、王献之的书法，归允肃、蔡升元、汪绎等状元
因此而被看中。康熙三十年（1691）殿试，初拟吴昺为状元，戴
有祺为榜眼。但康熙实在太喜欢戴有祺的书法，戴有祺最终取代

吴鼒成为状元。可见，书法也成为状元夺魁的重要因素。此风愈
演愈烈，至嘉庆、道光年间发展成以楷书之法取士。咸丰、同治
年间的陈康祺在《郎潜纪闻》中记载："近数十年，殿廷考试专
尚楷法，不复问策论之优劣。"① 殿试已经发展到不看策论内容，
唯求书法形式的极端，书法成为录取状元的关键甚至是唯一的标
准，殿试成了书法比赛。于是，清代的状元书法家层出不穷，
《中国古代书法家辞典》收录有清代的状元于振、于敏中、马世
俊、王仁堪、王世琛、王杰、王敬铭等51人，蔚为大观。清代殿
试注重书法之风使得清代小说中也塑造了许多状元书法家，这在
以前的小说中是极为罕见的。如《闺门秘术》中，李大椿与华兆
璧先后高中状元，其楷法起了关键作用。《五色石》第六卷，何
嗣薪的书法最好，这是他高中状元的关键。《熙朝快史》第六回
有一个反面事例，梦花的八股义虽然写得好，但楷法不佳，所以
两场都考不中。

　　（7）明清状元的仕途显赫与小说中状元身居高位。殿试传胪
之后，状元会授予"翰林院修撰"的职位，直接进入翰林院，而
二三甲的进士还要参加庶吉士考试或朝考，成绩前列者才能选为
翰林院庶吉士。明代大部分时期遵循"非进士不入翰林，非翰林

---

　　① （清）陈康祺：《郎潜纪闻·二笔》卷十一，北京：中华书局1984年版，
第522页。

不入内阁"的规则①。以状元为首的庶吉士从入翰林院那一刻起，已经被视为未来的宰辅重臣。据周腊生先生统计，明代的内阁大臣总计约 190 位，其中状元出身的有胡广、商辂、申时行等 17 位，约占阁臣总数的十分之一，约占状元总数的五分之一。清代状元的仕途也很显赫。官至大学士、协办大学士等宰辅之位的状元有 14 位，官至部、院大臣的状元有 21 位。受此影响，小说中的状元也无不身居高位，大多封王拜相。据笔者统计，在明清通俗小说中，除了尚未授职就被黜落的状元，如《残唐五代史演义传》中的黄巢、《唐钟馗全传》等小说中的钟馗等人，以及仕途尚未达到巅峰就英年早逝，如《新锲全像唐三藏西游释厄》中，除被害于赶任江州州主途中的陈光蕊以外，其他 87 位状元仕途光明，其中有 43 人升至宰相，约占总数的一半，远超过明代曾任内阁大臣的状元所占明代状元总数的比例，封王列侯者有 13 位，占 14.9%，其余基本上属于各部尚书、节度使、中郎将等显宦。

从以上七个方面可以看出，明清状元的现实对小说状元形象塑造的深刻影响。状元在科举时代影响深广。即使在科举制度废除以后，"状元"一词仍被频繁使用和广泛传播，渗透到了日常用语当中，耳熟能详，如高考状元、种田状元、养猪状元、销售

---

① （清）张廷玉等：《明史》卷七十《选举志二》，北京：中华书局 1974 年版，第 1703 页。

状元、"三百六十行，行行出状元"等。"状元"一词还渗透到生活习俗、饮食起居等各个领域，成为民俗文化的重要组成部分，如"状元筹"是一种消遣娱乐的骨牌，名为"状元红"的物品有荔枝树、牡丹花、菊花、果酒等，都是名优精品的雅号。状元文化至今还有着旺盛的生命力，还在不断地丰富与传播。在这个过程中，古代小说起了不可忽视的作用，尤其是明清通俗小说对状元文化的繁荣有着巨大的推动作用。

小说不仅扩大了状元文化的影响，而且丰富了状元文化的内涵。状元事迹经过明清小说家的敷演整合，赋予了许多新的内涵。主要有两个方面：

首先，状元是出类拔萃的才子，象征同类事物中的佼佼者。古人对"状元"还经常使用一些别名和代称，如状头、状首、榜首、冠首、鼎元、殿撰、殿元、廷魁、射策第一、廷试第一、胪唱第一、巍科第一、廷试首冠、独占鳌头、大魁天下、殿试大魁等，丰富多彩的称谓都表达了一个意思，即状元是第一才子。如前所述，明清小说将"状元"阐释得十分生动形象，将状元之才超人化。

其次，状元是道德楷模与品行标兵。明清小说中涌现了许多品行高洁、不畏强权的状元。宋元的戏曲当中有一类"负心"题材，其中的状元大多是薄情寡义、追求权势的负心汉，如《王魁负心》《张协状元》等。到了明清时期，这些负心状元被改成了多情重义之人，状元被赋予了新的人格内涵。在明清小说当中，状元在及第后并不喜新厌旧，总是惦记着与情人重逢成婚。状元们不但不会像宋元小说戏曲中的状元那样见利忘义，而且在权臣逼婚时严词拒绝，大义凛然，即使遭受贬谪也毫不屈服。《跻春台·双金钏》中的状元常怀德，宰相严嵩欲招其为婿，怀德说："糟糠之妻不下堂，不敢背义。"严嵩恼羞成怒，奏请皇帝命令他带兵出征，从而设计陷害。怀德慷慨陈词："大丈夫为国忘家，那计利害，怕他怎的！"塑造出一位多情重义、不畏强权的状元形象。《金石缘》中的金玉、《听月楼》中的宣登鳌、《定情人》中的双星也被权臣逼婚，但都不愿背信忘情，在严词拒绝后或被命征西，或被贬。明清通俗小说中的绝大多数状元，心忧天下，安邦定国，如《龙凤配再生缘》中的皇甫少华、《跻春台·双金钏》中的常怀德、《金石缘》中的金玉、《如意君传》中的田文泉等，在国家需要时挺身而出，不畏艰难险阻，杀敌报国。

值得一提的是，小说的编撰成为体现明清状元才学、识见的内容之一，也是状元文化的组成部分。明清有不少状元编撰或评点过小说，如彭时的《可斋杂记》、秦鸣雷的《谈资》、李春芳的《海刚峰先生居官公案集》、张元忭的《槎闲漫录》、张懋修的《说统增订》等。尤其是被称为明代最博学多才的正德六年（1511）状元杨慎，著有《杂事秘辛》《江花品藻》《丽情集》《仓庚传》《金齿馀生录》等小说13种。万历十七年（1589）的状元焦竑也编撰了《明世说》《玉堂丛语》《焦氏笔乘》等多种小说。他还收藏《水浒传》，并将其借予小说评点家李贽，这在

《水浒传》传播史上是一件影响深远的大事。李春芳曾校对过
《西游记》。另外，明代永乐二年（1404）状元曾棨为李昌祺的
《剪灯余话》作序，肯定了小说的认识与娱乐作用。萧时中、钱
福、朱之蕃等状元也为《剪灯余话》《三教开迷归正演义》等小
说作序写跋。乾隆五十八年（1793）状元潘世恩手抄过《儒林外
史》，并写有《识语》。这些状元对提高小说的地位、扩大小说的
影响起到了一定的作用。

（二）洞房花烛与补偿心理

金榜题名与洞房花烛同属于世人艳羡追求的"人生四喜"之
一。《绣屏缘》第一回，赵云客发誓要"取天下第一种科甲，娶
天下第一种美人"，将这两大喜事结合在一起，相得益彰，说出
了很多科举士子执迷不悟的人生追求。但梦幻越是美妙，现实就
越是残酷。科举考试的竞争极为激烈，能金榜题名的毕竟只是极
少数，金榜闪耀下的洞房花烛往往只是一个虚无缥缈的黄粱
美梦。

翻开《儒林外史》，哀号盈耳，绝大部分举子屡试不第，穷
困潦倒。五十四岁的范进和六十多岁的周进，考了二三十年依旧
是个老童生，处境凄惨，生活无望。这二人还不是最惨的，毕竟
后来时来运转，最终还是挤进了科举功名的门缝。而权勿用从十
七八岁开始参加县试，考了三十多年，连一次也没有进入复试。

还有背负了近三十年秀才身份的倪老爹，科举并没有给他带来荣华富贵，他一生穷困潦倒，依靠与八股文毫无关系的修补乐器的技能来勉强糊口。因为科举考试存在着有限的名额与无限的考生之间的尖锐矛盾，绝大部分落第士子年复一年地准备着下一次的搏杀冲击，但何时是个尽头？随着时间的推移，累积效应造成越来越多的考生焦虑地从贡院进进出出，各级考试的录取率也逐次降低，总体的录取机会越来越渺茫。

古代小说尤其是通俗小说作者绝大部分是下层士子，地位低下，穷困潦倒。他们大部分没能中举，被挡在乡试的门外。毕竟中举后的社会地位与经济状况会有大的改观，也有了出仕机会。那么，与小说家的科举功名密切相关的乡试录取率如何呢？郭培贵先生在《明代科举各级考试的规模及其录取率》中统计得出："乡试录取率，明初一般在10%上下；成、弘间定为5.9%；嘉靖末年又降为3.3%；而实际录取率又低于此。"① 明初的中举率约为十分之一，竞争已是非常激烈，但随着时间的推移，录取率每况愈下。到了明末的崇祯朝，概率肯定在3.3%以下，远不及明初录取率的三分之一。这种情况即使到了清初也没能因为改朝换代的洗礼而得到长久的缓解。因为随着人口的增加，考试大军急剧膨胀，而录取名额却相对固定，两者的矛盾十分尖锐。我们以

① 郭培贵：《明代科举各级考试的规模及其录取率》，载《史学月刊》2006年第12期。

科举之风最为繁盛，同样也是盛产小说家的浙江与南直隶（清初的江南省，后来的江苏与安徽两省）为例，浙江乡试在明代中后期的录取名额一般是 90 个，到了清代为 94 个，大致相当。而南直隶在明代中后期一般维持在 135 人，该地区到了清代反而下降到 114 人。因此，乡试录取率在总体上必然呈现下降趋势，恶性循环越发严重，愈来愈多的考生被挡在了科举功名的门外。

就像明代著名文学家归有光在《送王汝康会试序》中描述的那样，在江南地区狂热的科举风气中，无数科举士子自幼苦读，但只有极少数人能够金榜题名。很多人一直考成了白发苍苍的老人，但还是不愿意放弃。由此，我们就不难理解《儒林外史》中周进、范进他们的人生道路与选择，那一幕幕让我们目瞪口呆的辛酸、屈辱、惨烈的场景，在当时其实是司空见惯的常态。"磨难天下才人，无如八股一道"①，八股取士的长年折磨，无疑给科举士子留下了极其浓厚的心理阴影。奥地利心理学家阿尔弗来特·阿德勒（Alfred Adler，1870—1937）在《超越自卑》中说："当个人面对一个他无法适当应付的问题时，他表示他绝对无法解决这个问题，此时出现的便是自卑情结。"对于小说家来说，"无法适当应付的问题"与"无法解决这个问题"就是科举屡试不第以及落榜带来的穷困屈辱。

---

① （清）伍涵芬：《读书乐趣》卷六，《四库全书存目丛书》子部第 157 册，济南：齐鲁书社 1995 年版，第 791 页。

　　古代小说家们热心科举，追求功名，但得意者少，失意者多。屡试不第导致经济十分窘迫，家庭陷入困境。著名小说家天花藏主人在《平山冷燕序》中感慨道："徒以贫而在下，无一人知己之怜；不幸憔悴已死，抱九原埋没之痛，岂不悲哉！"这种在穷困潦倒中饱尝世态炎凉与辛酸屈辱的痛苦感受是何其的强烈！另一位著名的小说家烟水散人在《女才子书叙》中的感触更为深刻：

　　回念当时，激昂青云，一种迈往之志恍在春风一梦中耳。虽然，缨冕之荣，固有命焉。而天之窘我，坎壈何极！夫以长卿之贫，犹有四壁，而予云庞烟障，曾无鹩鹑之一枝。以伯鸾之困，犹有举案如光，而予一自外入，室人交遍谪我……纕丝难染，徒生明镜之怜。若仍晤对圣贤，朝呻夕讽，则已壮心灰冷，谋食方艰。

　　"室人"在此指的是妻子。小说作者回想往事，恍然如梦。当年意气风发，以为博取功名如拾草芥。然而命运捉弄，屡试不第，穷困潦倒，家徒四壁。东汉的梁鸿家贫好学，不求做官，与贤妻孟光隐居霸陵山中，以种地织布谋生。妻子贤惠，能理解并支持梁鸿的选择，两人相敬有礼。相比之下，让小说家极为痛苦的是妻子及家人嫌弃他的贫困，冷嘲热讽，经常责备。这无异于雪上加霜，伤口撒盐，怎能不让人"壮心灰冷"？这种自卑心理使许多人丧失了生活的信心与热情。于是，这些小说家就会产生一种发泄与补偿心理。当他们多次受到轻视、嘲笑、侮辱时，其自卑心理就会大大加强，甚至以畸形的形式，如嫉妒、暴怒、谩骂等方式发泄出来。就如明末小说家周楫的《西湖二集》第一卷《吴越王再世索江山》讲述瞿佑写作小说《剪灯新话》的情况："真个哭不得，笑不得，叫不得，跳不得，你道可怜也不可怜！所以只得逢场作戏，没紧没要，做部小说……发抒生平之气，把胸中欲歌欲哭欲叫欲跳之意，尽数写将出来，满腹不平之气，郁郁无聊，借以消遣。"周楫和瞿佑都是杭州的才子，但人生坎坷，功名不遂，最后都成了著名的小说家。他们都是借小说这个酒杯来消愁，来浇化内心的块垒。

阿德勒说："人不能长期地忍受自卑感，它一定会使他采取某种行为，来解除自己的紧张状态，这就是补偿。"① 补偿心理是由个体的自卑感引起的、通过一定的行为方式所获得的心理满足或平衡感。它与自卑感是一种心理现象的两个方面。而且，缺陷感越大，自卑感越重、越敏感，寻求补偿也就越迫切，二者之间是一种正比的关系。心理学家认为，补偿可归为两大类：一是现实性补偿，即采取现实的手段改变环境，满足了自身的现实需要，从而消除自卑感，以达到心理平衡；二是精神性补偿，即通过心理内部的自我调节，以弥补心灵的缺失，使生理、心理由失

① ［奥］A. 阿德勒著，刘泗编译：《超越自卑》，北京：经济日报出版社1997年版，第96页。

衡达于平衡、和谐。一般来说，人在选择补偿手段时总是把现实性手段放在优先考虑的位置。但是，大部分小说家终身不第，无法获得现实性补偿，于是，就转而采取精神性补偿手段。精神性补偿手段是一种在想象中对自身需要的虚幻满足，来替代现实中的物质补偿，它能起到舒缓减压作用，使心理获得暂时的平衡，但实质上是一种虚幻的自我安慰。精神补偿的一个重要方式就是文学艺术创作。心理学家弗洛伊德认为："人们在生活中或是由于社会原因，或是由于自然原因，实现不了某些愿望，文学给予替代性的满足，使他们疲倦的灵魂得到滋润和养息。""文学家将自己的昼梦加以改造，化装，或删削写成小说和戏剧中的情景。但昼梦的主角常为昼梦者本人，或直接出面，或暗以他人为自己写照。"① 英国作家斯蒂文森直言坦诚道："当我在精神上遭受痛苦时，小说就成了我的避难所。"② 确实如此，小说创作能疏通情绪，排解怨恨愁苦，从而获得心理的安慰与补偿。

很多小说就是小说家在"春风一梦"中聊以自慰与功名补偿的精神产物。我们以才子佳人小说为例来谈谈这种补偿心理。天花藏主人在《平山冷燕序》中说："不得已而借乌有先生以发泄其黄粱事业。有时色香援引，儿女相怜；有时针芥关投，友朋爱

---

① ［奥］弗洛伊德著，高觉敷译：《精神分析引论》第五讲《初步的研究及其困难》，北京：商务印书馆 2009 年版，第 70 - 71 页。

② ［英］斯蒂文森：《书信集》，上海：上海译文出版社 1992 年版，第 62 - 63 页。

敬……凡纸上之可喜可惊，皆胸中之欲歌欲哭。"万般无奈之下，作者只好虚构纸上的惊喜故事来补偿现实生活中苦求不得的功名富贵。为了获得精神慰藉和心理平衡，针对自己在现实生活中功名不遂、婚姻不谐、穷困潦倒的窘境，小说家常常虚构一个个才高八斗、仕途得意的才子形象，并自封"风月主人，烟花总管"，以"检点金钗，品题罗袖"，从而在创作中寻求一种"飘飘然若置身于凌云台榭""可以变涕为笑，破恨成欢"的心理享受。这在清初著名小说家李渔的表述中最为深刻、真切：

予生忧患之中，处落魄之境，自幼至长，自长至老，总无一刻舒眉。惟于制曲填词之顷，非但郁藉以舒。愠为之解，且尝僭做两间最乐之人，觉富贵荣华，其受用不过如此。未有真境之为所欲为，能出幻境纵横之上者——我欲做官，则顷刻之间便臻荣贵；我欲致仕，则转盼之际又入山林；我欲做人间才子，即为杜甫、李白之后身；我欲娶绝代佳人，即作王嫱、西施之元配……①

①　（清）李渔：《闲情偶寄》，《李渔全集》第十一卷，杭州：浙江古籍出版社1992年版，第47页。

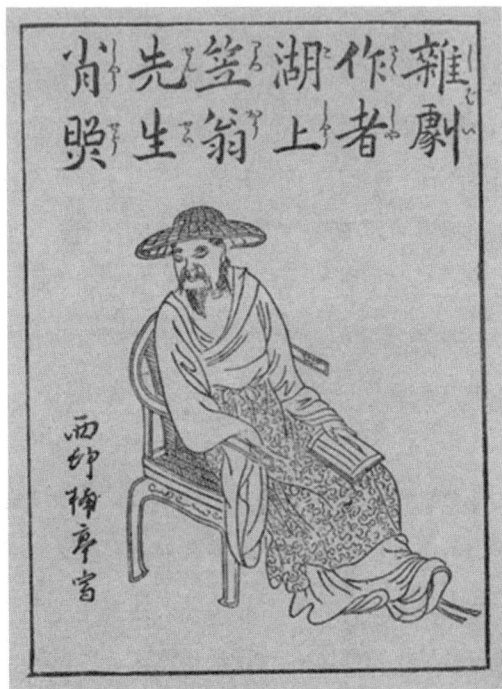

著名小说戏曲作家李渔

李渔（1611—1680），浙江兰溪人，崇祯十年（1637）中秀才，三次参加乡试都未果，于是放弃了举业。李渔说自己的一生充满了忧患，常常陷入落魄的窘境，苦多乐少，难有开心舒眉的时候，唯有借创作来抒发郁愤，获得心理的满足。在创作虚构的幻境中，想做官时就能立即荣华富贵；想退休时就能马上归隐山林；想做才子，即可成为李白、杜甫的转世化身；想娶美人，就能得到昭君、西施的青睐眷顾。在这些"飞花艳想"中，金榜题名与洞房花烛唾手可得。在这种补偿心理中，现实与梦幻交织，纪实与虚构掺杂，不是单一的结构，而是各种因素互补互济，主要是：

1. 佳人与寒士的互补

鲁迅先生说才子佳人小说"显扬女子，颂其异能"①，塑造了一大批博才多能、智勇双全、光彩照人的佳人形象。这些形象在现实生活中显然是不存在的。佳丽是小说家以江南才女为原型针对"黄粱事业"的梦幻需求，将所能想到的"洞房花烛"最佳对象的最全最优品质与理想中的才子性情进行优势互补，在艺术想象中重新"捏合"成新的才子佳人形象，来补偿现实家庭生活中的心酸无奈与尴尬窘迫。这种互补又具体表现为：

（1）佳人之色与才子之才的互补。《玉娇梨》第五回《穷秀才辞婚富贵女》中，主人公苏友白说："有才无色，算不得佳人；有色无才，算不得佳人。"《玉娇梨叙》也说"郎兼女色，女擅郎才"，将传统的佳人之色与才子之才进行互补融合，塑造出了完美的形象。这种将佳人之色移植到才子之身，又将才子之才移植到佳人之心的方法造成了才子容貌女性化、性格阴柔化，佳人才

---

① 鲁迅：《明之人情小说（下）》，《鲁迅全集》第九卷，北京：人民文学出版社 2005 年版，第 196 页。

学书生化、性情男士化。如《飞花咏》中的昌谷生得"面如春雪，艳若秋山"；《锦香亭》中的钟景期"丰神绰约，态度风流，粉面不须傅粉，朱唇何必涂朱……十指纤纤，犹如春笋"，女性化非常严重；《好逑传》中，即使是豪气干云、力胜千钧的铁中玉，也"生得丰姿俊秀，就像一个美人"。而且，这些才子大多性情柔和，温婉可人，俨然贤淑佳人。这种优势配比，取对方之长补己之短，才子与佳人的外部男女特征不甚明显，造成性别混同。不但屡屡出现的男扮女装不被识破，女扮男装也总能蒙混过关。如《平山冷燕》中佳人山黛，"性情沉静，言笑不轻……每日只是淡妆素服，静坐高楼，焚香啜茗，读书作文，以自娱乐；举止幽闲，宛如一寒素书生"。至于佳人才学书生化更加鲜明，她们个个才华横溢，琴棋书画与诗词文赋样样精通。性情男士化更是如此。《玉娇梨》的卢梦梨只是在楼头邂逅苏友白，便男装出门与之相会赠金，并自荐自媒，毅然决定终身大事。更让人惊叹的是，这些佳人常常以超人的勇气和胆识战胜邪恶势力。《玉支玑》中，管彤秀在母亲去世、父亲被迫出使海外的孤危形势下，以自己的胆识才智多次制服逼婚、抢婚的恶徒。《好逑传》中，水冰心勇与权臣、奸相等邪恶势力做斗争，其沉着勇敢、干练泼辣使人叹为观止，以至烟水散人感慨道："文士之胆，不如女子更险。"如此佳人显然是集合了文士、侠客之精华的理想形象。

（2）佳人之财与寒士之才的互补。在才子佳人小说中，才子的家庭出身与经济状况大多远不如佳人，佳人的相助成为寒士成就功名的重要条件，这正是屡试不第、穷困潦倒的小说家最为艳羡的。同时，寒士的才华与勤奋也是佳人的爱情婚姻理想最终如愿以偿的唯一途径。如《玉支玑》中的长孙肖，父亲早逝，母子相依为命，家无余财，穷得连回老家沧州的路费都凑不齐，被迫滞留浙江青田长达十年之久。而管小姐的父亲在二十多岁就中了进士，仕途显赫，四十多岁就做到了礼部侍郎（礼部就是朝廷主管科举考试事务的机构）。长孙肖的老母平时依靠管小姐帮助赡养，更别提其本人进京赶考等诸多费用了。《赛红丝》中宋石也是家徒四壁，穷得只好典押几本书去买几个点心，给年老多病的父亲充饥。裴芝父亲做过吏部给事中，宋石在佳人的资助下才得以安心读书，考取功名。《麟儿报》中的廉清，家里靠磨豆腐、卖酒为生，贫寒穷苦。佳人幸昭华的父亲做到礼部尚书，慷慨相助廉清上学。《巧联珠》中的茜芸更是用私房钱帮助闻生纳监。可以说，如果没有佳人家庭的帮助，寒士别说金榜题名，就是养家糊口也是捉襟见肘。寒士成功的背后离不开佳人的经济支持。否则，寒士之才终将无从施展。

同时，佳人多出身于高门大户，求婚者如过江之鲫，但所遇非人也不乏其例，要找到心仪的才俊实属不易。正如《玉娇梨》中的卢梦梨所说："不知绝色佳人，或制于父母，或误于媒妁，不能一当风流才婿，而饮恨深闺者不少。"佳人要弥补这种遗憾，就要靠才子寒窗苦读。不仅才子有科举及第、实现人生抱负的理想，佳人也有参与应试以彰显自我，或据此让父母答应自主婚姻的殷切期望。因此，金榜题名是才子与佳人共同的事业。《人间乐》第一回，居敬在感叹女儿掌珠的遗憾时说："若是个儿子，读我父书，自是功名唾手可得，如今是个女孩子，虽具聪明，只觉无益。"《平山冷燕》中山黛也非常遗憾地说："只可惜我山黛是个女子，沉埋闺阁中。若是一个男儿，异日遭逢好文之主，或者以三寸柔翰，再吐才人之气，亦未可知。"巾帼英雄无用武之地，佳人不能参加科举考试的遗憾唯有在才子身上获得补偿。所谓夫贵妻荣，于是她们把科举及第的希望寄托在才子身上，强烈要求和大力支持才子赴考。《玉娇梨》第十四回，卢梦梨勉励苏友白说："千秋才美，固不需于富贵，然天下所重者功名也。仁兄既具此拾芥之才，此去又适当鹿鸣之候，若一举成名，则凡事尽易为力矣。"《定情人》第六回，江小姐激励双星说："惟功名是一捷径，望贤兄努力。"穷困潦倒的小说家们怎会不梦想有一位家世显赫的佳人在物质上慷慨解囊，在精神上激励抚慰，以帮助自己"奋志青云"呢？

（3）佳人之能与才子之才互补。才子佳人小说中的才子之才，主要表现在擅长诗词和精通八股文，这在复杂的社会生活中显然属于脱离现实的低能与虚才，所以在才子佳人小说中，大多数才子在吟诗作词时出口成章，考场号舍中下笔有神，除此之外很难看到他们彰显价值的精彩场面，反而表现出性格懦弱、遇事惊慌。如《定情人》里的双星被丫鬟一句话吓得晕了过去。《英云梦》中的王云被困山寨，幸亏英娘冒险相救才得以脱身。但他完全没有顾及自己逃脱后，英娘会面对怎样的险境。一些才子们经不起打击，也毫无应对之策，遇见问题大都溜之大吉，把难题丢给佳人。佳人常常在才子遇到麻烦时来收拾摊子，解决问题。佳人们对社会现实、人情世故的透彻感悟与独到见解令人惊叹，上至军国大事，下至家庭琐屑，无不体察入微，见微知著，表现出敏锐而又深邃的洞察力，更有一种运筹帷幄、决胜千里的从容气度。《玉娇梨》中的白红玉能准确预见父亲的政治危机，而父亲本人却浑然无知。《两交婚》的甘颐追求辛小姐时束手无策，最后还是青姐设计使甘颐接近辛小姐，并且帮助甘颐猜中假嫁哑谜，最终抱得美人归。如果没有青姐的帮助，甘颐只是一个灵性不通的蠢汉，空有一片痴情也只能徘徊在辛家大门之外。但是，这并不能说佳人之能就能包办一切，就能代替才子之才。佳人之能是解决具体问题的灵丹妙药，是成功的战术武器。没有佳人苦心积下的"跬步"，让一个个具体问题得以成功解决，也就没有才子最终金榜题名的"千里青云"；才子之才是解决终身大事的唯一钥匙，是强大的战略武器。没有最终的金榜题名，佳人的良苦用心只会功亏一篑，无果而终。它们是一种互补的关系，缺一不可。

（4）佳人之义与才子之情互补。在小说家补偿心理的促使下，才子佳人不仅要有才有貌，而且要有情有义，有不计贫贱、同甘共苦的美德。其中，才子重情，佳人尚义。《玉娇梨》第五回，苏友白说："即使有才有色，而与我苏友白无一段脉脉相关之情，亦算不得我苏友白的佳人。"《定情人》中的双星也说："若夫妻和合，则性而兼情者也。性一兼情，则情生情灭，情浅情深，无所不至，而人皆不能自主。必遇魂消心醉之人，满其所望，方一定而不移。"双星还表示，如果没有遇到钟情之人，宁愿单身一世，也绝不迁就。才子们强调两情相悦，把"情"提升到一个无与伦比的高度，这在理学与礼教盛行的明清时期实属难得。佳人注重情，但更强调义。《两交婚小传》中，甘梦认为择偶应该不计贫富贵贱，也不问好丑，只要有才有情就甘愿从嫁，否则，"虽拥王侯之贵，以势相加，有死而已，绝难从命"。在爱情婚姻面前，坚贞执着，大义凛然。《金云翘传》中，金重在与王翠翘约会时，意乱情迷，想有肌肤之亲，但翠翘断然拒绝这种轻狂之态，义正词严，晓之以理，说得金生自惭形秽，羞愧不已，再也不敢萌生此念。佳人追求的是一种高尚、纯洁的爱情，无论如何山盟海誓、私订终身，她们总能守身如玉，发乎情止乎礼。

2. 金榜与花烛互补

在明清时期，科举功名不仅决定士子的政治前途、社会身份与经济状况，甚至还与婚配嫁娶、家庭地位密切相关。清初文人蒋适国屡试不第，因贫穷而错过结婚年龄，直到四十六岁才娶妻钟氏。小说家们大多屡试不第，穷困潦倒；对"室人交遍谪我"

的羞愧、贫穷夫妻百事哀的痛苦，小说家们深有体验，刻骨铭心。但金榜题名只是缥缈的梦幻，画饼终究不能充饥。对于家庭生活而言，远水救不了近火，对佳人的期盼似乎更加现实。在小说中，金榜是花烛的前提与途径，花烛是金榜的目标与价值体现，这种互补关系让小说家们的补偿心理常常陷入了一个"是鸡先生蛋还是蛋先孵鸡"的苦恼之中。

小说中的才子言论常常流露出重婚姻、轻功名的观念。如《女开科传》中的余丽卿认为科举功名是"朝荣夕落"之物，昙花一现，不足为惜，"得之，不足为荣；失之，不足为辱"。但如果"不娶一个有才有色、有情有德的绝代佳人终身相对，便做到玉堂金马，终是虚度一生"。《玉娇梨》中的苏友白道："不要把富贵看得重，佳人转看轻了。""若是夫妻之间不得一有才有德的绝色佳人终身相对，则虽玉堂金马，终不快心。"不少才子看似无意功名，而把求娶佳人作为人生的首要目标。那么，我们能不能据此认为小说家具有注重婚姻而鄙薄功名的思想呢？肯定的回答显然是皮相之论。才子们的高谈阔论其实只是小说家欲扬先抑、欲擒故纵的手法，落笔之处还是渲染科举功名，因为只有金榜题名才能带来洞房花烛，才子们对于其中的因果关系看得十分清醒、透彻。《麟儿报》中，当幸昭华听说廉清不专心举业时，"甚是不悦"，并且"细细规谏"道："望郎君早占龙头，以谐凤卜。不意郎君一味恃才，无人入眼，竟不以小妹为念，功名存心……良人自污于此，小妹之终身却将谁望？"廉清当即答道：

"小姐规箴至此，爱我实深……至于经纶之学，不瞒小姐说，愚兄久已蕴之胸中，取功名直如拾芥耳……秋风不远，幸贤妹拭目待之。"于是"二人表明心迹，彼此欢然"。原来大才子廉清的狂放不羁并不是庐山真面目，经纶之学早已蕴于胸中，欲扬先抑的手法只是为了渲染才子"取功名直如拾芥耳"，着实让佳人虚惊一场。小说的目的就是要让读者对才子高中金榜寄予更大的阅读期待。正如鲁迅先生评价才子佳人小说"求偶必经考试，成婚待于诏旨"，许多婚姻是通过金榜题名、皇帝赐婚实现的。才子佳人的婚姻尽管以爱情为基础，但若无才子及第，就不能赢得父母之命与夫贵妻荣，婚姻与爱情只能处于分离状态。于是，即使是放浪形骸、特立独行的文人狂士，在处理金榜与花烛的关系上终究不能免俗。《平山冷燕》中燕白颔说："她若嫌我寒士，我明年就中个状元给她看，那时就不是寒士了，她难道不肯?"《生花梦》说"两榜若是标郎姓，洞房花烛自生春""未相偎花烛洞房娇，先消受金榜挂名高"。可见，小说家通过才子之口大发一些超然物外的惊世宏论，苦求功名不得而大发牢骚的心态反而昭然若揭，因为背后的实际行动与残酷现实远不如高谈阔论那么潇洒超脱。

3. 诗词与时文互补

唐代是诗歌的黄金时代，诗歌在相当长时期的科举考试内容中占有重要地位。作诗是科举士子非常重要的必修课，诗歌创作的社会风气与氛围十分浓厚。宋代也有一段时间以诗赋取士①，但王安石改革科举制度以后，形成了长期的经义与诗赋之争。经义是以儒家经典中的文句为题，考生写作文章来阐明它的义理。经义逐步占据主导地位，而诗赋越来越轻，时兴时废，最后退出了科举。元明两代不考诗歌，造成很多刚登第的进士拙于作诗。而清代乾隆年间开始考试帖诗，这是与文学创作大异其趣的"八股诗"。明清以八股取士，小说家们功名蹭蹬、穷困潦倒就是因为被八股文所阻。因此，小说家们对于这种自幼就开始苦练的文体，可谓是爱恨交集。小说家们对文人喜爱但不能带来功名的诗词欲扬又抑，对文人厌恶但能带来功名的八股时文却欲恨又爱。于是，这种复杂的态度在小说中就表现为才子们显文才时诗词泉涌，寻功名时八股高标，两者互补，缺一不可。

　　小说家常常表现出特别钟情诗词而厌恶时文。《水石缘序》评道："其诗歌词赋俊逸清新，趣语笑谈风流大雅……夫著书立说，所以发舒学问也；作赋吟诗，所以陶养性情也。今以陶情养性之诗词托诸才子佳人之吟咏，凭空结撰，兴会淋漓，既足以赏雅，复可以动俗。其人奇，其事奇，其遇奇，其笔更奇。"《平山冷燕》第九回，燕白颔对主持考试的御史大人王衮说："制科小艺，不足见才。若太宗师真心怜才，赐以笔札，任是诗词歌赋，

_____

① （元）脱脱等：《宋史》卷一五五《选举志一》，北京：中华书局1977年版，第3604页。

鸿篇大章，俱可倚马立试，断不辱命。"慷慨陈词中显示出对八股文的鄙薄与对诗词歌赋的尊崇及自信，只会作八股文而不擅长写诗的进士窦国一就成了讥讽的对象。《人间乐》中许绣虎更是旗帜鲜明地反对八股文："于八股中去求生活，何其愚也！"

诗词在小说中有两大作用。其一是作为衡量才子的量器与鉴别真假才子的试金石。《两交婚》中，辛祭酒看了甘颐的诗歌后大加赞叹，并预测其很快就会进士及第，进入翰林院。《玉娇梨》中，白太玄看了被张轨如窃用、实为苏友白写的词曲后，大发感慨说："此曲用意深宛，吐辞香俊。先生自是翰苑之才。"于是延请张轨如为家塾教师，但张轨如后来的拙劣表现与先前的精美词曲明显不符，诗词让假才子终露马脚。其二是作为表达爱情的途径和赢取芳心的工具。男女情意首先是通过诗词来表达与获得的。鲁迅先生说："才子和佳人之遇合，就每每以题诗为媒介。"① 一种情况是才子（或佳人）出游，题咏于壁，佳人（或才子）互相唱和。男女双方的才华和情思在诗词中都得到尽情地抒发，爱情由此产生并越来越浓。另一种情况是佳人选婿，在众多才子中间通过考较诗词，然后确定对象，才子因为突出的诗词才华而获得爱情。

然而，让才子们神采奕奕、心醉神迷的诗词并不能解决核心问题，要让爱情升华到婚姻，八股文这块"敲门砖"必不可少。

---

① 鲁迅：《中国小说的历史变迁》，《鲁迅全集》第九卷，北京：人民文学出版社 2005 年版，第 341 页。

于是，小说不能不让才子在诗词之外又擅长八股。《玉娇梨》中，吴翰林为红玉小姐选婿时，对苏友白颇有疑虑："人物固好，诗才固美，但不知举业如何，若只晓得吟诗吃酒，而于举业生疏，后来不能上进，渐渐流入山人词客，亦非全璧。"在招婿之前特意吩咐家人核实情况，确认苏友白考取府学第一名秀才后，才放下心来。《平山冷燕》中的平如衡，天资聪颖，读书过目不忘，作八股文挥笔立就。"十三岁上就以案首进学，屡考不是第一，就是第二，决不出三名"。《飞花咏》中的昌谷，"到了七岁，《四书》俱已读完"。才子们无论先前的诗才是何等绝世高迈，诗情是多么的奔泻千里，但在考场中无不收敛才情，绞尽脑汁，纷纷写出中规中矩、严丝合缝的八股文来。在真正的考验中，小说家极力渲染的诗才在能够带来功名的时文面前，顿时变得多么的苍白无力，甚至被认为妨碍科举，一无所值。《玉娇梨》中杨御史严词告诫说："诗词一道，固是风雅，文人所不可少，然最于举业有妨。必功成名立，乃可游心寄兴。似汝等小生后进，只宜专心经史，断不可因看见前辈名公渊博之妙，便思驰骛。此心一放，收敛便难。往往见了人家少年俊才而不成器者，多生此病痛也，最宜戒之。"不过，在小说家看来，诗词之才和八股之才，任何才子都必须两者兼备，不能含糊。爱情考验依靠诗词，功名进取拜托八股，两全其美才是含金量十足的真才子。诗才是才子的根本标识，是赢得佳人芳心的主要魅力；而八股之才是他们实现洞房花烛的美梦、战胜邪恶小人的主要保障与有力武器。两者互补，缺一不可。

（三） 从明清小说看科举社会的阶层流动

　　金榜题名和洞房花烛是科举士子的无限憧憬与不懈追求。个人的追求看似卑微弱小，但无数举子的个人努力汇成了一股"洪流"，结成了一道合力，冲击了旧的社会结构，培育了新的社会力量，改变了历史的发展面貌。我们先翻开《儒林外史》，换一个角度来看看那些曾被大加耻笑、可怜可悲的卑贱人物。周进是第一个出场的"可怜虫"。这位六十多岁的老童生迫于生计，在夏总甲的推荐下，来到薛家集这个非常偏远的乡村做塾师，每年的报酬十二两银子，还不及汤府兄弟一次听戏的开销，只够匡超人结婚时做的四件衣服与几件普通首饰的费用。周进出场时，头戴一顶旧毡帽，身穿一件老旧的直裰长袍，右边袖子和屁股坐的地方都破了，脚上穿的是一双破旧的大红绸鞋，面容黑瘦，胡子花白，是一个典型的穷困潦倒、在社会底层苦苦挣扎的可怜书生。周进大半辈子浸泡在屈辱的眼泪当中。来薛家集之前，周进在顾老相公家当塾师。顾公子考上了秀才，头戴新方巾，身披大红绸，骑着高头大马，一路上大吹大打，好不热闹，但这位六十多岁的周老先生还是一无所有，只能红眼旁观。在喜庆宴上，戏班特意演了一段梁灏八十岁中状元的故事，但梁灏的学生十七八岁就中了状元。周进手中的那杯喜酒显得那么的酸苦，周进知道这样活下去，肯定撑不到八十岁。这种伤痛到了薛家集后又被撒上了一把盐，刚来就被新进的秀才梅玖结结实实地羞辱了一顿。在观音庵的欢迎宴上，周进面对已是秀才的梅玖自惭形秽，非常谦卑，不肯按照年龄辈分让小伙子行礼作揖。梅玖表面上坚持，还说今天不同，塾师周先生才是主角，但紧接着就搬出"老友是从来不同小友序齿"的规矩，就像老妇嫁人做妾也叫"新娘"一样的道理，狠狠敲打了一下这位六十多岁的"小友"。周进面对满桌鱼肉即刻如风卷残云，呆在那里没有动筷。周进解释说母亲生病时向观音许愿吃斋，已经坚持十几年了。梅玖立即借题发挥，恶作剧式地编了一首"宝塔诗"："呆，秀才，吃长斋，胡须满腮，经书不揭开，纸笔自己安排，明年不请我自来。"把周进的外貌特征、生活习惯与忌讳之处都囊括进去，明嘲暗讽，含沙射影。梅玖又马上貌似恭维实则挖苦地预言周进今年秋天就会考中秀才，最后又故作神秘地炫耀自己在梦中被太阳砸中，是飞黄腾达、金榜题名的祥兆。梅玖的话语充满了傲慢、炫耀、尖酸、刻薄，忽而把周进架在大火上烧烤，忽而又把他按进冰桶里浸泡。如此冷嘲热讽，就像一把把尖刀戳在了周进的心上，再撒上一把盐砂，而且其他人听起来没有什么不妥，只有当事人周进"脸上羞得红一块，白一块"，不仅无力反驳，还得"承谢众人"，装作很开心的感激模样，咽下这杯苦涩又酸辣的酒，呛得半死还得装出笑脸来致谢感恩。

　　开学后，周进发现各家送来的伙食费大打折扣，只有一家是足额的一钱银子，甚至只有三分银子、十来个钱的，加在一起远远不够一个月的伙食。这些孩子参差不齐，十分淘气，不听管教。周进没办法，只得耐着性子去教导。紧接着，举人王惠来到学堂所在的观音庵里避雨。这位新科举人神气十足，目空一切，极力夸耀自己的科举功名。周进心里充满了敬畏与自卑，低声下气地在这位儿孙辈的举人面前打躬作揖，连连自称"晚生"。王举人趾高气扬，尽摆阔绰，"鸡、鱼、鸭、肉，摆满春台"。王惠在大快朵颐之后，周进只是默不作声地用一碟老菜叶、一壶热水来填肚子。第二天，王举人扬长而去，留下满地的鸡骨头、鸭翅膀、鱼刺、瓜子壳，让周进昏头昏脑地扫了一个早晨。

进士牌匾

周进忍辱负重，忍气吞声，但还是没能保住塾师的工作。薛家集的人早就不喜欢周进，但碍着夏总甲的面子不好辞退他。将就混了一年后，夏总甲也嫌周进呆头呆脑，不知道常去送礼谢恩，最后周进不可避免地被炒掉了，生活越加艰难，温饱都成了问题，只得靠给一批商人记账来糊口。在这个令人窒息的环境中，周进于是做出了在贡院撞号板，哭得晕死过去的凄惨又可笑可悲的举动。

但沉沦到了极点的周进，迅速时来运转，改变了自己的生活与命运。这个契机就是科举考试。他在商人资助捐得监生后，很快中举中进士，授了官职，升了御史，还钦点广东学道，做了国子监的司业，相当于国家最高学府的副校长。周进考上科举后，原本歧视、羞辱他的那些人顿时来个一百八十度的大转弯。那些小吏们拿晚生帖子上门来拜贺。不是亲戚的纷纷前来认亲，以前没有交往的也连忙来庆贺。就连中伤、诋毁周进导致他丢掉塾师工作的始作俑者申祥甫，也迅速在薛家集凑了份子，买了四只鸡、五十个蛋和一些炒米、欢团之类的礼物，亲自上门贺喜。这些贺喜的人络绎不绝，让周进忙了个把月。

最让人惊异的是薛家集的人还在观音庵里为周进立了长生牌位。一张供桌摆有香炉、烛台，供着个金字牌位，上面写着"赐进士出身广东提学御史，今升国子监司业周大老爷长生禄位"。而这里曾经是周进数次饱受凌辱的伤心之地，那位当年羞辱周进最起劲的梅玖居然宣称自己是周进的学生，也来恭恭敬敬拜了几拜。当梅玖看到周进当年写的对联已经褪色，立即吩咐和尚道："还是周大老爷的亲笔，你不该贴在这里，拿些水喷了，揭下来，裱一裱收着才是。"暂时撇开世态炎凉、世人势利的成分，造成周进的遭遇前后冰火两重天的戏剧性转变的唯一因素就是科举考试。科举让一个充满绝望、苦苦挣扎在社会底层的士子彻底改变了自己的处境与命运，从一个穷困潦倒、饱受欺凌的"可怜虫"华丽转身，蜕变成了富贵盈门、备受尊崇的大老爷。

巍峨气派的进士第坊彰显科举时代的功名荣耀

无独有偶，科举改变寒士周进的命运故事绝不是偶然的个案。第二个出场的"可怜虫"范进也是如此。范进出场是在院试点名时，周进已经做了广东学道，看见范进面黄肌瘦，花白胡须，头戴一顶破毡帽，穿着一件麻布直裰，冻得乞乞缩缩。这副模样与周进当年出现在薛家集上的尊容何其相似，所以引起了周进的注意。范进交卷出场时，周进发现范进的衣服因为朽烂了，刚才又扯破了几块，已经到了衣不遮体的地步。周学道似乎看到了自己当年的影子，不禁动了恻隐之心，再看看自己现在身穿红袍，腰拴金带，何等辉煌！科举真是一根法力强大的魔杖！周学道询问这个可怜人的详细情况，范进倒也诚实，说出了自己的实际年龄已是五十四岁，已经考了二十多次。周学道在再三衡量后，最终将范进录取为第一。感激涕零的范进独自将周学道送到三十里之外，又连夜赶回四十五里外的家里拜见母亲。

范进的家就是一间草屋，再依墙搭了一间小屋，门外盖了个茅草棚。老母亲住在正屋，范进和妻子住在小屋。妻子是胡屠户的女儿。范进刚回家，岳父胡屠户提着一副大肠和一瓶酒来了：

胡屠户道："我自倒运，把个女儿嫁与你这现世宝、穷鬼，历年以来，不知累了我多少。如今不知因我积了什么德，带挈你中了个相公，我所以带个酒来贺你。"范进唯唯连声，叫浑家把肠子煮了，荡起酒来，在茅草棚下坐着。母亲自和媳妇在厨下造饭。胡屠户又吩咐女婿道："你如今既中了相公，凡事要立起个体统来。比如我这行事里都是些正经有脸面的人，又是你的长亲，你怎敢在我们跟前装大？若是家门口这些做田的，扒粪的，不过是平头百姓，你若同他拱手作揖，平起平坐，这就是坏了学校规矩，连我脸上都无光了。你是个烂忠厚没用的人，所以这些话我不得不教导你，免得惹人笑话。"范进道："岳父见教的是。"胡屠户又道："亲家母也来这里坐着吃饭。老人家每日小菜饭，想也难过。我女孩儿也吃些，自从进了你家门，这十几年，不知猪油可曾吃过两三回哩？可怜！可怜！"说罢，婆媳两个，都来坐着吃了饭。吃到日西时分，胡屠户吃的醺醺的。这里母子两个，千恩万谢。屠户横披了衣服，腆着肚子去了。

胡屠户一开口就大发一通牢骚，将范进训斥一番，还声称考中秀才是其积德帮忙的结果。胡屠户意犹未尽，又接着教训范进该如何尊敬他，又该如何做秀才。范进都只得唯唯诺诺，表示赞同。范进中了秀才，胡屠户对他尚且如此颐指气使，随意羞辱斥责，那么以前的态度就可想而知了。胡屠户又为女儿嫁到范家受苦叫屈，十几年没吃过几回猪油，又连声叹息"可怜！可怜！"这几句应该是大实话，真实反映了范进一家的生活处境。

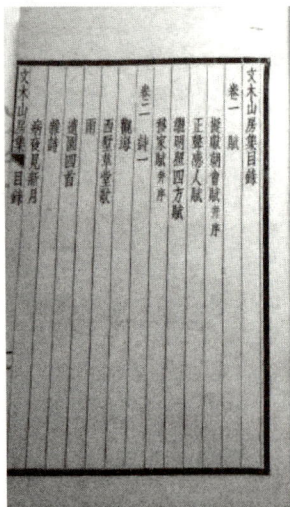

吴敬梓的《文木山房集》

乡试即将来临，受到周学道的鼓励与科举功名的鼓舞，范进想向胡屠户借点盘缠去参加考试，但立即被骂了个狗血喷头："你自己只觉得中了一个相公，就癞虾蟆想吃起天鹅肉来！我听见人说，就是中相公时，也不是你的文章，还是宗师看见你老，不过意，舍与你的。如今痴心就想中起老爷来！这些中老爷的，都是天上的文曲星。你不看见城里张府上那些老爷，都是万贯家私，一个个方面大耳。像你这尖嘴猴腮，也该撒抛尿自己照照！不三不四，就想天鹅屁吃！趁早收了这心！明年在我们行事里替你寻一个馆，每年寻几两银子，养活你那老不死的老娘和你老婆是正经……"范进只得偷偷去参加乡试。出榜那天，家里没米下锅，母亲饿得两眼发昏，范进只得抱着一只生蛋的母鸡到集上去卖，换点米来煮粥充饥。当邻居飞奔来告诉范进中举的消息，他开始根本不信。二三十年屡试屡败，大半生受尽世人的冷眼嘲讽，使他把邻居的报信视为又一次的捉弄。直到他亲眼核实后，才相信几十年来朝思暮想的凤愿终成现实。脆弱的神经再也承受不起突如其来的大惊大喜，太多的兴奋、辛酸、屈辱都在刹那间涌上心头，于是突然发疯。当清醒过来后，范进发现自己的生活随着获得举人身份而发生了翻天覆地的巨变和剧变。首先是大家对范进的态度判若两人。以前对范进如同凶神恶煞般的胡屠户已经低头哈腰，忙于帮范进扯清屁股上的袍子皱痕，痛骂"癞虾蟆"变成阿谀"文曲星"。大家前呼后拥，欢笑着簇拥范进回家，以前的鄙夷傲慢变为毕恭毕敬。其次是财源广进。范进中举的消息刚刚传出，张乡绅就派管家带了大红全帖和五十两银子前来贺喜，另外还送了一套房子。许多人纷纷送来田产、店铺、银子，还有人主动来做仆人，期望以后能得到关照。眨眼间，中举的范进就有了尊严、房子、仆人、钱粮。而这一切在此之前连做梦都不敢想象的。在张乡绅的催促下，范进搬进了新房子，一连好几天唱戏、摆酒、请客，庆贺中举。范进的娘子胡氏戴上了昂贵的银丝鬏髻，老太太也穿上了华美的绸缎衣裙，用上了细磁碗碟和镶银的杯盘。人格尊严与荣华富贵随着范进中举从天而降。

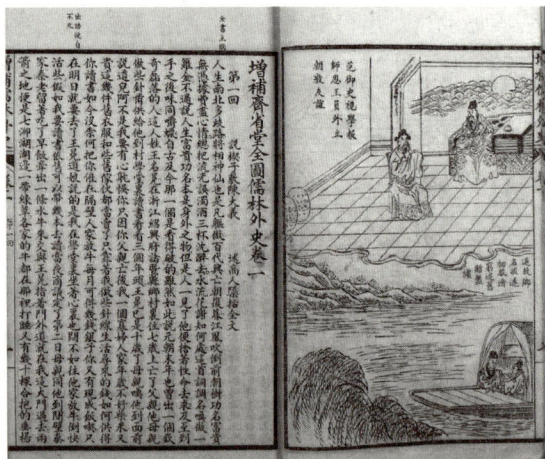

《增补齐省堂全图儒林外史》书影

依靠科举改变命运的例子还有很多，如小商贩出身的匡超人，家境极为贫穷，他通过刻苦努力在县试中考了第一，又考上了秀才，后来在岁试中取得第一等第一名，被贡入国子监。《儒林外史》中，还有马纯上、迟衡山、沈大年、于麇、魏好古等二十多位秀才出身于平民阶层，数量明显超过出身于官宦或地主家庭的秀才。出身于平民阶层的进士也不少，除了上述的周进、范进，还有荀玫、虞育德、王惠、向鼎等人。出身于平民阶层的举人也有董瑛、卫体善等人。

　　从《儒林外史》还可以看出，不仅生活在底层的读书人急需通过科举来改变自己的处境与命运，就连出身于显宦豪门的世家子弟也要积极参加科举考试。第四十二回，汤镇台手握兵权，高居二品，但他的两个儿子汤由、汤实也要和普通读书人一样参加科举考试。两人衣着光鲜，四个小厮跟随，大白天提着写有"都督府"和"南京乡试"的两对灯笼，威风凛凛，气派十足。但二人在考场上与其他人被一视同仁的对待。两人名落孙山，足足气了七八天，也只能以大骂帘官、主考来发牢骚。《红楼梦》中，贾府被抄家，家道中落。面对深重的家族危机，贾政痛心疾首，想道："我祖父勤劳王事，立下功勋，得了两个世职，如今两房犯事都革去了。我瞧这些子侄没一个长进的。老天啊，老天啊！我贾家何至一败如此……"于是急需贾宝玉、贾兰参加科举来复兴家族。贾政不得不加紧了宝玉的考前强化训练，即使生病也得坚持备考。贾政在护送贾母的灵柩南下之前一再嘱咐宝玉努力备考，在返程途中也写信念念不忘宝玉的备考情况。王夫人也时常催逼、查考起宝玉的功课。整个家族都寄予了殷切的期盼。《歧路灯》中，谭绍闻不听父亲教导，荒于读书，染上恶习导致身陷牢狱，家族衰败。谭绍闻后来痛改前非，用心读书，科举大捷，被授知县。儿子篑初也考场屡捷，钦点翰林，家业复兴。可见，富贵公子也需要通过科举来维持或复兴家族的辉煌。

　　上述小说故事都反映了一种现象，科举能让社会底层的穷人通过努力读书来很快改变自己的处境与命运，提高自己的社会地

位与经济能力，从而走向上流社会，所谓"朝为田舍郎，暮登天
子堂"。而富贵人家如果不努力读书，不能在科举中胜出以维系
家族的地位，就会被淘汰，走向衰落，沉于底层，就像明代王士
性的《广志绎》所说："缙绅家非奕叶科第，富贵难以长守。"①
如此，科举社会就出现了一种阶层流动现象，富贵与贫贱不再一
成不变，而是会被科举制度调整改变，上下不同的阶层成分可以
对流互换。就像唐末五代的王定保在《唐摭言》中所说："科第
之设，草泽望之起家，簪绂望之继世；孤寒失之，其族馁也；世
禄失之，其族绝也。"② 草根阶层通过科举考试可以发迹变泰，豪
门贵族放弃科举就可能家道中落。可见，科举在阶层流动中的重
要作用。

在科举诞生之前，中国社会的阶层固化现象非常严重。在汉
代之前，中国主要实行世卿世禄的世袭制度，官职在贵族内部自
产自销，肥水不流外人田。由于人性的贪婪，权贵集团恨不得敲
骨吸髓、杀鸡取卵，不可能在菩提树下顿悟，突发慈悲来让利于
民。平民寒士即使品德再好、才华再高也难有做官的机会，即使
被统治者看中了，大多也只能沉于下僚，做个小官，难有施展才
华的机会。至于飞黄腾达的平民寒士只是偶然的个案，没有出现

---

① （明）王士性：《广志绎》卷四《江南诸省》，北京：中华书局 2006 年
版，第 266 页。
② （五代）王定保：《唐摭言》卷九《好及第恶登科》，北京：古典文学出
版社 1957 年版，第 97 页。

制度保障的常态现象。汉代实行察举制，但选择权和决定权都握在贵族手中，平民寒士得到举荐和录用的机会微乎其微，官职依然是贵族的私有财产，富贵子弟即使再昏庸无能，也能身居高位，于是出现了"举秀才，不知书。举孝廉，父别居。寒素清白浊如泥，高第良将怯如鸡"的现象。魏晋时期，由于战乱，等级森严的门阀制度有所松动。曹操唯才是举，大量任用贤士才子。战乱一结束，魏文帝曹丕实行讲究门阀的"九品中正制"，起决定作用的中正官由士族贵胄担任。他们在评品人物时，专注于家世门第，出现了"上品无寒门，下品无士族"的现象。平民寒士被拒之门外，真正的贤才反被排斥。而贵族子弟即使无才无德，也可以凭借显赫的家族背景来担任高官，又出现了拼爹拼血统的时代。所以，文学家左思才华横溢，以一篇《三都赋》让洛阳纸贵，但左思不是出身于贵族，只能哀叹："郁郁涧底松，离离山上苗……世胄蹑高位，英俊沉下僚。"寒门才俊像苍翠挺拔的青松却只能屈居地势低下的山脚，贵族子弟像矮小低垂但生在山顶的弱苗一样占据高位。这样，社会阶层很少流动，出现了固化现象。

　　阶层固化的状况到了隋唐实行科举制度时得到了改观。铁幕洞开，科举考试无须推荐，没有门第的限制，机会的大门向平民阶层敞开。考生拿着载有姓名、籍贯等内容的文书材料可以自由报考，被称为"怀牒自举"。科举强调"一切以程文为去留"①，考试成为唯一的客观标准，一把尺子量到底，平民寒士从此有了

　　① （宋）陆游：《老学庵笔记》卷五，北京：中华书局1979年版，第69页。

一个可以平等参与竞争的机会，有了一条常设的上升通道。无须"拼爹"，就拼自己。不拼血统与出身，就拼才华与勤奋。著名史学家、文学家，乾隆四十三年（1778）进士章学诚说："家贫、亲老，不能不望科举。"① 赵翼记载杭应龙的话说："寒士进身惟恃举业。"② 科举成了平民寒士改变命运的上升阶梯。贵族豪门不再垄断官场，而且随着门阀的最终瓦解与科举制度的日益完善，他们也必须借助科举才能保住富贵。这也是《儿女英雄传》中的旗人安学海与安骥父子俩努力参加科举考试的重要原因。关于科举对社会阶层流动的作用已经得到了广泛认可。早在1947年，著名社会学家潘光旦、费孝通发表了《科举与社会流动》一文，他们对915份清代朱卷所填写的考生家世情况做了精确分析，发现从考生本人往上五代以内均无功名的贡生、举人和进士有122位，占总数的13.33%。1962年，美籍华人学者何炳棣在《中华帝国晋升的阶梯：社会流动方面（1368—1911）》中对大量科举及第者的家世资料进行综合分析，有46.7%的明代进士与35.5%的清末进士出身寒微家庭。可见，有相当多的平民寒士通过科举走向了上流社会，与古代小说所反映的情况可以相互印证。

比较完善的科举制度为这种社会阶层流动提供了稳定可靠的制度保障，从报考、入场到考试、阅卷的严格规定，以及各种科

---

① （清）章学诚：《章氏遗书》卷二十九《与汪龙庄简》，北京：文物出版社1985年版，第334页。

② （清）赵翼：《瓯北集》附录《瓯北先生年谱》，上海：上海古籍出版社1997年版，第1391页。

场条例都在为科举考试的公平公正保驾护航。把贵族的特权关进了制度的笼子，平民寒士才有努力奋斗与公平竞争的空间，这些在古代小说中都有大量的生动体现。本书前两部分做了详细分析与展示，兹不赘述。科举促进了社会阶层的流动，成为社会自我调节的重要机制之一。正如美国哈佛大学教授约翰·罗尔斯在《正义论》中指出，社会流动缩小了人与人之间的差异，缓解了由社会地位差异而产生的隔阂和冲突，从而发挥了社会稳定的功能。所谓"少小须勤学，文章可立身""满朝朱紫贵，尽是读书人""将相本无种，男儿当自强"，科举给平民寒士带来了希望与动力，也给豪门世家带来了警醒与鞭策，从而形成了一种崇文重教、公平公正的价值观念，营造了一种积极进取、健康向上的社会氛围。正如美国著名汉学家费正清所说："在一个我们看来特别注重私人关系的社会里，中国的科举考试却是惊人地大公无私。"① 所谓"流水不腐，户枢不蠹"，合理的阶层流动使社会保持活力，能得到持续发展。科举带来的阶层流动，使国家的统治阶层不断获得新鲜血液，政治结构得到了良性调整，阶层对立得到一些缓解，社会肌体得到健康发展。虽然这种作用不宜过分夸大，但它的精神价值不容忽视，对中国的今天与明天依然富有启示和借鉴意义。

---

① ［美］费正清著，孙瑞芹、陈泽宪译：《美国与中国》，北京：商务印书馆1971年版，第41页。

结　语

　　"青山遮不住，毕竟东流去。" 1905 年，实施了约一千三百年的科举制度在一片争吵和唾骂声中寿终正寝。一百多年后，我们在此谈论科举，并非痛作挽歌为其招魂，而是为了让我们能辩证看待曾被丢进历史垃圾堆里的一种制度或文化。古代小说曾经得益于科举的发展和繁荣，如科举扩大了作家队伍、丰富了题材内容、提高了小说艺术、促进了小说传播。而且，科举推动了教育的发展，促进了阶层流动，一定程度上维护了社会公平公正，产生了不少正面的影响。此外，科举制度削弱了世家贵族的政治势力，开放了原本由他们垄断的官僚系统，把官员选拔权完全收归朝廷，再辅以儒家学说，巩固了大一统的政治格局，强化了专制皇权。但古代小说也见证了科举的衰败和终结，揭露了科举考试的诸多弊端，甚至在科举废除中扮演了推手的角色。

　　早在明朝末年，冯梦龙在小说《警世通言》卷十八《老门生三世报恩》中通过饱学之士鲜于同猛烈抨击科举考试说："若是三家村一个小孩子，粗粗里记得几篇烂旧时文，遇了个盲试官，乱圈乱点，睡梦里偷得个进士到手，一般有人拜门生，称老师，谈天说地，谁敢出个题目将带纱帽的再考他一考么？"《女开科传·引子》甚至将朝代覆亡归咎于科举："糟烂两闱科第，酷倾几代兴亡。"清末著名小说家曾朴在《孽海花》（二十回本）第二回中更是将科举骂得体无完肤："要知棘闱贡院，就是昏天黑地的牢狱；制义策论，就是炮烙桁阳的刑具；举贡生监，就是斩绞流徒的罪科。所以自从'科名'两字出现于我国，弄得一般国民，有脑无魂，有血无气，看着茫茫禹甸，是君主的世产，赫赫轩孙，是君主的世仆，任他作威作福，总是不见不闻，直到得异族凭陵，国权沦丧，还在那里呼声如雷……不就是害在那班帝王，只顾一时的安稳，不顾万世的祸害，造出'科名'两字，把全国人的心都蒙了，耳都塞了，眼都遮了，凭着人欲杀欲割，一味不痛不痒了。"他一开口就连用表示斥责、唾弃的叹词"呸！呸！"，指斥科举，咬牙切齿，痛心疾首，情绪极为激烈。影响更大的还有旅居中国的英国人傅兰雅于1895年5月25日在《申报》上，刊登了一则名为"求著时新小说启"的有奖征文广告，意图通过小说来揭露"鸦片、时文、缠足"的严重危害，达到"并祛各弊之法"的改革目标。后来有162部作品参与征文，它们猛烈抨击了八股取士的弊端，甚至要求废除科举。

　　这些小说尽管带有一定的情绪，但深刻揭露了明清科举实行八股取士的严重弊端。首先，以八股文取士造成士人思想僵化，知识贫乏，学无所用，严重阻碍了中国的近代化发展，民族危机空前深重。十八至十九世纪，欧美的教育和科技飞速发展，但中国还在实行八股取士。八股文内容空洞，不得涉及现实社会和实际事务，造成士人思想僵化、知识贫乏。如《儒林外史》中，倪老爹做了二十七年的老秀才，"拿不得轻，负不得重，一日穷似一日"，难以维持生计。其他如周进、范进等一大批八股士子都是浑浑噩噩、不学无术、昏庸低能之辈。正如康有为在上书光绪皇帝的《请废八股育人才折》所说，八股取士造成"理财无才，治兵无才，守令无才，将相无才，乃至市井无才商，田亩无才农，列肆无才工"，当然无力应付清末的艰难时局。

其次，八股文教育架空了学校教育教学，严重阻碍了现代教育的起步和发展。八股文教育惟科举考试马首是瞻，各级官学彻底沦为八股取士的附庸，教学以八股文为中心，正如清末文学家孙鼎臣在《论治》中所说："上之所以教，下之所以学，惟科举之文而已。道德性命之学，古今治乱之体、朝廷礼乐之制、兵刑、财赋、河渠、边塞之利病，皆以为无与于己，而漠不关心"。八股文教育走向极端，严重挤压了学校教育教学的存在和发展空间，阻碍了中国现代教育的起步和发展。如小说《女举人》中，有识之士苗通在梦中向孔子哭诉："现在科举不废，学堂必办不起；学堂办不起，人才哪里来？"他还愿意将自己的灵魂分开，附于三千举子之身，放弃科举功名，立即回去兴办学堂，以教育救国。小说揭示出科举对现代教育的严重阻碍，表达了废科举、兴学堂的强烈愿望。

再次，八股取士导致士风和吏治进一步败坏。八股文过分强调形式，排斥自主创新，亦步亦趋，造成千篇一律，于是抄袭舞弊之风盛行。如光绪十一年（1885），梁耀枢向朝廷上书："士子代倩传递诸弊，近日办理不力……千技百态，防不胜防。"《二十年目睹之怪现状》第二十二回说考生热捧袖珍型的书本，因为它们体积小，字体纤细，便于夹带舞弊。晚清思想家冯桂芬揭露当时的科场乱象说："科场关节也，十人而七八也。"考生与考官相互勾结，徇私舞弊已经变得明目张胆，通过舞弊上台的士子则进一步败坏了士风和吏治。《儒林外史》中，匡超人替人代考，在博取科举功名的道路上一步步变得忘恩负义、虚伪狡诈，心性由此大坏。

可见，八股取士确实已经弊病丛生，积重难返，科举改革势在必行。1903 年，清政府虽然颁布了壬寅学制，但各地士人对科举仍趋之若鹜，新式学堂门可罗雀。于是张之洞等人奏请递减科举，朝廷批准科举经三届减尽，十年后停废。但 1904 年日俄战争爆发，日本战胜沙俄后染指东北，中国主权再次受到严重侵害，震惊国人。危难时局加速了废除科举的进程。1905 年 8 月 30 日，袁世凯、张之洞等人奏请立即停废科举。清廷准奏，三天后颁布了废除科举的谕令。

吉尔伯特·罗兹曼在《中国的现代化》中说："1905 年是新旧中国的分水岭。它标志着一个时代的结束和另一个时代的开始，必须把它（科举废除）看作是比辛亥革命更加重要的转折点。"然而，仓促废除科举的激进行动并未如时人所愿，解决帝国的顽疾，反而带来了一些意想不到的问题。尤其是在缺乏缓冲过渡与及时替代机制的情况下，废除科举给社会阶层和文化结构带来了巨大冲击，导致社会分裂与文化断层。在中国传统的乡村社会，有一个以科举士绅为主体的精英阶层，成为乡村社会和文化生活的主导者与组织者。但随着"学而优则仕"的梦想破灭，而新式学堂的数量有限，教育的费用日益昂贵，乡村人们的读书愿望减低，寒门子弟的出路更加艰难。如清末小说《学究新谈》中，秀才夏仰西在科举废除后失去了安身立命的依靠，走投无路，打算投湖自杀。即使是去城市接受中等或高等学校教育的读书人，也不再像科举时代的士绅那样回到乡村。彭湃在1926年的《海丰农民运动报告》中说："廿年前，乡中有许多贡爷、秀才、读书六寸鞋斯文的人。现在不但没有人读书，连穿鞋的人都绝迹了。"于是城乡之间的文化、人才、信息的循环流动逐渐阻滞、衰歇，城乡的文化结构出现分离，差距拉大。早在废科举的当年，《中外日报》刊载的一篇文章《论废科举后补救之法》认为："废科举设学堂之后，恐中国识字之人必至锐减。而其效果，将使乡曲之中，并稍识高头讲章之理之人而亦无之。遂使风俗更加败坏，而吏治亦愈不易言。"在科举废除后，传统的科举士绅日渐减少，读书人远赴城市而不再回乡。乡绅不再像《儒林外史》中那样主要由读书人组成，而是充斥了一大批土豪、劣绅、地痞，道义日益丧失，斯文逐渐扫地，乡村文化丧失了再生机制，传统的儒家文化生态从而持续退化与空洞化。乡村的文化结构和社会阶层出现了重大变异。而城市也未必接纳来自乡村的学生，李大钊在《青年与农村》中指出，"一般知识阶级的青年，跑在都市上；求得一知半解，就专想在都市上活动，都不愿回到田园；专想在官僚中讨生活，却不愿再去工作。久而久之，青年常在都市中混的，都成了鬼蜮。农村中绝不见知识阶级的足迹，也就成了地狱"，最终，"中国农村的黑暗，算是达于极点"。"无根化"的知识青年游荡于都市，失去士绅的农村也变成了"地狱"，这是一种双向错位，社会矛盾由此不断激化，最终导致了社会动荡和文化断层。

　　令人感慨的是"废科举、兴学堂"之后，学校教育并未得到期望的大发展，萧功秦的《从科举制度的废除看近代以来的文化断裂》认为在科举废除以前的近代，中国南方农村不少地区的识字率比二十世纪二三十年代更高。曾经作为废除八股取士的重要推手，梁启超在1910年的《官制与官规》中对从学校选拔官员并不看好，竟然"悍然曰：'复科举便'"！可见，科举废除远没有达到预期的目标。当然，历史潮流不可逆转，只是那几道曲折的急弯应该让我们警醒、深思……

参考文献

（一）古代史料笔记和文集类（按照文献首
字音序排列，下同）

[1]（清）王士禛：《池北偶谈》，北京：中华书局1982
年版。

[2]（清）徐松：《登科记考》，北京：中华书局1984年版。

[3]（清）赵翼：《陔馀丛考》，上海：商务印书馆1957
年版。

[4]（明）徐复祚：《花当阁丛谈》，北京：中华书局1985
年版。

[5]（明）张朝瑞：《皇明贡举考》，上海：上海古籍出版社
2002年版。

[6]（明）顾起元：《客座赘语》，北京：书目文献出版社
1988年版。

[7]（清）梁绍壬：《两般秋雨盦随笔》，上海：上海古籍出
版社1982年版。

[8]（清）刘熙载：《刘熙载文集》，南京：江苏古籍出版社

2000 年版。

[9]（清）王应奎：《柳南随笔·续笔》，北京：中华书局
1983 年版。

[10]（明）申时行等：《明会典》，北京：中华书局 1989
年版。

[11]（清）龙文彬等：《明会要》，北京：中华书局 1998
年版。

[12]（清）张廷玉等：《明史》，北京：中华书局 1974 年版。

[13]（清）托津等：《钦定大清会典事例》，台北：文海出
版有限公司 1989 年版。

[14] 礼部纂辑：《钦定科场条例》，台北：文海出版有限公
司 1989 年版。

[15]（清）方苞编：《钦定四书文》，武汉：武汉大学出版
社 2009 年版。

[16]（清）素尔讷等：《钦定学政全书》，台北：文海出版
有限公司 1966 年版。

[17]（清）徐珂：《清稗类钞》，北京：中华书局1984 年版。

[18]（清）法式善等：《清秘述闻三种》，北京：中华书局
1982 年版。

[19]（清）赵尔巽等：《清史稿》，北京：中华书局 1977
年版。

[20]（清）顾炎武著，黄汝成集释：《日知录集释》，上海：

上海古籍出版社 1985 年版。

[21]（明）胡应麟：《少室山房笔丛》，上海：上海书店出版社 2001 年版。

[22]（明）陆容：《菽园杂记》，北京：中华书局 1998 年版。

[23]（明）黄瑜：《双槐岁抄》，北京：书目文献出版社 1988 年版。

[24]（宋）朱熹：《四书集注》，长沙：岳麓书社 2004 年版。

[25]（元）脱脱等：《宋史·选举志》，北京：中华书局 1976 年版。

[26]（五代）王定保：《唐摭言》，北京：中华书局 1960 年版。

[27]（明）沈德符：《万历野获编》，北京：中华书局 1980 年版。

[28]（宋）欧阳修等：《新唐书·选举志》，北京：中华书局 1976 年版。

[29] 礼部纂辑：《续增科场条例》，台北：文海出版有限公司 1989 年版。

[30]（明）王世贞：《弇山堂别集》，北京：中华书局 1985 年版。

[31]（清）刘熙载：《艺概》，上海：上海古籍出版社 1978 年版。

[32]（清）叶梦珠：《阅世编》，上海：上海古籍出版社

1981 年版。

[33]（宋）赵彦卫：《云麓漫钞》，北京：古典文学出版社
1957 年版。

[34]（清）章学诚：《章学诚遗书》，北京：文物出版社
1985 年版。

[35]（清）李调元：《制义科琐记》，北京：中华书局 1985
年版。

[36]（清）梁章钜：《制艺丛话》，上海：上海书店出版社
2001 年版。

[37]（元）倪士毅：《作义要诀》，北京：中华书局 1985
年版。

（二）古代小说作品类

[38]（清）钱泳等：《笔记小说大观》，扬州：广陵古籍刻
印社 1983 年版。

[39]（清）文康：《儿女英雄传》，北京：人民文学出版社
2012 年版。

[40]（明）凌濛初：《二刻拍案惊奇》，北京：人民文学出
版社 1996 年版。

[41]《古本小说丛刊》编委会：《古本小说丛刊》，北京：
中华书局 1987 年版。

［42］《古本小说集成》编委会：《古本小说集成》，上海：上海古籍出版社1994年版。

［43］（清）曹雪芹、高鹗：《红楼梦》，北京：人民文学出版社1982年版。

［44］（明）西湖渔隐主人：《欢喜冤家》，北京：北京师范大学出版社1993年版。

［45］（清）褚人获：《坚瓠集》，杭州：浙江人民出版社1986年版。

［46］（明）冯梦龙：《警世通言》，北京：人民文学出版社1956年版。

［47］（清）蒲松龄：《聊斋志异》，北京：人民文学出版社1989年版。

［48］（清）曾朴：《孽海花》，北京：人民文学出版社2006年版。

［49］（清）岐山佐臣：《女开科传》，沈阳：春风文艺出版社1983年版。

［50］（明）凌濛初：《拍案惊奇》，北京：人民文学出版社1991年版。

［51］（清）佚名：《平山冷燕》，北京：人民文学出版社1983年版。

［52］李时人编校：《全唐五代小说》，北京：中华书局2014年版。

[53]（清）吴敬梓：《儒林外史》，北京：人民文学出版社
1958 年版。

[54] 吕品等绘图：《儒林外史》连环画系列，上海：上海人
民美术出版社 1958 年版。

[55]（宋）李昉等：《太平广记》，北京：中华书局 1961
年版。

[56]（清）周清原：《西湖二集》，北京：人民文学出版社
1989 年版。

[57]（宋）委心子：《新编分门古今类事》，北京：中华书
局 1987 年版。

[58]（明）陆人龙：《型世言》，北京：中华书局 1993 年版。

[59]（明）冯梦龙：《醒世恒言》，北京：人民文学出版社
1956 年版。

[60]（清）海圃主人：《续红楼梦新编·续红楼梦稿》，北
京：北京大学出版社 1990 年版。

[61]（清）和邦额：《夜谭随录》，上海：上海古籍出版社 1988
年版。

[62]（宋）洪迈：《夷坚志》，北京：中华书局 1981 年版。

[63]（明）冯梦龙：《喻世明言》，北京：人民文学出版社
1958 年版。

（三）今人著作类

［64］顾鸣塘：《〈儒林外史〉与江南士绅生活》，北京：商务印书馆 2005 年版。

［65］王凯符：《八股文概说》，北京：中华书局 2002 年版。

［66］卢前：《八股文小史》，北京：商务印书馆 1937 年版。

［67］冯沅君：《冯沅君古典文学论文集》，济南：山东人民出版社 1980 年版。

［68］何怀宏：《科举社会及其终结》，北京：三联书店 1998 年版。

［69］刘海峰：《科举学导论》，武汉：华中师范大学出版社 2005 年版。

［70］［日］高津孝著，潘世圣译：《科举与课艺：宋代文学与士人社会》，上海：上海古籍出版社 2005 年版。

［71］潘光旦、费孝通：《科举与社会流动》，载《社会科学》1947 年第四卷第 1 期。

［72］刘海峰：《科举制与"科举学"》，贵州：贵州教育出版社 2004 年版。

［73］陈文新主编：《历代科举文献整理与研究丛刊》（第一辑），武汉：武汉大学出版社 2009 年版。

［74］［美］费正清著，孙瑞芹、陈泽宪译：《美国与中国》，

北京：商务印书馆 1971 年版。

　　［75］郭培贵：《明代科举各级考试的规模及其录取率》，载《史学月刊》2006 年第 12 期。

　　［76］程国赋：《明代书坊与小说研究》，北京：中华书局 2008 年版。

　　［77］陈大康：《明代小说史》，北京：人民文学出版社 2007 年版。

　　［78］胡海义：《明代早期历史演义小说回目考论》，载《文史哲》2014 年第 3 期。

　　［79］周腊生：《明代状元奇谈·明代状元谱》，北京：紫禁城出版社 2004 年版。

　　［80］朱保炯、谢沛霖：《明清进士题名碑录索引》，上海：上海古籍出版社 1980 年版。

　　［81］王玉超：《明清科举与小说》，北京：商务印书馆 2013 年版。

　　［82］纪德君：《明清历史演义小说艺术论》，北京：北京师范大学出版社 2000 年版。

　　［83］张伯伟：《评点溯源》：《中国文学评点研究论集》，上海：上海古籍出版社 2002 年版。

　　［84］浦江清：《浦江清文选·论小说》，北京：北京大学出版社 2010 年版。

　　［85］邓云乡：《清代八股文》，石家庄：河北教育出版社 2004

年版。

［86］商衍鎏：《清代科举考试述录及有关著作》，天津：百花文艺出版社 2004 年版。

［87］王德昭：《清代科举制度研究》，北京：中华书局 1984 年版。

［88］周腊生：《清代状元奇谈·清代状元谱》，北京：紫禁城出版社 2004 年版。

［89］陈美林：《清凉文集》，南京：南京师范大学出版社 1999 年版。

［90］周欣平：《清末时新小说集》，上海：上海古籍出版社 2011 年版。

［91］程国赋：《三言二拍传播研究》，北京：中国社会科学出版社 2006 年版。

［92］［奥］弗洛伊德著，孙名之译：《释梦》，北京：商务印书馆 1996 年版。

［93］启功、张中行、金克木：《说八股》，北京：中华书局 2000 年版。

［94］祝尚书：《宋代科举与文学》，北京：中华书局 2008 年版。

［95］程国赋：《隋唐五代小说研究资料》，上海：上海古籍出版社 2005 年版。

［96］钱锺书：《谈艺录》，北京：生活·读书·新知三联书

店 2007 年版。

[97] 程千帆:《唐代进士行卷研究》,上海:上海古籍出版社 1980 年版。

[98] 傅璇琮:《唐代科举与文学》,西安:陕西人民出版社 1986 年版。

[99] 俞钢:《唐代文言小说与科举制度》,上海:上海古籍出版社 2004 年版。

[100] 程国赋:《唐代小说嬗变研究》,广州:广东人民出版社 1997 年版。

[101] 李宗为:《唐人传奇》,北京:中华书局 1985 年版。

[102] 程国赋:《唐五代小说的文化阐释》,北京:人民文学出版社 2002 年版。

[103] [美] 罗尔斯著,何怀宏等译:《正义论》,北京:中国社会科学出版社 1988 年版。

[104] 吴承学:《中国古代文体形态研究》,广州:中山大学出版社 2009 年版。

[105] 石昌渝:《中国古代小说总目》,太原:山西教育出版社 2004 年版。

[106] 程国赋:《中国古典小说论稿》,北京:中华书局 2012 年版。

[107] [美] 韩南著,徐侠译:《中国近代小说的兴起》,上海:上海教育出版社 2004 年版。

［108］刘海峰、李兵：《中国科举史》，上海：东方出版中心2004年版。

［109］钱穆：《中国历史研究法》，北京：生活·读书·新知三联书店出版社2001年版。

［110］孙楷第：《中国通俗小说书目》，北京：人民文学出版社1982年版。

［111］萧相恺、欧阳健：《中国通俗小说总目提要》，北京：中国文联出版公司1990年版。

［112］宁稼雨：《中国文言小说书目提要》，济南：齐鲁书社1996年版。

［113］鲁迅：《中国小说史略》，北京：人民文学出版社1973年版。

［114］［奥］A. 阿德勒著，刘泗编译：《超越自卑》，北京：经济日报出版社1997年版。

［115］Ho Pingti, The ladder of success in imperial China: aspects of social mobility（1368—1911），New York：Columbia University Press，1962.